澳大利亚舅舅

杨方◎著

天津出版传媒集团
百花文艺出版社

图书在版编目（CIP）数据

澳大利亚舅舅 / 杨方著. -- 天津 : 百花文艺出版社, 2022.9
ISBN 978-7-5306-8326-2

Ⅰ. ①澳… Ⅱ. ①杨… Ⅲ. ①中篇小说-小说集-中国-当代②短篇小说-小说集-中国-当代 Ⅳ. ①I247.7

中国版本图书馆 CIP 数据核字(2022)第 117258 号

澳大利亚舅舅
AODALIYA JIUJIU
杨方 著

出 版 人：薛印胜
选题策划：汪惠仁　**编辑统筹**：徐福伟
责任编辑：孔吕磊　**装帧设计**：蔡露滋
出版发行：百花文艺出版社
地址：天津市和平区西康路 35 号　**邮编**：300051
电话传真：+86-22-23332651（发行部）
+86-22-23332656（总编室）
+86-22-23332478（邮购部）
网址：http://www.baihuawenyi.com
印刷：山东临沂新华印刷物流集团有限责任公司
开本：880 毫米×1230 毫米　1/32
字数：215 千字
印张：8.75
版次：2022 年 9 月第 1 版
印次：2022 年 9 月第 1 次印刷
定价：68.00元

如有印装质量问题，请与山东临沂新华印刷物流集团有限责任公司联系调换
地址：山东省临沂市高新技术产业开发区新华路 1 号
电话：(0539)2925886　邮编：276017

目录

为内心纯净的自留地而吟唱(序) 贺绍俊 001

天鹅来到英塔木 001

断桥 045

澳大利亚舅舅 074

苏梅的窗子 119

黑走马 151

城南哀歌 194

不会是世界尽头 231

蓝色呼愁(创作谈) 266

为内心纯净的自留地而吟唱(序)

贺绍俊

杨方一定有发达的感觉器官,她对色彩、声音、气味都有非常敏锐的感受力,不仅如此,她的内感觉同样也很发达,我所说的内感觉是一种对语言的感受力。这二者结合起来,就会造就出色香味俱佳的文字。我读她的小说,首先被她的文字所打动。《澳大利亚舅舅》写的不过是普通人家的日常生活以及他们来往中的酸甜苦辣, 却因为杨方敏锐的观察和生动的文字将其叙述得活色生香。她用蓝色装饰她的羊毛胡同:"从淡蓝、浅蓝到深蓝和更蓝",在这里,蓝色的层次也太丰富了些,我不知道油画家能否准确描述出什么样的蓝属于"更蓝"。在新疆长大的杨方在小说中一点也不掩饰她对新疆的感情,她声称她住的地方叫蓝,显然她眼中的蓝已经不是纯粹自然的色彩了, 它浸透了阳光照耀下的炫丽,也混合着伤感和安静的情调。小说的叙述便在蓝色的调子中缓缓铺开。

没想到她在小说里写了那么多的人物,她有八个舅舅哦!舅舅们就像走马灯似的纷至沓来, 但这似乎正是小说所追求的效果,人物的频繁出场宛如生活中一朵朵欢腾的浪花,他们嬉闹、拌嘴，也相互帮衬和牵挂，虽然这日子并没有什么可炫耀的东西,但他们乐享其中。杨方在回忆过去岁月的美好时,诗人的气质就不期然地流露了出来,写到八舅舅夜晚捣麻雀窝时,便有了这样的句子:“月亮冷得白里泛蓝,散发出冰柱一样的光芒,整个世界都被冻得嘎嘣脆。”写到母亲苏梅兰在院子里种下啤酒花时，便有了这样的句子:“铃铛一样的啤酒花一嘟噜一嘟噜地悬挂着,散发着苦味的芬芳,黄昏时,苦味会变得更浓。”岁月不仅将杨方塑造成了诗人,也使她朝着哲学家的路上走去。是的,这篇看似只是在滔滔不绝地讲述着我们和舅舅们这几十年来的交往故事的小说里,其实包含着对于时间的哲思。类似的句子比比皆是,如“我们走出房屋,发现四十年的时间就像这条胡同一样长,没有拐弯地一下子就走到了底。”“时间把那些硌人的东西都抹平了,犹如大浪淘沙,剩下的都是些美好如金子的东西,留在我们的心里。”因此尽管在这篇小说里写了众多的人物,但不能忽略这些人物的背后都有时间这根无形的线在牵引着他们的行动。时间带来了变化,社会在变,人的容貌在变,人的心情也在变。谁也阻拦不了时间的流逝，谁也阻拦不了时间流逝中的变化。杨方只是感叹这变化来得太快太突兀。对于羊毛胡同的普通人家而言,最大的变化是从澳大利亚开始的。舅舅们一家决定移民去澳大利亚。当苏梅兰把这个惊人消息带回家时,就意味着大家不再在羊毛胡同里悠闲地散着步，而是站到一条澳大利亚的跑道上不停息地奔跑。杨方似乎要对变化做一个伦理上的评估,在她看来,变化太快,既不利于善,也不利于美。她留恋往日时光,因为“那时候的一切都是慢吞吞的,太阳从胡同的这一头移动到那一头慢吞吞的”。她由衷地赞叹那些不被时间拽着拼命往前奔跑的人,比如二舅舅还像住在羊毛胡同那样以维吾尔语、汉语随时切换的方式说话，她就赞叹“二舅舅的语调明显带着二十世纪的味道”。比如她写父亲坚持搬回羊毛胡同生活后，不仅身上的疾病症状消失了，还把院子里的花草打理得“少女一样开得花团锦簇。”

八舅舅和胡桃才是众多人物中的核心。他们俩在羊毛胡同时相爱了，他们俩的爱情贯穿小说的始终。当他们相爱时，一切是那么美好。但他们也不是真正地像模像样地谈恋爱，他们的恋爱完全融入羊毛胡同的日常生活中，它不过是生活中的一瓢有甜味的水，就让它在生活中自然生长吧，也许就结出一个浪漫的果子。但是澳大利亚阻止了这个浪漫果子的生长。从此胡桃完全变成另外一个人。八舅舅在澳大利亚也失去了他在羊毛胡同时的睿智，变得魂不守舍。最终八舅舅还得回到羊毛胡同，他回来以后，爱情也回来了，诗意也回来了：“胡桃和八舅舅坐在月光里，月光让他们看上去像以前一样年轻。”但是，哲思的杨方战胜了诗意的杨方，因为她知道，时间不会为了诗意而停顿下来，也不会为了爱情而回溯到过去。

八舅舅曾在苹果园里得到一本《西域毒草大全》，它成为八舅舅与胡桃相爱的媒介。当八舅舅要去澳大利亚时，他将这本书交给了胡桃，托她还给苹果园的老汉。不妨将《西域毒草大全》看成一个隐喻，它暗示在这个急速变化的时代，我们太容易被各种毒草伤害。在胡桃的心目中，八舅舅是她内心保留的最后一点没有受伤害的东西，这是她的一块“纯净的自留地”。杨方是不是要借八舅舅和胡桃的爱情故事告诉人们，要有一本自己的“毒草大全”，才能保护好内心的一块纯净的自留地，也才能拥有美好的爱情？

天鹅来到英塔木

父亲去世后我经常长时间地待在二十九楼的落地窗前,某个傍晚，云霞似一群火烈鸟铺天盖地挤满了天空，看上去像创世纪的第一天，也像世界末日。客厅突然响起的电话铃声冷不丁打破了这种氛围,母亲怒气冲冲的声音通过噼啪作响的电话线一路传过来。“她们把我扔在了这里！我一个老婆子,孤零零的,可怜巴巴的,坐在路边又冷又硬的石头上,风把我吹得晕头转向。那啥,你速度来接我,来晚了我被熊抓走了也说不定。”

我的头一下子大起来。哦,可怜的母亲。继而我又幸灾乐祸,谁让你和她们一派。现在好了,她们把你扔了,你就在大石头上坐着看落日吧。但我没把这些话说出口。

“她们不会真把你扔在那里的。”我说。

“她们的的确确把我扔在了这里！”母亲的嗓门把我的脑袋震得嗡嗡响。

我赶紧给麦维紫打电话,没有人接。我又给麦维青打电话,也没有人接。这不奇怪，自打在父亲的葬礼上我与两个长得几乎一模一样的姐姐大吵一架后她们就再没有理过我，当然，我也没有理过她们。现在我给她们打电话，她们一定会误认为我先没出息地向她们低头示好。我有点后悔给她们打电话,我一急就把吵架的事情给忘了。

想起吵架,我心里一下子充满了悲愤,她们两个吵我一个,麦维紫说上句,麦维青接下句,就像蒲松龄笔下的配合良好的那两只狼,一个正面扑咬我喉咙,一个在后边攻击我屁股。我还击了这个还击不了那个,最后气到长出獠牙,冲进厨房找菜刀要砍她们,她们才乖乖地安静下来。当时我一手举刀,一手指向她们:“谁?谁说我是捡来的!你?还是你?”麦维紫和麦维青一起摇头否认自己说过此话。她们两个长得是如此的像,父亲的葬礼上她们又穿着相同的白色孝服,戴着白色的孝帽,吵架的混乱中我没有听清楚到底是谁说出了那句狠毒的话。我扔了刀坐下来大哭。这个打击对我来说实在太大了,一直疼爱我胜过疼爱麦维紫和麦维青的父亲竟然不是我的亲生父亲,我是他在林场捡来的,麦维紫和麦维青说我根本没有资格就父亲的事发表言论,她们才是他的亲生女儿,她们有权决定父亲是留在医院还是接出医院,就算父亲的死是因为她们把他接出医院造成的,也用不着我一个哈萨丫头来指责。她们让我滚回山上放羊去。

我不滚。我是没那么容易就滚蛋的。我天天拉着脸穿着塑料拖鞋啪嗒啪嗒很响亮地在她们面前走来走去,像是在扇她们的耳光。最后她们忍受不了,开着车带上母亲旅行去了。

我一个人待在家里半死不活有气无力,百无聊赖的时候就翻看她们发在朋友圈里的照片——她们在遍地石头的戈壁滩上扬着丝巾拍的照片,她们在喀什河惊涛拍岸的桥栏上提着裙子拍的照片,她们在那拉提空中草原洒满阳光的木栈道上光着脚拍的照片,她们在雪峰下穿着羽绒服骑着马拍的照片,她们在赛里木湖边羊一样卧在草丛里拍的照片。

看样子她们是从伊宁出发,往东去往拜什墩、那拉提草原,然后沿山脉向北到达乔尔玛和克拉玛依,根据照片上的信息,她们现在在赛里木湖。看来她们打算穿过果子沟，绕道霍尔果斯口岸购买俄罗斯项链、土耳其羊毛裙、哈萨克斯坦牛奶糖、吉尔吉斯斯坦挂毯，然后大包小包欢天喜地地回到伊宁。

好一场盛大的旅行！我在家里咬牙切齿，恨不能把手里的手机扔出去砸在她们头上。父亲才死，她们就玩得如此开心，真不愧是一对双胞胎，连没心没肺都如此的步调一致。

我给母亲打电话想问清楚她的具体位置，得知我还在磨磨唧唧，母亲火冒三丈："胡大欸，你赶快吧，记得把我的厚披巾带来，我快冻成冰雕了。这里冷得像是在月球上一样。"

我抱着母亲的披巾上了车才想起忘记给自己带件厚衣服了。虽然已经是五月，早晚气温还是很低，尤其在海拔那么高的赛里木湖，雪峰一年四季在头顶散发着天宫的寒气，就算在夏季也冷得要死。我有点担心母亲如果一直坐在大石头上吹风，会真的冻成冰雕也说不定。从伊宁开车去她所在的位置，至少要三个小时，但愿母亲大人能在三小时内坚持住不结冰。

我不知道麦维紫和麦维青为什么要把母亲扔在那样一个地方。这两个不靠谱的家伙，让我说什么好呢？我猜想她们一定是吵架了。她们一旦吵起架来结果就是这样，一个甩手而去，另一个也甩手而去。

想到她们两个吵架，我多少有些幸灾乐祸。我比她们小三岁，从懂事起就看着这对双胞胎好得跟一个人似的，她们两个又长得是如此的像，别的双胞胎，多少有那么一点区别，或者这个比那个胖一点点，或者那个比这个多一颗痣。但她们两个就像《追鱼》里的鲤鱼精，这个是照着那个的样子变出来的，不差一丝一毫。她们两个好的时候形影不离，全当我不存在。后来，住我们家后边的斯德克老汉一家搬走了，斯德克老汉从农科所退休后决定到伊犁河边的苹果园种苹果，他把房子卖给了曹魏家。曹魏的出现，让麦维紫和麦维青没那么好了，刚开始的时候她们一起找曹魏玩，在他家院子里的葡萄架下拉手风琴，唱《莫斯科郊外的晚上》，或者去伊犁河边看落日，后来她们分开去找曹魏玩，而且是瞒着对方。再后来她们为了曹魏开始吵架。她们吵架的时候都来拉拢我，想以此孤立对方。我天生就是两面派，一会站在麦维紫一边，一会站在麦维青一边。我同时还是个叛徒，把她们当秘密告诉我的事情全透露给了母亲。母亲气急败坏又毫无办法。是啊，她能拿她们怎么办呢？她把她们的外表生得一模一样，她把她们的心思也生得一模一样。母亲已经预见了可怕的后果，却只能拍着大腿唉声叹气。几年后曹魏和麦维紫准备结婚的时候，不用说，孪生姐妹不可避免地大吵了一架，这一架之后她们数年互不说话，直到曹魏车祸死去，才冰释前嫌。

照我看也没有完全冰释，只冰释了一角而已。要不然她们不会动辄吵架。她们的吵架跟伊犁河谷五月份的龙卷风一样，可以莫名其妙地平地而起。

尽管这样，我们全家人还是大松一口气，毕竟，两人的关系已经开始破冻并慢慢友好起来。若非曹魏死了，麦维青是永远不会和麦维紫和好的。她那脾气，和我们家养过的那只阿尔巴一样。

阿尔巴是父亲从二台林场带回来的一只山羊，个头高大像一头鹿，却不长角。头上鼓着疙里疙瘩的硬包，看上去像一些古怪的想法被咒语压制着没有办法长出来。阿尔巴不是本地山羊，而是来自东欧一个满是石头的小国家，父亲说那个国家叫阿尔巴尼亚。林场想要弄出新品种的羊，所以引进阿尔巴来改变羊群的基因。阿尔巴这个名字是林场的人叫出来的，因为叫阿尔巴尼亚太长，他们把它缩短了。阿尔巴实在是一只很难管理的羊，太有个性太有思想，吃草的时候总喜欢漫无边际地乱走，估计它是想走回自己的祖国去。阿尔巴的祖国是一个山地国家，所以它特别喜欢往高处走。有几次它带着做梦的表情穿过山脚的阔叶丛、山腰的针叶灌丛和革叶灌丛，走向陡峭的高山带，在那里它像一团出窍的灵魂，轻飘飘地越过夏季雪线，出现在高寒的草甸地带，然后继续向着虚幻的冰雪带飘移。林场的人经常找不到阿尔巴，他们看见头顶那团悬浮的云形状有点像阿尔巴，就怀疑阿尔巴沿着山脊一直走到天上去了。有时候阿尔巴几天不回来，大家以为它被狼吃了，被棕熊吃了，再不就是跳下山崖自杀了。大家弄不懂，有那么多温柔的母羊等着它去改变基因，它却像个孤独的艺术家郁郁寡欢。

冬天的时候羊群下山去了冬窝子，喜欢独处的阿尔巴被父亲从二台林场带回家来养。母亲因为阿尔巴的到来，整天在院子里像羊毛胡同的那群鹅一样气势汹汹地高叫个不停，她不能忍受我们家的花园变成臭气熏天的羊圈。其实我们家的花园被母亲弄得更像个菜园子。夜来香的旁边种着洋柿子，大丽花紧挨着洋芋，玫瑰丛后面是韭菜和芫荽，有几年母亲在海娜花中穿插着种了些皮牙子。如此富有喜剧性的花园是羊毛胡同居民特有的风格。以前斯德克老汉住在我们家后面的时候，甚至还在苹果树下拴过一头驴，那是斯德克老汉出门代步的坐骑。斯德克老汉在一个下雪天到羊毛胡同口马忠义老婆开的菜铺子里买皮牙子，滑了一跤，摔坏了腿，他家的大巴郎子给他送来了一头驴，好让他出门的时候骑。驴心里好像有着难以释怀的悲伤，动不动就昂昂昂地大叫，母亲不止一次上门抗议。羊毛胡同是二十世纪五六十年代苏联专家援建伊宁时住的地方，房子基本是按照苏式风格来建的，有漂亮的门廊，雕花的木窗，大大的花园，铺着木地板的客厅里还有浪漫的壁炉，如此格调应该是贵族生活的地方才对。斯德克老汉倒好，简直把羊毛胡同当成了乡下，把种玫瑰花和夜来香的花园当成了牲口棚。斯德克老汉对母亲的抗议充耳不闻。其实也不是不闻，他一退休就卖掉房子搬到伊犁河边去，与母亲的抗议多少有点关系。

现在好了，我们家养上了羊，而且是一只浑身散发着羊臊气的怪家伙。阿尔巴身上那浓浓的动物的臊臭味顺着风向可以传遍整个羊毛胡同，就算把阿尔巴关在小煤棚里，也关不住它散发出来的气味。这样整个羊毛胡同的人都知道麦场长家养了一只外国羊。这让母亲觉得很丢脸。母亲扬言要把阿尔巴宰了吃肉。父亲听了根本不在意，他知道母亲大人不会真这样做的，因为宰了阿尔巴，我们家不知道要赔多少钱，那毕竟是一只外国羊，和本地的羊身价不同。

谁也没有想到，正是这只山羊的出现，使得我们家的孪生姐妹互换了命运。有时候我怀疑它简直就是受了神的指使来故意捣乱的。那个冬天，尽管父亲给煤棚加了很多木条以防它跳出来，但它还是经常跳出来。我们猜测它是否得到了神的帮助，要不，它是如何用没有角的羊头把粗大的木条顶断的，就算一头公牛也未必做得到。阿尔巴跳出来后极有风度地在花园里闲庭信步，这里撒一泡尿，那里拉几粒羊粪蛋子。冬天西伯利亚寒流一股接一股地穿过伊犁河谷，阿尔巴的屎尿落地成冰，我出门上茅厕，一踩滑一跤，屁股坐在满地坚硬如豆的羊粪蛋子上，痛得简直要哭出声。阿尔巴在一旁傲慢地看着我，迈着有节奏的宫廷式步伐走来走去。我深知阿尔巴是一只具有攻击性的羊，如果惹了它，它会像顶断木条那样顶断我的肋骨，我选择隐忍。麦维青和麦维紫则不，她们上厕所基本同步，为防和我一样，一出门她们就试图采用溜冰的形式滑过去，结果摔得又响亮又干脆。爬起来后孪生姐妹捂着臀部跑回家找了几个烂苹果，投手榴弹一样投向阿尔巴。阿尔巴起初只是好奇地歪着头看，后来麦维青终于投中一个，刚好砸在它的脑袋上，阿尔巴顶着一头烂苹果糊愣了一阵，醒悟过来后，随即低头，弓步，朝麦维青冲去。麦维青抱头鼠窜，绕着门廊的柱子乱跑，尖叫，继续狂跑。阿尔巴在后面追，不时听见嘭嘭巨响，那是外国山羊疙里疙瘩的头撞在柱子上发出的声音。起初麦维紫也尖叫，乱跑，跑了一阵发现阿尔巴并没有追自己。阿尔巴只认定了麦维青追。

麦维青最后被父亲救回了屋才算没有被顶到。但从此只要麦维青走出门，阿尔巴就做出顶人的姿势朝她奔来。父亲不得不加固了煤棚，严防阿尔巴跳出来。即便这样，阿尔巴在钉得只露出缝隙的煤棚里一旦看见麦维青出现，就会愤怒地把那些木条顶得嘭嘭响。

那个冬天我们家的小煤棚里就像囚禁着一头危险的怪兽。麦维青为了不招惹到阿尔巴，每天进出必须以武林高手才有的轻功，在阿尔巴还没有察觉到的时候就一闪身从院子里飘过。但不被阿尔巴发现几乎是不可能的，而且这只智慧的山羊有着超好的记忆力和超强的分辨力。羊毛胡同的很多人都弄不清楚哪个是麦维紫哪个是麦维青，有时候粗心大意的父亲也会把两人弄混淆，但阿尔巴对此毫不含糊。

母亲大人为了这样一只山羊又气愤又伤心，几乎气出胃病。她不停打嗝，让人误以为她有了牛的反刍功能。其实母亲的打嗝也并不完全是被阿尔巴气出来的，主要是麦维青，她借口阿尔巴对她的仇恨，死活不肯去煤棚旁边的厕所解决问题，想想也是，在一只山羊嘭嘭怒顶木板的气氛中，麦维青想要在如厕时不屁滚尿流几乎是不可能的。对一个女孩来说这实在有损美貌和体面，麦维青于是理直气壮地跑到曹魏家上厕所。她每次上厕所就好像去了一趟遥远的莫斯科，要大半天才能回来，麦维紫嘲讽麦维青数九严寒的天，蹲厕所蹲那么久也不怕把某个部位冻成猴子屁股。麦维青回击麦维紫过分关心别人的某个部位小心眼睛会像癞蛤蟆那样鼓出来。那段时间家里争吵不断，母亲打嗝声也越来越响亮。好在冬天很快就要过去，堆在院子里的积雪已经开始融化，远处伊犁河的冰层也发出咔嚓咔嚓的开裂声，等到山上的雪也化得差不多的时候，麦场长就会带着他那噩梦一样的阿尔巴回到二台林场去了。

母亲显然过于乐观。孪生姊妹的关系已然越来越差，直至某个将春未春、将暮未暮的黄昏彻底决裂。之后想来那个黄昏多少是有些不一样，前一天还萧条着的杏树，突然在一夜之间全部绽放。紧接着邻居家的杏树，整个羊毛胡同的杏树，全都开出了素洁的杏花。惊讶地发现我们居住的羊毛胡同原来有如此多的杏树，它们几乎包围了每一座房子。

正是那样一个杏花绽放的傍晚，阿尔巴又神奇地出现在了院子里。至于阿尔巴是如何出来的，至今是个谜，木条没有被顶断，因为木条粗到不可能被顶断。煤棚的门是从外面扣上的，阿尔巴的偶蹄瓣不可能伸出来拉开门闩。

当精心打扮的麦维青推开门，看见阿尔巴魔鬼一样站在院子里时，她大吃一惊。她约好了要和曹魏去看电影，那个冬天曹魏显然和麦维青在一起玩的次数远远多过麦维紫。麦维紫失魂落魄却无计可施。她坐在镜子前把自己打扮得漂漂亮亮，仿佛要去和曹魏看电影的是她而不是麦维青。在这场爱情的较量中，败下阵来的显然是麦维紫。我听见她在大门外的树篱下哭哭啼啼地问曹魏："我和麦维青脸一样，胸一样，腰一样，腿也一样，为什么你选择她不选择我？"曹魏显然回答不了这个问题。两个性格长相都一模一样的人，其实选谁都是一样的。

那个傍晚麦维紫和我一起站在窗子前，把手抄在裤子口袋里不动声色地看麦维青站在门口和阿尔巴长时间的对峙。出了煤棚的阿尔巴像个逃出监狱伺机复仇的越狱犯，它内容复杂地站在那里，杏花的花粉让它打了个大大的喷嚏，在院子里觅食的母鸡受到惊吓惊惶地叫起来。有一只甚至一用力飞到了杏树上。

对峙一直在继续，约会眼看要迟到了，麦维青着急起来。没有人能把阿尔巴赶回煤棚去。平时除了父亲谁也制服不了它。而父亲那一刻不在家，他可能在老邱伯伯家喝酒，也可能在马忠义的菜铺子和人喧谎,还有可能在伊犁河边斯德克老汉的苹果园听维吾尔族老人唱木卡姆,反正他一天到晚忙得很,忙得不着家。

其实也不是父亲忙得不着家,是母亲嚷嚷得他没法在家里待。父亲一年有三个季节生活在林场,只有到了冬天大雪封山之前才会回到羊毛胡同。常年生活在哈萨克族人中的父亲看上去就跟个哈萨克族人一样,脸色黑红,胡子拉碴,在饮食上喜欢吃羊肉喝奶茶。在穿着上父亲也习惯和哈萨克族人一样穿羊皮大衣高帮皮靴,这样的服饰在山上看着挺不错,到了城市,简直像个不小心闯入文明社会的部落人。父亲浑身散发的动物皮毛的味道,尤其让母亲痛恨不已,在母亲看来那简直就是游牧部落文化侵入城市文明的一种表现形式,为了阻挡游牧部落进入我们家的文明生活,母亲恨不能像秦始皇一样修建起一道抵御胡人的长城。父亲是在新疆出生的汉人,父亲身上,集中体现了新疆各民族的大融合。母亲不一样,母亲来自浙江,对这种融合非常排斥。真不知道当初她是怎么看上父亲并和父亲谈恋爱结婚的。

阿尔巴的出现让母亲有些高兴,她不想看见一个女儿心花怒放另一个女儿伤心欲绝。她希望她们能平均一下。但这怎么可能,麦维青才不想平均。她给曹魏打电话,接电话的是曹魏母亲,曹魏母亲告诉麦维青曹魏上班出门的时候把手机忘家里了。麦维青没有了办法,她不顾下午刚和麦维紫吵过架,跑去求麦维紫帮忙,她让麦维紫换上自己的衣服,而自己穿上麦维紫的。其实这样的方法以前就用过,根本骗不了阿尔巴。但麦维青认为至少可以引开阿尔巴的视线,哪怕只有几秒钟,她就可以快速地打开大门跑出去。曹魏在电影院等着她。她的爱情是如此重要又火烧眉毛,以至于她想出了这个愚蠢的办法。以后的日子麦维青一定为此后悔得要死。

我以为麦维紫是不会帮麦维青这个忙的,抛开曹魏不说,光是面对阿尔巴,就是一件极其冒险的事情,万一被阿尔巴顶到,那可不是好玩的。出乎意料，麦维紫答应了，她很快穿上麦维青脱下的风衣和帽子。麦维青则穿上麦维紫的，然后两个人配合着打开门出现在阿尔巴面前。阿尔巴的确被蒙蔽了一下，但很快反应过来，它绕过麦维紫，低头朝麦维青冲过来，麦维紫赶紧把麦维青推进门，她站在门口笑着对麦维青挥手："我去帮你跟曹魏说一声吧，你去不了了，别让他大冷的天在那里白等。"麦维青看着麦维紫跑向大门，霎时脸色煞白，她已经预感到了什么，却只能恨恨地挖挲着双手没有办法。

阿尔巴顶不到麦维青，就去顶院子里的杏树，杏花被顶得飘飘洒洒落了一地，像极了麦维青破碎的心。

不用说，那天晚上陪曹魏看电影的变成了麦维紫，麦维紫回来得很晚，她一进门我们就发现她眼睛发亮，脸蛋发红，嘴上的唇膏凌乱得像是被驴舔过。麦维紫对麦维青说："我没有告诉曹魏我是麦维紫，电影院很暗，他把我当成你，他抱了我，亲了我，还摸我这里这里和这里。"麦维紫把手放在博格达峰一样挺立的胸部，然后是伊犁河谷一样柔软的腰部和帕米尔高原一样饱满的臀部。看来曹魏把她摸了个落花流水。

啪！麦维青打了麦维紫一耳光，极其响亮。"那是他把你当成了我。"麦维青说。

麦维紫问麦维青："你信吗？"

麦维青哭起来。

麦维紫说："鬼才信连阿尔巴都不会弄错的问题，曹魏会弄错。"

我也是这样认为的。

车出了城之后，我感受到了一种苍茫的味道。道路笔直地伸向远处黑色起伏的巨大山脉，路两边整排的银色沙枣树正在开花，我摇下车窗，闻到风中飘荡着沙枣花甜甜的迷醉的气息。想着天黑下来母亲可能会害怕，我想打电话告诉她不要一直坐在路边的大石头上等，赛里木湖边的三台是古代丝绸之路的一个驿站，至今仍是过往车辆的休息点，如果是冬季，那里的一切都被冰封着，什么生活迹象都不会有。但这个季节应该有临时的饭店，有简易棚子搭成的奶茶馆，附近也应该有零星放羊的哈萨克族人和放马的蒙古族人。找个避风的地方坐着等我应该不难。

我摸出手机，想想又没打，我还在生气之中，还没有平心静气地原谅母亲。母亲一向偏心姐姐们，她为她们操碎了心却从来不操我一丁点的心。比如现在她就根本不担心我一个人这么晚了在路况如此复杂的山道上开车安不安全。车过芦草沟再往前，就进入了果子沟，那条飘带一样的盘山公路，拐弯连着拐弯，就算白天开也要有超高的驾驶技术和敏捷的反应才行。

"你看上去比她们稳重。"母亲总是这样说我。母亲话里的意思其实是"你看上去比她们强壮。"父亲不在家的时候，家里的力气活母亲都叫我干，从来不会叫孪生姐妹。不过也有个别时候母亲说我稳重是出于真心实意。母亲真心实意地认为我在爱情上比较稳重，不像姐姐们那样争先恐后。只是这稳重听着多少包含了迟钝的意思。我今年二十八岁了，连男朋友都没有一个。母亲见了羊毛胡同的人就大声嚷嚷，说不是她不关心我，实在是皇帝不急太监急。依我看太监也没怎么急。我二十六岁的时候母亲才潦草地张罗着给我介绍了第一个相亲对象，那人的脑袋圆得令人吃惊，嘴也大得出奇。如果和他亲嘴，那简直就像是和一条鲶鱼亲嘴。接下来的第二个，不及我高，鼻翼两边布满了雀斑，怎样看那张脸都像是一枚鸟蛋。第三个长相还算平整，我们一起去伊犁河边吃烧烤，他用间距很大的门牙咬下半个烤土豆一门心思地咀嚼，往下咽的时候，两个眼珠子一齐转到左上角。我赶紧把水递给他怕他就此噎死。前两年老邱伯伯给我介绍他的侄子，他的侄子在江苏工作，江苏和伊犁是援建关系，小邱是作为人才来支援新疆建设的。支援的对象不包括大龄女青年，但小邱对伊犁倾注了无比的热情,连带着这一块也想支援一下。于是我们在长辈的安排下见了面。前两次见面天气还不热,小邱穿得衣冠楚楚,看不出什么,我只观察到他的脸比我白,下巴上好像没有胡子的踪迹。第三次见面,天已经热了,小邱穿着休闲的七分裤和短袖,我发现他但凡暴露在外的部分都比我白嫩不说,连汗毛都不长一根,由此及彼,我推测他的身体版图基本属于不毛之地,也不知道他是如何排毒的。一个大男人,比女人还白还细皮嫩肉,这也太让人受不了了。反正我是无论如何不会让这样的人触碰我的。

我的每次相亲都以失败告终,弄得我整个人周身弥漫着一种失败的气息。母亲不仅不安慰,还数落我挑三拣四:“那啥,你自己长得又笨又粗,还嫌别人不长汗毛不长胡子。”

母亲这话刺伤了我的心,我看着镜子里的自己,有点怀疑,有点沮丧,如果说我们家是一群羊,那我简直就是一群羊里的一只骆驼。我想不明白为什么我会长成这样。父亲糊弄我说我生的晚,转基因食品吃多了,把基因都吃变了,所以就长成了这样。

父亲是一个爱开玩笑的人。他宣称自己在林场的某年某月某日看见过飞碟。“飞碟的形状看上去有点像哈萨克族人的毡房,顶是尖的。”由此我确定父亲看见的就是哈萨克族人的毡房。他喝醉的时候可以把凳子看成羊,把羊看成烫了鬈发的母亲。夏天如果一只蚊子叮在他胳膊上,他就一动不动,生怕打扰了嗜血动物的美餐。我和父亲上街,他会指着刚走过去穿牛屎黄裙子的女人说,那是他们林场副场长阿迪力家的奶牛,他看见过那头奶牛的一只蹄尖是裂开的,而这个女人脚上的一只皮鞋鞋尖也是裂开的。“她肯定是为了修她的蹄子才跑到城市里来的。”父亲的话让我大笑不止。母亲听不出这些话有什么好笑,她会用现实主义语言把父亲臭骂一顿。

在一个稍微宽敞的地方我停下车，摇下车窗休息了一会。我穿着一件白衬衣，冷风吹得我发抖。我赶紧把卫衣套上，然后摸出手机给母亲打电话。电话那边很吵，似有音乐歌舞的声音。我告诉母亲我已经到二台了，母亲说她被人拉着跳黑走马呢，手机就要没电了，为了节约电就少说两句吧，等我到了三台再给她打。然后母亲干脆地挂断了电话。

天哪，我没有听错吧。这个疯婆子，我不远万里地赶来接她，她却在跳黑什么马。这简直也太开玩笑了吧！

我真想调转车头往回开。我看了看四周，发现我停车休息的地方刚好是一个岔路口，我认出往右的那条石子路，沿着西伯利亚红松林一直往里开，就是父亲工作过的二台林场。父亲在那里工作了一辈子，直至退休。父亲要离开林场前我们全家去玩过一次，那时麦维青和麦维紫的关系稍有缓和，全家人终于可以坐在一张桌子上吃饭了。自打麦维紫偷梁换柱约会曹魏后，我们全家就再没有和和气气地坐在一起吃过饭。尤其麦维紫宣布和曹魏的婚讯时，麦维青撂下一句话："我会死在你们婚礼上的。"这句话让全家人惊恐不已，包括麦维紫，她知道麦维青真会那样做，因为在某段绝望的时期，她也打算那样做过。她们了解对方，就像了解自己。

为了消灭这句话，麦维紫和曹魏不得不取消婚礼，但他们不会取消结婚，否则扬言要死的就会变成麦维紫。这是一个多么令人头疼的问题，曹魏不可能劈成两个。麦维紫和麦维青也不可能合成一个。母亲痛恨自己的生殖系统简直就是一个魔术大师，一下子从子宫里变出了两个一模一样的女儿，而她们原本应该是一个——直到生产的时候，母亲都以为是一个。当友谊医院的古丽热古丽医生抱出一个惊呼还有一个的时候，母亲当那是幽默的维吾尔族医生在跟自己开玩笑。因为事先没有思想准备，手忙脚乱中大家没有记下哪个是先出来的。所以麦维青和麦维紫没法分清谁是姐姐谁是妹妹，她们从来都只称呼彼此的名字。我则称呼她们姐姐们。

我的姐姐们是如此难以平衡。为了不刺激到麦维青，在母亲大人的周密策划下，曹魏带着麦维紫悄悄地，做贼一样地去南方旅行了一圈。因为婚礼的取消，麦维青也就没有了死在婚礼上的前提条件。但全家人无论怎么劝她都不起作用。在曹魏和麦维紫出去旅行的那段时间，她整天站在地图前看那些小圆点。“他们应该到这里了。”她用笔在那里画一个×。“他们应该在这里停留一天。”她用笔再画一个×。一个月后，曹魏和麦维紫返回羊毛胡同的时候，一张中国地图已经被麦维青画得遍地是×了。

因为担心麦维青会一直深陷仇恨不能自拔，母亲打算像斯德克老汉那样卖掉羊毛胡同的房子搬到别处去住。但麦维青坚决不同意。父亲不置可否，我则站在麦维青一边。我舍不得摆满了夜来香、天竺葵、玻璃海棠和蓝色鼠尾草的廊檐，还有带刺的蔷薇树篱，我把它们全部归到我名下，每天浇水，修剪，乐此不疲。麦维青对花草不闻不问，那段时间她最愿意干的事情是待在厨房里做饭，她不怕麻烦地做回族人的凉皮子、面肺子，做维吾尔族的拉条子、薄皮包子，她也做锡伯族人的南瓜饺子，甚至做了母亲大人爱吃的椒蒿鱼。麦维青做鱼，她把鱼头剁掉，使那鱼看上去像个鬼。也不知道她是咋想的。

麦维青以前可是从不喜欢进厨房的。她其实也不是喜欢上了进厨房，而是喜欢上了厨房的那扇窗子，这扇窗子怎么看都像当初的苏联人为克格勃特意设计了监视人用的。从那里刚好可以看见曹魏家院子的全景。麦维青每天站在窗前一边做饭一边观察后面院子里的一举一动。她看见麦维紫和曹魏出双入对，气得胸部鼓得高高的，仿佛她的乳房里鼓满了毒汁，它们饱胀着，把她撑得又好看又恶毒。

那段时间我们每天吃着麦维青充满仇恨做出来的饭菜，弄得不是胃疼就是肚子痛，有时候还会牙痛、舌头生疮、口腔溃疡。麦维青在饭菜里加了过多嫉妒的胡椒粉，仇恨的辣椒面，酸不叽叽的洋柿子酱，蒸出来的馒头也散发着发酵的失望之情。我们吃了这些饭菜之后不知不觉也沾染了这种坏情绪，全家人时不时地吵架生闷气。有几次我把吃剩的饭菜倒给羊毛胡同的流浪狗吃，流浪狗吃得狂吠不止，见人就咬。有一回麦维青做了一盘由生洋葱和辣椒以及西红柿、香菜组合成的凉拌老虎菜，父亲吃后不停地跑厕所，他说这简直是在吃仇恨，辣着进去，辣着出来。

我们家厨房的味道顺着风就飘到了曹魏家的院子里，我确信他们一定从中闻出了什么，这内容复杂的气味足以让曹魏荷尔蒙减退，让麦维紫内分泌失调。麦维紫结婚后一直不怀孕就是最好的证明。

我们一家去林场玩的时候，麦维青已经和魏宁结婚，但她和麦维紫依旧处于互不说话的状态。麦维紫拉着曹魏去骑马，麦维青拉着我去捡蘑菇，她没有让魏宁跟着我们全家一起去林场。魏宁是个军人，宽肩阔背，站姿挺拔得像一棵白杨树，长得也比曹魏帅。魏宁在边境上带兵。不知是部队纪律严明还是别的原因，我们很少能见到他。很多时候他处于一种不存在的状态。

那天我和麦维青在树林边缘看见了阿尔巴，这只山羊翘着胡子看了一眼麦维青，继续低头吃它的草。阿尔巴显然老了，毛没有以前那么雪白，头上疙里疙瘩鼓出来的硬包也没有以前那么狰狞，就连身上的臊臭味也没有以前浓了，而且明显的，它的记忆力衰退严重，已然忘记了烂苹果的仇恨。林场拴着的一条大黑狗扯着链子远远地朝阿尔巴狂吠个不停，看得出这两个家伙一定有过节。麦维青跑去拿了一块羊骨头扔给大黑狗，然后解开狗链。接下来，大黑狗把阿尔巴追得满山乱跑，一头摔下山崖。

受伤的阿尔巴不得不宰掉。

“要是早点把阿尔巴宰了就好了，那样嫁给曹魏的就会是我而不是麦维紫。”麦维青说。她都和魏宁结婚了，还对阿尔巴耿耿于怀，这也太没意思了。

麦维青那天心情恶劣，走路的时候一脚踩到了一泡刚拉出来的稀牛屎上，麦维青一边在草地上蹭着鞋子一边大声抱怨牛不该随地拉屎。我让麦维青小声点，但麦维青不想小声，她从一泡牛屎开始，追根究底一直抱怨到牛主人身上去。我不想和麦维青争论，她是姐姐，而且以她的蛮不讲理，十个我也争论不过。

但是在父亲脑干出血昏迷不醒，是否送ICU（重症监护室）抢救的问题上，我和麦维青发生了激烈的争执。我知道父亲脑干出血量比较大，就算抢救回来了，很可能也是一个只能躺在床上的半植物人。但我做不到看着父亲死去。麦维青则认为没有必要抢救了，就这样让父亲死去未尝不是顺从天命。麦维青是个兽医，对那些看上去没有多大希望的牛羊，她总是能够干脆果断地放弃它们。摔坏了腿的马，她让牧民直接拉到屠宰场去。“一匹不能奔跑了的马，活着也跟一头猪没有什么区别。”听听，这是一个多狠心肠的兽医。

当兽医得知我没有听从她的话，给父亲做了气管切开，上了呼吸机，她大骂我是个不长脑子的苕子，是个被驴踢了脑袋的蠢猪，我则回敬她活该被麦维紫抢走了曹魏，“我要是曹魏我也不会选你。”我的这句话让麦维青哭了好几天，父亲死都没见她怎么哭过。

在父亲的问题上，麦维紫和麦维青一致，但基于她们的敌对关系，麦维紫没有公开站在麦维青一边，但也没有站在我一边，她模棱两可，态度模糊。而母亲，这个就知道钱钱钱的财迷老婆子，想起来就让我怒火中烧，她在孪生姐妹的暗示下麻利地在出院单上签下了自己的名字，那名字怎么看都像一只竖着尾巴的毒蝎子。母亲这样做简直就是等同于谋害亲夫。不是吗？她伙同孪生姐妹瞒着我把父亲从医院接出来，六天之后父亲就死了。如果留在医院，父亲是不会死的。

想到这些我的心痛起来，眼泪开始往下流。我趴在方向盘上哭了一阵，平复了一下情绪后，启动车继续往前开。一路都是上坡，拐弯越来越急，我得不停地打方向盘。终于到了松树墩，这里是公路的最高海拔，接下来就是长长的大下坡，刹车将被踩得发烫，冒出白骨精一样的青烟。我想起白天到达这里的情景，赛里木湖突然铺展在眼前的巨大无边的蓝，会让人怀疑自己旅行到了天上，而现在是黑夜降临之际，一袭黑罩袍从山顶罩下来，我左边的赛里木湖变得墨汁一样浓黑，右边的山峰则狼牙一样交错狰狞。我是第一次晚上独自一人开车经过这里，心里不免有些发慌。

沿着黑黝黝的湖岸开了一段，我突然看见车灯照亮的前方有个影子魔鬼一样乱舞，我吓得跳起来，差点把车开到路下面去。传说赛里木湖有水怪出没，水怪可以吃掉一头骆驼，湖边一堆堆的白骨就是水怪留下的。我壮着胆子往前开，开近了，不是水怪，是一个穿警服的人站在路边手舞足蹈示意我停车。见鬼，这样的地方，大半夜的，也有警察查车？弄不好是一个假扮警察的杀人犯也说不定。我犹豫了一下，一踩油门，加快速度把此人甩在了黑暗中。

开出两里地，想想不对，刚才在松树墩，看见一辆警车停在路边，我以为司机开盘山公路开得头晕，停车休息一会。看来是车出了问题。如此洪荒的地方，我如果不去搭救，此人说不定会被水怪吃掉。

我调转车头往回开，车灯下远远看见警察站在公路中间手舞足蹈。

我停下车，摇下五分之一车窗。警察朝我一个立正，敬礼："中华人民共和国新疆维吾尔自治区伊犁哈萨克自治州公安局二分局驻二台派出所所长苏力坦，警号×××××。"号称苏力坦的警察大声地一口气说完了这么多词，看来这个在高山上生活的哈萨克族警察肺活量可以。我的车灯探照灯一样照着他，他满身的尘土都在发光，这使我没法看清楚他的脸。

"上来吧。"我对他喊。风一下子就把我的声音吹出了十里地。等他坐进车里，我立刻闻到了他身上带着高山夜晚从天而降的冷的味道，以及父亲身上熟悉的哈萨克族人的味道。

"良心还没有泯灭嘛，知道回来捡我。"苏力坦说。

"知道我回来捡你还手舞足蹈。"我怒气冲冲。

"不那样你会停车吗？"

"我不是调头回来了吗？"

我们一直吵到三台。

我在三台的古驿站附近停下车，摸出手机打母亲的电话，母亲的手机处于关机状态。

苏力坦也摸出手机打电话，对方显然也是关机。

"这个时候跑这鬼地方来做什么你？"苏力坦问。

"你呢？"我反问。

"赶来搜救一个可怜的老太太我。"

苏力坦说话喜欢和所有的哈萨克族人那样主语倒置，他总是把"我"这个词放在句子的尾巴上，听上去怪怪的。这种句式也是父亲常用的。

苏力坦告诉我三小时前派出所接到一个老太太的求助电话，老太太说自己退休后成了个老废物，女儿们嫌她消耗粮食和布匹，哄骗她说带她去旅行，结果她们把她塞进车子绕了一大圈，然后将她丢在荒野里自己开上车子跑得无影无踪了。

“没见过这么灭绝人性的女儿我。”苏力坦说。

我捂住脸不敢抬起头来。哦，母亲大人，这也太荒谬太滑稽了吧。这么天大的玩笑你也敢开，我该怎样替你收场才好。

我和苏力坦把三台为数不多的几座房子全敲开问了个遍，这些临时的饭馆、奶茶馆没有任何人在天黑前看见过一个孤零零的老婆子坐在大石头上吹风。我向他们打听附近有没有什么地方今天晚上在聚众跳黑走马。他们说黑走马啊，那是哈萨克族舞，应该是在哈萨克族人的毡房里吧。开春之后哈萨克族人和他们的羊群陆续上山，毡房分散在隆起的山脉间，白天放眼就能看见，但是晚上，世界黑得像是被熊吞到了肚子里，想要找到那些毡房简直是不可能的事。他们建议我等月亮出来了再说，天山的月亮大如玉盘，一根针丢了都能找到，别说是人。

等月亮出来显然是个明智之举。但苏力坦有些着急，他担心这样夜黑风高的晚上，一个可能患有痴呆症、多疑症、妄想症的孤身老太太处境危险。没办法，我告诉他真相后这个学识丰富的哈萨克族警察就坚定地认为我母亲有诸如此类的问题，至少有这样的倾向。我越解释他越认为我没人性。他指责我这个做女儿的既不着急，也不担心，还对母亲抱怨连天，充满嫌弃，作为警察他是满怀正义的，必要的时候他有可能起诉我虐待老人。我被苏力坦教育了一顿，哭笑不得。他也太不了解我母亲了。母亲惯用的伎俩就是假装得可怜巴巴的，关键时候其实狡黠得很。就拿父亲脑梗抢救的事来说，医生宣布父亲基本没希望度过危险期，但不抢救，很快就会死去。母亲悲伤万分但又不同意送父亲进 ICU，因为 ICU 有一部分进口药极其昂贵且不能报销。母亲退休前在单位是做财务的，不用电脑也能把账算得清清楚楚。她在脑子里飞快计算了一下，就大致得出了能报销和不能报销的钱数。这个数字会导致我们家的收支明细表变成红色标记的负数。母亲不想负数，她找了个既能保住面子又让人无法反对的理由不把父亲送进ICU，她说人之将死，如果在身体上这里切一个口子，那里插一根管子，到了阴间也会伤痕累累，继续受罪。她是绝不允许麦场长体无完肤地去阴间的。

母亲的理由让我惊讶得下巴都差点掉下来，我多么清楚母亲大人其实压根就不信这一套，母亲是个坚定的无神论者外加唯物主义者。我们还住在羊毛胡同的时候，有段时间房门不知什么原因经常在我们眼皮底下莫名其妙地自动打开，我惊呼这门像鬼，母亲把我一顿臭骂，她说人死了埋在地下被虫子吃得一干二净，人肉最后都变成了虫子身上的肉，难道那些肉嘟嘟的虫子就是鬼吗？母亲的说法让我见了虫子就大骇，就毛骨悚然。

母亲不仅不信鬼，也不信神，麦维紫结婚多年不怀孕，曹魏母亲不惜坐火车跑遍了全国各大名寺烧香拜佛，母亲讥称她是"米烂了"。"米烂了"是评剧《小二黑结婚》里装神弄鬼的三仙姑，这个外号用在曹魏母亲身上多少有点损。母亲还把曹魏母亲从灵隐寺请回来的送子观音咚地扔进垃圾桶，在母亲看来曹魏母亲这些迷信的做法是对她女儿的羞辱。而在曹魏母亲看来，对菩萨不敬，下一世是要入畜生道的。母亲嘲笑曹魏母亲："没有下辈子，有的话请指给我看呀。"曹魏母亲回敬母亲："我不能指给你看明天的太阳，并不等于明天的太阳不存在。"两个老婆子吵起架来都蛮有水平的。

母亲自认为没有冤枉曹魏母亲，曹魏母亲确有几次流露出抱怨，她含蓄地叹息，说如果娶的是麦维青，她可能早抱上孙子了。在我看来也未必，麦维青和麦维紫外部结构相同，那么她们的内部结构，相同的概率其实也是蛮大的。后来的事实证明的确如此。麦维青结婚后也一直没有怀孕，并因为不怀孕的问题最终和魏宁离婚。不过我多少有点怀疑麦维青的不怀孕是有意而为之。麦维青在曹魏死后毫不纠结地和魏宁离了婚，然后把自己穿戴得像个丧夫的寡妇，她瘦了很多，面部线条显出硬朗的阴影，眼睛里也不再有光亮，还出了一次严重的医疗事故——曹魏死的那个春天，二牧场的牲畜发生了疫病，畜牧局派麦维青下去控制疫情，她心神恍惚地给那些病恹恹的羊配药，结果药的剂量用的太大，配成了牛的剂量，导致许多羊悲惨地死去。大家以为她是因为离婚备受打击，其实备受打击的人应该是麦维紫才对，但麦维紫好像并没有怎么备受打击，她照常上班，照常睡觉，照常逛街，照常在汉人街的小吃摊上大吃她喜爱的凉皮子，并且放很多辣椒，辣得嘴唇像俄罗斯红肠一样。倒是麦维青，曹魏死后，她因为医疗事故被下调到了二牧场的兽医站，被贬之后的麦维青生活得苦不堪言，她每天拉着脸往牛的屁股上打针，捏着鼻子掰开马嘴看马的舌头，有一次被马踩了一蹄子，刚好踩到脚背上，骨头被踩裂了缝，麦维青单脚跳了好几个月才恢复到正常行走的状态。

那段时间麦维青可真够倒霉的。

我自然不会拆穿麦维青的假装不孕，一方面怕她骂我，一方面是同情她。我也没有拆穿母亲的阴间说，我得给她留面子。但我暗地里和母亲使着劲。我签字把父亲送进了 ICU，虽然我清楚地知道回天无力，但我不能眼睁睁看着父亲在我面前死去而什么也不做。父亲是一个乐观又坚强的人，几天之后出乎医生意料父亲度过了危险期，但一切没有变得好起来，只是维持着一种不生不死的状态。亲爱的父亲大多数时间都在沉睡，偶尔父亲会睁开眼睛，无神地瞪着一个地方长时间地看，那是一个遥远的我所不知道的地方。这让我无比心疼又无可奈何。

当母亲得知父亲可能在医院不死不活延续两到三年甚至更久，每年光护理费就是一个庞大的数字，而护理费同样是不能报销的时候，母亲立刻哼哼唧唧哭起穷来，她把存折翻开递到我面前让我看，说家里的钱都被麦场长吃肉吃掉了。谁都知道麦场长是个肉食动物，一顿没肉都活不下去。如果麦场长不是这么爱吃肉，家里多少还是可以省下点钱来的。

想到父亲躺在那里，永远也不可能坐起来吃肉了，我就悲从中来。见我阴郁着脸，母亲立刻变得委婉起来，母亲说这也不能怪麦场长，麦场长常年生活在高寒地带，不吃肉怎么能御寒。再则，山上根本没有蔬菜可吃，麦场长的肠胃已经无法习惯蔬菜了，每次回家一吃蔬菜就不停放屁，弄得家里空气严重污染。

我是不会中母亲圈套的。我提出既然存折上没有钱，那其实我们完全可以把羊毛胡同的房子卖了。我们现在住在高楼里，羊毛胡同的房子空着也是浪费。

母亲猝不及防，口头上答应卖房子，回头却想出了新花招，她告诉我房产证找不到了。等我费九牛二虎之力终于补办了房产证，她又说户口本丢了。等我户口本也补办好了，她没辙了，她说她想回羊毛胡同再看看那座老房子，在那里住了这么多年，她心里是如何如何的不舍。“卖房子就像卖掉自己的一段人生。”母亲期期艾艾地说着令人感伤的句子，但我毫不心软，我冷眼看着母亲在老房子里走来走去，因为没有人住，花园里长满了杂草，蔷薇树篱疯长到一人多高，葡萄藤蛇一样趴在地上爬伸得到处都是。的确是满目凄凉。后来母亲进了客厅，索性靠着冰凉的壁炉哭起来。她说她舍不得这些物件被别人使用，谁知道新房主会不会爱惜它们？我觉得母亲真是虚伪极了，当初我们搬去电梯房，她还想把这里的房子租掉呢。母亲是个现实主义者，她才不想让房子白白空在那里不产生利润。最后没有租的原因是麦维青反对，她才是真正舍不得这所房子的人。而母亲在搬离羊毛胡同的时候简直可以说是欢天喜地，她嚷嚷着自己早就住够了这个乱糟糟的乡下一样的破地方，那群鹅整天叫得吵死人不说，胡同的路面也坑坑洼洼似乎从来就没有平整过，再漂亮的人走上去也像瘸子一样高高低低。加之一刮风羊毛胡同就尘土飞扬树叶乱飘，每个人都得眯着眼走路，不清楚的人还以为那是在微笑呢。母亲痛恨自己竟然在这样一个地方将就着生活了大半辈子。

母亲突然爆发的对羊毛胡同的留恋相当可疑。从老房子回来后她就悲伤过度，宣称自己血压升高，心脏乱跳，失眠，便秘，牙疼。见我不为所动，她把悲伤升级到不吃不喝，最后低血糖，头晕，差点昏倒在地。

“父亲已经这样了，难道你要把母亲也送进医院吗？”麦维青和麦维紫一起责怪我。在这件事情上她们绝对是和母亲一气的。

房子最后没有卖成，不是我妥协，为了父亲我是不会妥协的。主要原因是卖房的一些法律程序比较复杂，父亲处于植物人状态，不可能坐起来在卖房协议上签下自己的名字。如果要卖房，律师说必须等父亲死后，作为遗产才能卖。

这都什么狗屁法律。

如果苏力坦知道我母亲的种种所为，不知道他还会不会在这里义正词严地跟我讲大道理。我嫌他啰里吧嗦管的可真够宽的，但此时此地，如果我不想一个人惊恐地待在黑暗中，就必须寸步不离地跟着他。可是我发现跟着他其实比独自一人更恐怖，他说起发生在赛里木湖边的一桩凶杀案，并热情地带我去实地查看，那是湖边的一座空房子，黑咕隆咚，如魔鬼开设的旅店般一声不吭地立在那里等着我们走进去。苏力坦摸黑找到死者的位置，并站在那个位置上向我演示死者当时的姿势——肩膀斜靠窗框，反背着手，面朝湖水，脸上是做梦一样的表情。死者很可能在那里站立了几个月，日日被大风吹着，吹成了干尸。经过的车辆并没有发现什么不对劲，没有人会觉得一个站在窗口看风景的人有什么好奇怪的。大家都以为那是一个在赛里木湖短暂停留的旅行者。苏力坦途经此地时只看了一眼站在窗口的人，就觉出了不对劲，直觉告诉他那个人怎么看都像是一个没有生命体征的人。他停下车向那个人招手，吹口哨，扔牛粪，扔石子，那人均无反应。苏力坦于是上楼，近距离地看见此人背部插着一把刀。

为了破案，苏力坦曾独自在这座空房子里睡过一晚上，冷得受不了的时候，他就用地上的羊粪点火取暖。

我打开手机电筒，看见脚下的确是一层地毯一样柔软的羊粪蛋子。这没什么好奇怪的，空房子是勘探队废弃多年的简易楼房，据传赛里木湖湖底有石油，勘探队在这里忙了好一阵子，什么也没有忙出来，最后留下一座被风吹得歪歪斜斜的空房子走了。勘探队走后空房子成了来往羊群的临时羊圈。有几次我坐车途经此地去乌鲁木齐，看见空房子每一扇裸露的窗口都有羊头探出，这些羊头正无限迷醉地欣赏着西天落日。那缓慢的落日，在寂静的山峰之上长久地停顿着，仿佛永不会滑落下去。

苏力坦遗憾两年过去了这个案子至今没破。当时刑侦大队的人推测凶手很有可能逃往了人口密集的内地城市，但苏力坦不这样认为，他怀疑凶手十有八九就隐藏在这连绵起伏的天山深处。对一个想要逃避恢恢法网的人来说，还有什么地方比这里更理想呢？苏力坦曾抓获过一个杀警越狱犯，此人从拜什墩监狱逃出来，混迹哈萨克族人中放羊。因为在山上生活了十几年，皮肤被高海拔的紫外线晒得黑红，再加上留了大胡子，穿着光板羊皮袄，说一口标准的哈萨克语，还会用哈萨克族人传统的方式驯养鹰，就连哈萨克族人都以为他是正宗的同族人。但苏力坦识破了他。

“你是怎么识破的？”我相当好奇。

“凭感觉。”这个长相潦草的黑脸警察颇为得意。

我撇撇嘴。他以为自己是长着触角的虫子？光靠感觉就能知道天下不下雨，食物在哪个方向，要交配的对象躺在哪片叶子上叉着腿睡觉？我在心里叽咕着但没有把这些话说出来。

出了空房子，我赶紧钻进车里。苏力坦站在车外抽烟，烟头被大风吹得鬼火一样一明一灭。此时东边天空已经泛出白光，很快，一轮将圆的月亮，巨灵一样，从茫茫中升起。大地上的一切依次从黑暗中显形出来，山是山的形状，水是水的样子，平静而巨大的赛里木湖明晃晃的，看上去像是月球表面的一部分。置身其间，我一时恍惚，忘记了自己为着什么来到这里。

十岁那年，父亲带我到二台林场，我在林场玩疯了，满山追羊，和小牛顶架，拿石头扔一匹暴烈的马，偷拔护林人养的老鹰身上的羽毛时差点被老鹰一翅膀扇晕。一个下午我去林场小卖部买酸奶疙瘩，小卖部包着白头巾的哈萨老婆子突然抓住我的手，我还以为她要咬我呢。她嘴里嚼着茶叶盯着我长时间地看，然后“外——外！”地发出感叹，她用哈萨克语说了句什么，我听不太懂，她好像是说我是他们的哈萨丫头，也好像是说我长得像他们的哈萨丫头。我鼬鼠一样扭着身子挣脱了她，跑回去的时候刚好看见父亲带着林场的人把一只头上长着庞大鹿角的雄鹿按倒在地，他们用钢锯把鹿角锯了下来，“这样它就不能和别的雄鹿打架了。”父亲说。受伤的雄鹿因为没有了森林一样的鹿角狂怒不已，它扯着绳子一圈圈奔跑，迎着风向嗅着远山的气息呦呦地鸣叫。最后鹿挣脱绳索，四只蹄子腾起旋风一样的紫色烟雾狂奔而去。

这个月光之夜，在一片明晃晃的草地上，我看见了一只鹿。我毫不怀疑它就是多年前逃跑的那只鹿。那只无视时空法则的鹿，我曾想象它停留在羊齿叶与飘忽不定的铃兰花之间，走在空气流荡，清泉潺潺的山谷，此时，它穿越一切的目光和我静静地对视着。

我摁了一下汽车喇叭，鹿不见了。

也许并没有什么鹿，只是月光的如幻泡影。

苏力坦提议由他来开车,他嫌我把车开得比拖拉机还慢。外面风大,我不想下车,一抬腿把自己从驾驶座挪到了副驾驶座上。苏力坦坐上车后一个快速掉头沿着赛里木湖往西开去。他把车开得像得了疯牛病的牛。刚才在一座毡房前我们差点被人当成偷羊贼,主人放出狗咬我们,那可是和狼一样凶猛的大狗,扑咬的方式也接近狼,直接朝喉部下口。苏力坦一脚踢得狗嗷嗷惨叫。亏得他穿着警服,才避免了一场误会。

这个晚上我们经历了一次又一次被狗追咬的惊险场面,问遍了附近所有能找到的毡房也没能问到母亲的丁点消息。我又累又生气,就算手机没电,母亲也完全可以借别人的手机给我打个电话的嘛。何至于让我这样目标全无地瞎找。时间已经是后半夜,疲惫像月光一样浸透到了我的骨头里,我又冷又瞌睡,旁边这个不长眼的家伙丝毫没有把衣服脱下来给我御寒的意思。我只能把母亲的羊毛披巾裹在身上,平日里我是不屑于裹这种东西的,弄得跟俄罗斯贵族似的。但母亲大人对披巾很是热衷。她的肩上永远裹着各种质地的披巾,冬天是厚羊毛的,春秋是薄羊毛的,天稍微热点的时候是纱的麻的,再热点的时候就变成网眼的或镂空花样的。其实母亲跟俄罗斯贵族边都沾不上。原先我们羊毛胡同里住着一家俄罗斯人,我们这里的俄罗斯人基本都是一百年前流亡中国的白俄贵族的后代,到了伊宁后这些贵族变成了面包师,修琴师,做鞋匠,裁缝,伊犁河上的打鱼人,但他们仍不失风度地保持着一些贵族遗留下来的习惯,比如男人穿干净的衬衣,喜欢手风琴。女人喜欢胸针和披巾。母亲看着人家的样子也学了起来,真算得上是蹩脚的模仿秀。

“老太太明明说她就在古驿站附近的。”这句话苏力坦隔一会说一遍,说了不下十次。他一手开车一手点烟,点燃吸了几口,发现我用眼睛瞪着他,他有些气恼地把烟扔了。

“我母亲说的附近，一般所指广泛。”我提醒他。

“广泛到什么程度？”

“有可能指整个赛里木湖。”

“外——外！你知不知道整个赛里木湖面积四百六十平方公里，开车绕一圈要好几个小时。”苏力坦大幅度地摇晃着脑袋，像一只动物那样表达着自己的不满。

我突然想到麦维青她们发在朋友圈里的照片，打开手机来看，照片背景里有栈道，还有尖顶的小木屋。

苏力坦抢过手机看了一眼，调转车头往栈道方向驶去。

车子在明晃晃的月光下行驶在荒凉的公路上。半小时之后，我又一次看见那只顶着一头森林一样庞大鹿角的雄鹿站在湖边。水光和月光让一切虚幻迷离。

“鹿。”我说。

“哪？”

“那。”

“没看见。”

“你视力有问题。”

“你智商有问题。”

我不想和黑脸警察吵，闭上眼眯瞪了一会，睁开眼刚好看见发白的松木栈道在月光下虚与委蛇地向远处爬伸。栈道两边，散落着几座民族风情的小木屋。很明显，这里是一个旅游住宿点。

母亲果然在这里。我们才一问起，大家就知道我们要找的是谁。“那个是你的母亲？外——外！醉得找不到自己的房间。是我把她扛回去的。”领我们去的哈萨克族女人包着头巾，系着花围裙，她喜欢像牛那样拖长音调慢吞吞地说话。我跟在她后面往山坡上走，她硕大的屁股挡住了我的视线，我感觉自己是在跟着一头花母牛走。我一边走一边向这头花母牛道谢。

我们走进母亲房间的时候，花母牛穿着皮靴的大脚把木屋踩得地震一样摇摇晃晃，就算这样母亲也没有被吵醒的意思，她躺在舒适温暖的大床上，睡得呼啦呼啦的。小屋子里酒气熏天，看来母亲确实喝了不少酒，这让我颇感意外，我没怎么见过母亲喝酒。我只见过她凶悍地不许父亲喝酒。她生气地把父亲拿回来的伊犁大曲倒进羊毛胡同那群鹅经常玩泥巴水的地方，结果鹅全疯掉了，在泥巴水里打起了群架。它们用喙揪扯对方身上的羽毛，张开翅膀狠扇对方的耳光，抻长脖子大声鸣叫，弄得羊毛胡同鹅毛乱飞，一片喧闹。后来鹅突然贴着地面低低地飞起来，飞出几百米，落下来欢叫一阵，又继续起飞。几次之后，就飞得看不见了。鹅主人麻合穆提骑着摩托车，追到伊犁河那边察布查尔锡伯自治县的胡麻地里才找到了鹅。

母亲一直睡到第二天快吃午饭的时候才醒来。她一睁开眼看见我裹着她的披巾就嚷嚷起来："那啥，你怎么给我带这条灰不拉叽的披巾来。"

我一听就来气："不是说在古驿站附近吗？这里离古驿站足足有一百公里。不是说被女儿抛弃荒野了吗？结果呢，你在月光下喝酒跳舞，呼吸着牛奶一样的空气，享受着浪漫温暖的小木屋。看我下次还来管你。"

"你看见的，她们都跑得不见了人影，还带走了我的钱夹。我又生气又害怕，胡大敓，我还能怎么办嘛。"母亲说。

"那你就打电话报假警？你知不知道这样做足够拘留你了。外面那个黑脸警察正拿着手铐等着你呢。"

我的嗓门不小，在露天草地上烧茶的花母牛转过身来朝我们敞开的房门张望。过了一会，她送了一壶热茶过来，还带过来两只满是酒味的油腻腻的玻璃杯。花母牛的这壶茶避免了我和母亲即将发生的一场争吵。我用热茶烫了一遍杯子,给母亲和自己各倒了一杯。

苏力坦看见我母亲后有点哭笑不得,他现在应该清楚我母亲是怎样一个不老实的人了。母亲当然不会是他想象中的可怜样,她穿长裙短靴,抹口红,涂韩国粉底霜,还围着优雅的大披肩。花母牛瞪大眼睛惊叹我和母亲不像母女,像姐妹。母亲一脸得意。她不喜欢我“老娘老妈母亲大人”的叫她。好像那样叫会加速她的老。以前她最恨麦场长叫她老婆子,她会立马鹅一样朝父亲抻长脖子嚷嚷起来:“我有那么老吗?我离老婆子还远得很呢。”

“这简直,太开玩笑了吧。”苏力坦半天才说出一句话来。

母亲像一朵西域雪菊挤出满脸笑容跟苏力坦道歉,这办法挺管用,苏力坦只生气了一小会,面部表情就和缓下来。很快我们就气氛融洽地坐在露天的白色塑料桌子前吃起了东西。阳光洒在周围的草地上,草地被踩得一片凌乱,满地扔着空酒瓶和易拉罐,还有一堆被微风吹乱的灰烬。看来这就是昨天晚上跳黑走马的地方,有月光,有音乐,有酒,还有火堆,多浪漫啊!我心里气哼哼地,脸上极力不表现出来。

饭菜上得很慢,做饭的厨帅昨晚也是喝得大醉,到现在还不太清醒,他把烤肉烤得噼里啪啦火焰四起,周围空气里弥漫着浓浓的动物脂肪烧焦的味道。他拉拉条子,一边随着冬不拉音乐扭腰摆臀跳黑走马,一边把面条鞭子一样在空中乱舞,有一次惊险得差点把面掉在地上。等过油肉拌面端上来,我们对着一盘比大拇指还粗的面不知道该怎么下口。我担心这样的面吃到肚子里比钢筋还难消化。没有办法,我们又要了一个牛骨炖土豆,一个硬邦邦的不知道放了多少天的干馕,结果牛骨炖土豆里面居然有整个的土豆。我用筷子叉了好几次都没有叉起来，以至于汤汁溅到了我的裤子上。端菜上来的花母牛站在旁边好笑地看着我。好吧，没有关系，折腾了一夜，我已经邋遢不堪，再邋遢一点又何妨。苏力坦的样子比我更糟糕，胡茬蚂蚁一样爬满了脸，头发乱糟糟的，我真想伸手把他那绺鸡尾巴毛一样翘起来的头发压平下去。它翘在那里，让人心里极不舒服。苏力坦一边吃东西一边打哈欠，昨晚小木屋住满了人，我好歹可以和母亲挤一下，他只能缩在车子里，天快亮的时候冷得要命，他不得不沿湖跑步来取暖。跑步的时候他在湖边看见了鹿的蹄印，看来昨天晚上的确有鹿，我并没有看花眼。

母亲坐在我对面，嘴做成O形，小心地把食物往里送，然后口腔做着圆周运动。这样做显然是为了避免吃掉口红。吃了一会，母亲抱怨没有胃口，她想要一碗羊肉西红柿揪面片汤，喝点酸酸的热汤可以让她喝过酒的胃舒服一点。花母牛说这里有的食物我们已经全点上了，除此再没有别的，没有揪面片，没有酸酸的汤，什么都没有。不过酒是秃噜秃噜的有。她给我们看一辆厢式小货车上堆积的整箱整箱的酒，伊犁特，伊犁老窖，十年陈，二十年陈，还有散装的伊犁大曲，装在一个方形的浴缸一样大的白色塑料桶里。我以为花母牛是这里洗碗烧茶干粗活的服务员，让我惊讶的是她说自己叫热伊夏，是伊犁酒厂推销酒的工作人员，一年四季开着装满酒的厢式小货车跟在哈萨克族人的羊群后面走。她到度假村是送酒来的，她经常来这里，住几天，然后再去别的地方。那些游走在天山深处的哈萨克族人，最高兴看见她开着厢式货车出现在他们的视线里。他们秃噜秃噜地买她的酒，她也经常免费请他们一起喝酒，喝得半醉，然后摇摇晃晃开着车去往下一个游牧点。

“小心被我抓到你酒驾。”苏力坦说。

苏力坦在一门心思发愁他的车，他得想办法把那辆警车弄回去。那是一辆手动挡的皮卡车，苏力坦开到山顶的时候停下来抽了一支烟,结果就再也发动不起来了。

“什么破车嘛。”苏力坦骂骂咧咧,他们派出所从来没有过一辆像样的车,每次出警,都得冒着随时熄火的风险。如果路程不是太远,他们宁愿骑马。“不过如果不是车破,我就不可能碰到你。”他一脸得意,好像碰到我是一件了不起的大事情。

太阳大起来,我扯下身上的披巾,这东西在母亲身上像贵族,在我身上就跟个麻袋片似的。

我把母亲装满衣服和化妆品的旅行包塞进后备厢,准备离开的时候手机响了起来,我看一眼号码,是麦维青。别理她。别理她。我心里这样想,最终还是摁下了接听键。

不用说,我们在电话里又大吵了一通,我怪她丢下母亲自己开车跑了,她辩解说她离开的时候麦维紫和母亲在一起。她并没有跑远,只是沿着赛里木湖去了博尔塔拉蒙古自治州的温泉县泡温泉去了。温泉的水又滑又软,麦维青建议我开车带上母亲也去泡泡温泉,她在那里等我们。

“你就光着在水里等吧,反正我是不会去的。”我说。

我刚挂断麦维青的电话,麦维紫的电话就进来了。她们两个,连打个电话的时间都这么一致。

因为刚和麦维青吵过,火气已经发泄了大半,我不再怒气冲冲,我和麦维紫友好地说了一会话。她说昨天刚好有一辆车要去二台林场,她想去林场看看,就自己搭车走了。到了林场后她才发现母亲的钱夹身份证都在她的包包里放着,她担心母亲没有钱吃饭,但打母亲的电话又打不通。麦维紫没有提昨天不接我电话的事。我也懒得问。

和麦维青一样,麦维紫建议我带着母亲去二台林场。

“父亲在林场工作了一辈子,这里好像还有父亲的气息在空气里飘荡。”麦维紫说。

我的眼泪一下子流了下来。我本来想说不去，可是，我的手已经开始拨打麦维青的电话，我告诉她我要带母亲去二台林场，她要去的话，赶紧过来，我们在这里等她。

“好的。”麦维青说。“多怪啊，我老觉得父亲还在林场。”

我差点哽咽出声，赶紧挂断了电话。

听说要去二台林场，母亲没有什么异议。她以前可是不喜欢去林场的，她也不喜欢我们去。只要听到父亲提议带我们去林场玩，她就把脸拉得比马脸还长。现在她倒愿意去了。她还建议热伊夏一起去。热伊夏对二台林场并不陌生，她在山上跑了近十年，去过林场很多次，说到麦场长，热伊夏笑起来：“麦场长嘛，瓶（朋）友的我们。喝过几次酒，外——外，酒量大得很他。”

母亲瞪着热伊夏。她想象不出麦场长和别的女人在一起喝酒的情形。说实话，我也想象不出。我们对麦场长在林场的生活知之甚少。我们只知道他退休后在城市里生活得很别扭，每天被汽车喇叭干扰得不能睡觉。低海拔过多的氧气也让他晕乎乎地跟喝醉了一样。也许他的脑干出血跟这些不无关系。

热伊夏问麦场长怎么不跟我们一起来，我告诉她麦场长旅行去了。母亲纠正说是见真主去了。

“外——外！”热伊夏拍着大腿感叹起来。然后她安慰我和母亲，草会死，牛羊会死，一匹奔跑的马有一天也会倒在地上再也爬不起来，“世界就是这个样子的嘛。最后所有的东西都是一样的结果嘛。”热伊夏说。她的话似乎包含了世界的大道理。

我把头扭过去看着远处一匹低头吃草的马，阳光洒在草地上，看上去那匹马正在大口大口地吃着阳光。

三个多小时后，麦维青才赶到度假村。她明明知道从这里去林场的路不怎么好走，天黑前我们必须得赶到，可她还这么拖拉。我忍住怨气没冲她发火，我不想再闹出什么不愉快。

正准备出发的时候，一块巴掌大的云飘过来，在我们的头顶下起了大雨。我赶紧钻进车里，母亲和麦维青躲进了小木屋，苏力坦跑到不下雨的山坡上站着，那里阳光透明，他站在一片金色里，看上去又温暖又明朗。

雨随着云团往东移动，很快就下到另一座山坡上去了。这一点不奇怪，这里的雨就是这样，像吃草的羊群一样四处游移，飘忽不定。

接下来我们一行三辆车开始向松树墩驶去，笔直的柏油路正对着落日，像是要一直铺展到太阳里去。

一个小时候后我们到了松树墩，回头看赛里木湖，这时候的湖像是群山睁开的一只蓝眼睛。

热伊夏拿出绳子准备把皮卡车挂在厢式小货车后面，她有丰富的经验，随时带着一些长途开车必备的工具。苏力坦坐进皮卡，有些不甘心地打了一下火，车子居然发动了。“嘀！嘀！”他惊讶得鼻子都歪了。

苏力坦像开坦克那样用力地开着皮卡车加入到我们的车队中来。破排气管一路发出放屁一样的声音。等我们终于开到二台林场，麦维紫已经等得不耐烦了。

我们停好车。最后的阳光正无限美好地照着树林，树的躯干像镀金的豹子皮闪闪烁烁。一棵大树上站满了乌鸦，我们从乌鸦的胯下走进林场大院。现在的场长是阿迪力。我们按汉人的称呼叫他阿场长。阿场长按哈萨克族人的礼节和我们行拥抱礼。他重点问候了母亲。这个阿场长有着一副吓人的大嗓门，他一开口说话，树上的乌鸦全吓飞了。

在林场食堂简单地吃过西红柿汤面片后，苏力坦开着他的坦克回二台派出所去了。热伊夏去熟人家里借宿，我们各自提着行李来到林场招待客人的一座房子里，这是座哈萨克族家庭式摆设的房子，进门就是榻榻米一般低矮的土炕，炕上铺着花毡子，一摞被子一直叠到天花板那么高。没有家具，只有一张喝茶的小矮桌。

麦维青一进去就狗一样嗅着鼻子："这房间味道真难闻。"

麦维紫也嗅了一阵："一股羊毛味。"

母亲环顾了一下房间，抱怨几十年过去了林场的一切还是老样子，房子还是和羊圈一样低矮，土墙上还是贴着牛粪饼，院子里还是高高地堆着干草垛，牛羊还是满地拉屎。

听听，她只要一说起林场就是这样的老调调。

我脱鞋上炕，把被子抱下来当靠枕靠着。麦维青学我的样也上了炕，才一挨着被子就跳起来蹦到了地上，看来她被马蹄踩伤之后弹跳功夫练得相当不错。麦维青惊呼被子上有呛人的莫合烟味，枕头看上去也脏兮兮的可疑。她后悔没有带一瓶来苏水来把房间消毒一下。麦维紫抱怨不应该住在林场，她昨天晚上住在山上旅游出租的毡房里，外面看着是毡房，里面设施现代化得很，有床，有卫生间，有电暖气，还有无线网络，被套也算得上雪白。麦维青怪麦维紫不早说，现在上山显然已经不可能了。麦维紫怪麦维青出发太晚，影响了大家到达林场的时间。要不今晚完全可以住到山上干净温暖的旅游点去，哪用得着在这受罪。

听她们两个在那里叮叮当当地吵，我忍不住插嘴，我说哈萨克族人可从来不认为这样的生活是在受罪。他们在这里生活得好得很，一个个强壮得像尼勒克牛。

孪生姐妹见我发出声音，立刻化敌为友，联合起来攻击我，一个说地球上印第安人快消失了，吉卜赛人快消失了，哈萨克族人有一天也会消失。另一个嘲笑我强壮得像尼勒克牛，为什么不留下来做天山深处最后的那个哈萨克族人呢。

我想起她们说我是父亲在林场捡来的哈萨丫头，我觉得这个问题得找母亲问个明白，母亲正在往手上涂护手霜，听见我问，气哼哼地像个火球一样跳了起来，母亲说谁这样说你去问谁，反正她从来没有说过我是捡来的。

我不想和她们待在一起。我穿上鞋跑到院子里想看看能不能找几根劈柴把炉子烧热。月亮没有升上来之前外面乌漆麻黑的，风叫得像鬼。手机电筒微弱得根本起不了什么作用，我摸黑在院子里转了一圈，发现院墙边一个棚子上有可取之物，我抽了几根抱回来，然后撅着屁股趴在铁炉子前又吹又扇，费了好大劲才把火点着。火着得有点阴阳怪气。我在炉子上烧了一壶开水。房间里有一包没有拆开的砖茶，我掰下一小块扔进壶里煮，茶叶浓浓的味道飘散出来，挺好闻的，很快就掩盖了房间里原先的气味。

我在房间里没有找到能喝茶的杯子。

"别忙活了，茅厕在院子里，现在喝茶，你想晚上尿炕。"麦维紫说。

麦维青嫌我把房间弄得又是烟又是水汽，吱吱作响的茶壶也招惹到了她。"你能不能让它别响！这声音让人产生生理反应。"

我扯过母亲不喜欢的那条大披巾把自己裹得像个蒙面大盗。我打算去亮着灯的地方借几个杯子。刚才去院子里抱柴火的时候我看见远处一座房子门口亮着一盏瓦数很大的灯，别的房子都沉在黑暗里，独它明亮得像是世界的中心。

"胡大欸，包裹成这样，别人还以为你是去抢杯子的。"母亲说。

"狗会咬你的。"麦维青说。

"你个尖嘴乌鸦。"我说。

“你秃尾巴羊。”麦维青回敬。

出了门，我壮着胆子往前走，空气又冷又湿，树木在两旁飒飒作响。我走到一块空地，把头抬起来看了一会天空，天上一颗星星也看不见。

黑暗中传来狗叫，紧接着好几只狗同时叫起来。我担心林场所有的狗都会叫起来，然后倾巢出动向我奔来。十岁那次到林场的时候就遇到过这样的情形，当时父亲和我走在一起，我想捡一根棍子吓唬狗，父亲告诉我那样只会让狗叫得更凶。“如果它朝你叫，你就大声唱歌。”父亲唱起电影《冰山上的来客》里的插曲《怀念战友》：“天山脚下是我可爱的家乡，当我离开她的时候，好像那哈密瓜断了瓜秧。”这时候狗叫声弱了下来，只剩下那么两三只狗还在装腔作势地叫。当父亲唱到高音“啊——亲爱的战友”的时候，那两三只狗也不叫了。我问父亲为什么狗不叫了，父亲说他也不知道，反正这个办法对林场的狗管用，对别的地方的狗，比如伊犁河边的狗就不管用。“你对它们唱歌的时候它们照样扑过来咬你的腿。”父亲说。我记得父亲的确被狗咬过一次，撕破了裤腿，还流了点血。想到他是唱着歌被狗咬到的，我就忍不住想笑。

狗叫声越来越近，我吸一口气，开始唱歌，等我飙到高音“啊——亲爱的战友”时，狗叫声已经停止。这也太神了。我揉一下眼睛，手背是湿的。

我一边大声唱歌，一边穿过黑暗的夜路，到达了亮着灯的房子。我的猜测没有错，这是一个小卖部。我怀疑抓住我的那个包着白头巾的哈萨老婆子还坐在小卖部里。她抓住我的手说的话一直咒语一样在我脑子里盘旋不去。站在小卖部门口的时候，我一下子明白过来自己其实不是来借杯子的，借杯子只是借口。自从姐姐们说我是父亲在二台林场捡来的哈萨丫头，我就隐隐约约地觉得这个小卖部和我有着某种说不清的关联。

我在小卖部门口看见了热伊夏的厢式货车。一匹马抻长脖子用带着马嚼子的嘴啃咬车厢广告上那只巨大的泡沫酒瓶，好像它犯了酒瘾，想打开瓶盖来上一口。我解开披巾，深吸一口气推开门，里面烟雾缭绕，酒味冲鼻。过了一会我看清堆满货架和杂物的房间里坐着五个人，其中一个是热伊夏，其他几个都是男的。没有什么包着白头巾的哈萨老婆子。我进来之前这五个人正围着铁皮炉子喝酒抽烟嗑瓜子，瓜子皮厚厚地吐了一地，乱扔的莫合烟头没有被踩灭，在瓜子皮上冒着烟，看上去瓜子皮随时都会着起一场大火来。

热伊夏挪了挪屁股，我紧挨着她坐下。她给我倒了一杯酒。他们是用茶杯喝酒的。

热伊夏提到麦场长，几个人眼睛一齐看向我。有个哈萨小伙子坐在我对面，他试图和我说话，手脚比画，脸红红的，有点意外的兴奋。热伊夏充当翻译，她说哈萨小伙问我还记不记得我和他打过一架，我把他摁在牛粪上，把他的帽子扔到山下边。我一下子乐起来，十岁那年，一个吸溜着脏鼻涕的哈萨巴郎子拿石头扔我，我跑去跟父亲告状。

“哈萨巴郎子打我。”

“那你就打他。”

“他是男孩。”

“你比他高。”

“我肯定打不过他。”

“人在特别生气的时候，嘴巴里眼睛里鼻孔里都能喷出火焰来，这样他就怕你了。”

再次遇到哈萨巴郎子拿石头扔我的时候我就七窍喷火地上去和他打了一架。我占了上风，然后我就跑了。我的腿比他长，他追不上我。

我没想到那个和我打架的坏巴郎子现在长成了这样。和那时候相比他好像没有长高多少，我那时候就比他高，现在还是比他高。但他长宽长厚实了许多，像一堵墙，看上去又矮又有力气，如果现在再打一架，我肯定打不过他。

哈萨小伙说了些什么，所有人大笑起来。热伊夏也笑，她翻译给我说哈萨小伙说自己因为挨了一个丫头片子的打，很多年一直被人们笑话，至今娶不上老婆。哈萨小伙让我嫁给他，算是赔偿。

我确定有些粗鲁的话热伊夏没有翻译给我听，"喝吧，否则你受不了这些傻人傻话。"她把酒杯推给我。

我喝了一大口，脸上热起来。我对那种轻飘飘的感觉很上瘾，它能让你忘掉将要来临的明天。小卖部里的电视正在播明天的天气预报，明天天山局部要下雪，山上这个月份下雪属正常现象。

我喝完一杯，热伊夏又要给我倒一杯。我觉得自己该走了。哈萨小伙拉住我要我跟他走，他指指热伊夏，指指另一个男人："她跟他走，你跟我走。"

大家坏笑起来。我挣了挣，没挣脱。我踢了哈萨小伙一脚。"外——外！"他大叫着跳开，挪开凳子摆出打架的姿势。我也摆出打架的姿势，父亲说了人在特别生气的时候，是可以喷出火焰来的。我现在喝了酒，我现在很生气，我做出喷火焰的样子。可是我憋不住大笑起来。

门咣地被推开，一股冷风跟着苏力坦一起进来。这个警察现在穿着皮夹克，领子竖起，黑着脸，一副很酷的样子。"有个老太太报警求助，说女儿失联了。"苏力坦瞪着我。

我赶紧摸口袋，没带手机。这不怪我。其实我也就才出来了一小会。母亲大人真是啰唆得很。

我被苏力坦揪出小卖部,“看不出来嘛,又喝酒又打架的,昨天找老太太,今天找老太太女儿,你们一家简直能把警察忙吐血。”

我很自觉地不发出声音。

苏力坦像匹生气的骆驼迈着大步在前面走,我在后面小跑才能跟上。

走了一段,我停下来,犹豫了一下,还是决定返回小卖部。我多少有点不甘心。苏力坦在后面喊“喂,喂,站住。”听上去像是在喊一个逃跑的罪犯。

当我咣地推开小卖部的门,一眼看见有个包着白头巾的哈萨老婆子坐在我刚才坐过的位置上,她头上的白头巾白得像雪山的峰顶一样醒目。

“我是麦场长的女儿。你见过我的,在我小时候。”我一把抓住她。

哈萨老婆子嘴里嚼着茶叶长时间地盯着我看,表情像是刚从坟墓里睡醒。

我突然意识到自己其实根本就不能确定她是否就是很多年前的那个哈萨老婆子,那个抓住我的哈萨老婆子在那时候看上去就跟这个哈萨老婆子一样老。我现在唯一能确定的是,这个哈萨老婆子和那个哈萨老婆子一样都包着白头巾,一样嘴里满满地嚼着茶叶。事实上在天山深处,所有上了年纪的哈萨老婆子都是这样子的。

我站在那里,不知道自己还能问些什么。

苏力坦把我拉到外面。“回去睡觉吧。”他说。

可我不想睡觉,我仰起头充满渴望地望着夜空,夜空又黑又深,还是没有一颗星星出现。要下雪前星星是不会出现的。我知道这场雪后山上漫长的冬天才算是过去,覆盖山坡的野杏花就要开放,斑鸠的声音穿过山楂树林，白蘑菇珍珠项链一样长满树墩，狼毒草的叶片也会在风中摩擦出好听的声音。

“一切多么易逝啊！”我没头没脑地叹息着，跟着苏力坦往回走。

路上我向苏力坦说起自己可疑的身世。我幻想这个凭感觉就能破案的警察也许可以帮我解开身世之谜。如果说我真是个捡来的哈萨丫头，为什么从来没有听羊毛胡同的人说起过什么？如果说我不是捡来的哈萨丫头，种种迹象又表明我有可能是，比如我的身高明显高出父母和姐姐们。就算是隔代遗传，不论是父亲还是母亲的祖辈都似乎没有出现过像我这样牛高马大的人物。我的脸盘也比较大，满月一样，屁股又结实又有力，这一点正是哈萨克族女人才有的特征。撇开表面不说，从内心里我和哈萨克族人有着一种天生的亲近感。小时候来林场，我很快就能和哈萨娃娃玩到一块去，我毫不客气地留在他们家里吃饭，在他们的花毡子上翻跟斗，打滚，睡觉。短短的时间，我能学会他们的语言并且说得挺像那么回事。而姐姐们在林场走路小心地踮着脚生怕踩到牛粪，她们不吃哈萨克族人的饭。母亲在我们来林场之前就散布过谣言，说哈萨克族女人用抓过牛粪饼的手直接去揉面，她们从来不洗手。母亲想用这种夸张的手法阻止我们来林场。这方法对姐姐们有用，对我没用。我不认为牛粪是很脏的东西，我在林场的时候喜欢翻开牛粪看躲藏在下面的屎壳郎，我的行为让母亲气急败坏，每次从林场回去，她都会大动干戈把我从头到脚收拾一番，衣服要用开水烫，生怕沾染了虱子跳蚤之类的小东西，长头发也要剪得男孩子一样短，指甲几乎剪到肉里去。母亲做这些的时候嘴里骂骂咧咧，如果我真是个捡来的哈萨丫头，她一定觉得这么多年对我进行的文明熏陶都付诸东流了。我骨子里哈萨克族人的习性她改变不了。这一点肯定让她特恼火。

听完我的述说，苏力坦一声不吭，我以为他会说些什么，可他什么也没说，后来他拍拍我的脑袋就走了。他一下子消失在黑暗中，仿佛一个会隐身术的人。

我站在原地，感到前所未有的孤独。

雪是半夜的时候开始下的，早上窗子外边已是白茫茫一片，炉火熄灭的房间在雪的映照下显出贝多芬下巴一样的凄凉。一只乌鸦落在窗台上啄食一块干馕，哈萨克族人习惯把吃剩下的馕放在外面给冬天的鸟雀吃。那块馕显然放在那里很久了，乌鸦的尖嘴把硬邦邦的馕啄得哐哐响，那么用力，我担心它会得脑震荡。

我们起床后阿场长送来一些煤炭把铁皮炉子烧得通红。他说昨天晚上院子里的茅厕遭到恶意破坏，不知道是哪个坏巴郎子干的，他得砍些树枝把茅厕修好。

麦维青和麦维紫眼睛一齐看向我。“怪不得昨天晚上炉子里飘出的气味不对劲。”她们异口同声。

早饭我们按哈萨克族人的习惯吃加了盐巴的奶茶和馕。奶子是从小卖部买来的。本来用不着买，阿场长家就有奶牛（我想起父亲说起过的那只蹄子裂开的奶牛），阿场长老婆早上去挤牛奶的时间比平时早了些，牛有些不高兴，把奶桶给打翻了。阿场长认为小卖部的牛奶没有自己家的纯，“他们把奶皮子都捞掉了，还往里边掺水。他们越来越不像哈萨克族人了。”阿场长说。

吃完早饭，我跑到院子里看天，雪已经停了，天空乏味得什么都不再掉下来。

土墙边几匹吃干草的马突然挤作一团，它们磨蹭皮毛，原地打转，像看见了什么。一只路过的狗也察觉到了异样，夹着尾巴对着雪地一阵乱叫。我看见雪地上有一串可疑的脚印，感觉父亲很可能刚从这里走过去。畜生们都看见了他，独我看不见。

我跟着脚印走了一段，后来脚印掺杂到许多凌乱的脚印里无法分辨。我蹲下身子，抓起一把雪，看着它在手心里一点一点消失，有一瞬间我觉得整个世界忧伤极了。

回到温暖的屋子里，姐姐们又在吵架，她们多次提到曹魏的名字。她们可真够烦人的，曹魏都已经死了，她们还要去争抢一个死人的爱情。她们中某个人的痛苦也许正是另一个人痛苦的回声，这让她们找到了彼此纠缠不休的理由。

母亲没有劝架，但也没有闲着，她在孪生姐妹的争吵声中大声抱怨二牧场的恶劣天气，都五月份了，伊宁的恰恰花都开了，这里还下这么厚的雪。“也不知道麦场长是怎么想的，这样的鬼地方，让他调回城里去他还死活不乐意。”说到父亲，母亲就是这种气哼哼的腔调。我真是想不通，母亲和姐姐们为什么老揪着死去的人不放。

半上午的时候热伊夏来了，她穿着冬天的厚呢子大衣，包着羊毛头巾。她带来消息，说果子沟可能封山了，我们回不了伊宁，她也去不了别的地方。

过了一会，苏力坦也踩着雪来了，他证实了大雪封山的消息。这个消息让急于离开此地的姐姐们很崩溃。她们忘记了争吵，在屋子里走来走去。走过的距离简直能走到伊宁了。

苏力坦建议既然我们无法回去，不如去看天鹅。离林场不是很远的山谷里有个英塔木湖，湖水与地下温泉相通，就算是西伯利亚寒流经过的冬天，湖面也是热气缭绕，苇草新鲜，每年冬天大群的天鹅从巴尔喀什湖飞来在英塔木湖过冬，春天来临之际再飞回巴尔喀什湖。崇拜天鹅的哈萨克族人把天鹅当作神奇之物，从来不去伤害它们，在最冷的天气里，他们会给天鹅喂食玉米以帮助它们度过冬天。这样一来飞到英塔木湖过冬的天鹅越来越多，今年大概有五六百只。天鹅从湖面飞起来的时候很是壮观，呼啦啦一大片，翅膀几乎遮挡住天空。

我们担心都这个时候了，天鹅早该飞往巴尔喀什湖了。苏力坦说今年春天来得晚，天鹅还没有飞走也说不定。

姐姐们打开旅行箱穿上羽绒服，我穿的是苏力坦的大衣，几乎拖到地上。在苏力坦的带领下，我们几个人磕磕绊绊穿过白雪茫茫的山谷向英塔木湖走去。道路比我们想象的要远，地面上的雪滑溜溜的，也比想象的难走。大家彼此搀扶着，起初是为了不摔跤，后来这种搀扶变成了相依相伴。

在翻过一座山口的时候我们遇见了一群羊，赶羊的人走在羊群后面，他尖起嘴吹着口哨就能像风吹白云一样把一大群羊从这个山头吹到那个山头。我怀疑他的口哨里有魔法。

羊群过去之后，我们踩着羊蹄印又走了一段。下坡的时候热伊夏摔了一跤，当她从雪地上爬起来，雪地上呈现出一个凹陷下去的巨大的屁股印。热伊夏没有想到自己的屁股这么大，不好意思地笑起来。

接下来的路程大家莫名其妙地都不再说话。

当英塔木湖突然出现在我们眼前，我们以为自己走到了世界开始的地方。四周都是白雪，山谷中静极了，仿佛这里是一个世界凹坑一样静谧的地方。雾气缭绕的水面，天鹅静静地漂浮着，看上去它们像是一团团没有融化掉的白雪。

我们嘴里哈着热气，脸上是一副做梦的表情。大家谁也不发出声音，生怕打破了什么似的。后来，母亲突然哭起来，哭得像个小女孩一样抽抽搭搭。母亲说麦场长早就说起过天鹅，可惜大家现在才想到来看天鹅。

“麦场长是个深情的人。”母亲说。

麦维青把头靠在麦维紫身上，热伊夏扶着母亲。我脚下滑了一下，差点摔一跤，苏力坦一把拉住我。这时候一只天鹅鸣叫着从湖面飞起，紧接着，几百只天鹅鸣叫着飞起。我们抬起头，看见巨大的翅膀铺天盖地，在我们头顶发出扑闪的声音，然后，白色羽毛像大雪一样飘落了下来。

断桥

离端午还有几天，方卿卿去看许燕君，带了一盒五芳斋粽子，还有一把新鲜的艾蒿和菖蒲。艾蒿是在无稽崖下采的。无稽崖其实不叫无稽崖，叫什么，方卿卿不知道。小百花婺剧团在无稽崖附近的陈村做戏，抬头见山，山石奇特，像是从地里长出来的。方卿卿想起《红楼梦》里的那块石头，遂称它无稽崖。陈村的戏三天四夜，最后一天，方卿卿得空跑到无稽崖，见崖下长着一片艾蒿，山谷里尽是此草浓郁的气息。方卿卿采了一把带回来。菖蒲方卿卿家院子的水池中有，蒲生我池中，其叶何离离。婺城端午有在大门上插艾蒿和菖蒲的习俗。方卿卿把菖蒲和艾蒿插在许燕君家门上。想想有点早，好像提前把端午给过了。离开浙婺后，方卿卿人多时间在乡村演出，近了有几十里，远到几百里，少有时间来看许燕君。上一次来，是一个月前，许燕君还穿着长衫，这次依旧是长衫，不过换成了薄的。许燕君从来不穿短袖。衣衫下面的肢体，让人无法猜测。

方卿卿手机里录着一段一段的演出视频，她拿出手机，逐一点开给许燕君看，许燕君逐一指点。看到《断桥》，许燕君说，你演的许仙，比我演得好。方卿卿说，你演许仙，你就是许仙。我演许仙，只是像许仙。不知什么原因，我总入不了戏，生不出情。

看过视频，方卿卿给许燕君按摩，从颈部开始，到手臂，到腿。外面阳光照进来，地板像涂了蜂蜜。按摩到下半身，方卿卿索性双腿跪下，这样省力。许燕君的床头，摆放着一张照片，许燕君一身许仙扮相，站在断桥上。方卿卿还在浙婺的时候，随团到省里参加戏曲大奖赛，也跑到断桥照了张相，和许燕君一样的姿势，一样的穿戴。照片存在手机里，方卿卿没有给许燕君看过。

方卿卿说起寺平村端午唱对台戏的事，小百花婺剧团老板朱大兴已经做了安排，届时会派专车专人来接许燕君。戏服已经备下，是专门去苏州定制的，颜色按许燕君的要求，不敢有丝毫色差。本来让许燕君上台唱戏这件事，朱大兴提起的时候方卿卿一口回绝，她认为这绝无可能，且不说许燕君肯不肯，她这里就先不肯了。一场戏下来，两三个小时，许燕君的身体状况，坐久了恐怕难以坚持。再则，许燕君唱，自己演，虽则师徒二人配合默契，但许燕君不是小百花婺剧团的演员，这样做，就算对台戏赢了，也会被人说三道四。朱大兴不管这些，许燕君不是小百花婺剧团的演员，这个好办，发一张聘书，聘许燕君为小百花婺剧团艺术顾问，就无人能说什么了。许燕君是方卿卿的师父，实则早就已经算是小百花婺剧团的艺术顾问了。方卿卿还是摇头，朱大兴几乎要跪下来哀求方卿卿，兰溪婺剧团成立的早，名头在外，小百花婺剧团成立才没几年，如果对台戏输给兰溪婺剧团，小百花婺剧团今后实难在婺剧界混饭吃，方卿卿何去何从，也不是他朱大兴所能顾及的了。朱大兴话里，有要挟的味道。方卿卿不悦，但思量再三，不悦归不悦，还是带了朱大兴来见许燕君。许燕君略作沉吟便答应了下来，这多少有些出乎方卿卿意料。朱大兴走后，许燕君说，这可能是我这辈子最后一次登台唱戏了。方卿卿听了，心里恻然。

方卿卿晚上有戏，得赶回去上装。一个装，认认真真地画，得一个多小时。方卿卿不敢马虎。马虎了，许燕君不喜。

方卿卿走的时候，许燕君让方卿卿把他用过的那对雉翎拿去，雉翎是从活雉鸡身上拔下来的，死雉鸡的雉翎灵活性差，难度较高的翎子功无法展现。方卿卿把雉翎拿到剧团，插在冠上，戴上头试了试，果然灵动。

从活雉鸡身上拔毛，也太残忍了，曹衣雪说。

方卿卿不响。

是白颈长尾雉的翎吧，别的翎，没这么长。曹衣雪又说，地球上的白颈长尾雉没剩下几只了，白冠长尾雉情况也差不多。以后戏台上可能难得见到真雉翎了。

曹衣雪边说话边把手机递到方卿卿面前让方卿卿看。最近她常收到一个叫华的人发来的信息。操衣雪，早上好。操衣雪，睡了吗？信息后面，附带着一枝玫瑰花，或是一张满嘴都是牙的笑脸。笑脸用在此处，有点淫荡，有点猥琐。方卿卿提醒曹衣雪加微信小心点，不要什么人都加。

我怎么不小心了呢？我哪里不小心了呢？你知道的，我从来不加陌生人。我加的都是戏迷。戏迷那么热情，我怎么好扫他们的意嘛，曹衣雪说。

曹衣雪戏迷的确多，给她送花，送巧克力，送水果。曹衣雪的房车里堆满了这些甜蜜的东西。曹衣雪的房车也是戏迷送的，几十万的那种。

我也不想收的，可是不收会伤了戏迷的心，曹衣雪口气里分明有炫耀的成分。她转而做愁苦状，手托下巴，自言自语，哎呀呀，我把头都想痛了也没想出华是谁，我是什么时候加的华？又是什么情况下加的？

用得着这么费脑子去探究吗？直接拉到黑名单里去好啦。方卿卿懒得理会曹衣雪的这些破事。

曹衣雪涂了指甲油的手指摁在华的头像上。头像是只甲虫，样子难看，有一只粗粗的触角，不可一世地立在头顶，婺城人叫这种甲虫独角大仙。曹衣雪手指轻摁独角大仙，根本没有真要摁死的意思。方卿卿平时一副地球怎么转都跟自己不沾边的处世态度，此时，突然产生了点八卦心，她想知道华到底是个什么样的人，能把曹衣雪的名字叫得如此有水平。曹衣雪的共享是小百花婺剧团的人所乐道的。但小百花婺剧团的人想不出这么绝妙的字眼来。他们叫曹衣雪乌烟花旦，乌烟是因为曹衣雪嗓音条件不甚理想，烟熏过似的，只适合低旋唱腔。而且曹衣雪只会以本嗓演唱，一反婺剧花旦以真假声相结合的演唱定规。但曹衣雪有一张美人脸，眼睛比芭比娃娃还大，下巴尖得能戳死人。在当今这个看脸的年代，拥有这样一张脸，足以混迹婺剧江湖，至于嗓音，那是次要的。

且慢，先弄清楚这个华是谁再删也不迟的。方卿卿阻止曹衣雪。

曹衣雪嘟着嘴，是的呀，他把我的名字写成这样，简直就是在意淫我。我应该报警的，但是，这样的事情，怎么好意思说出口，也太丢人了吧。再说，就算我报警，警察也不会管的。他们肯定会说，他又没有真的操你。

曹衣雪嘟了会嘴，拿起手机发了个位置图给华。我得引蛇出洞，曹衣雪说。然后扔下手机，从化妆箱取出线帘、网子、发垫、水纱，开始对镜理云鬓。方卿卿的化妆箱紧挨曹衣雪。方卿卿唱小生，唱做文武兼备。与曹衣雪不同，方卿卿天生一副好嗓音。在艺校的时候，方卿卿主攻花旦，刀马旦，娃娃生也会，后来改了小生。方卿卿音区宽，唱什么都不是问题。

后台拥挤不堪，每个人只有方寸之地，换衣服，脱得只剩下件贴身的小背心，都是当了大家的面。方卿卿刚来小百花婺剧团的时候极不习惯，现在已经脱穿自如。

扮好戏，方卿卿想起该去一下厕所。等会戏开做，想要抽身几乎不可能，就算尿再急，也得憋到戏唱完。憋尿唱戏的感觉不好受，气提不上去。

戏台搭在文化礼堂前，离厕所有点远。昨天晚上小百花婺剧团转场到寺平村已是半夜，村子里乌漆墨黑，连盏路灯都没有。这些年村村搞建设，路灯、公厕、健身设施是必建项目，一村比一村弄得好。前几天做过戏的一个村子，路灯是孔雀开屏状，二十米一盏，整个村子一到晚上光彩流溢，像是一场灯光秀。寺平村不大不小，地理位置不偏不倚，没有路灯，似乎不应该。负责安顿他们的村主任王雪飞说，古代的夜，就是乌漆墨黑的。寺平村是个古村，所以要尽可能地保留古代的样子。说实话，现在想要找到一个晚上一片乌漆墨黑，看不见灯光的地方，还真不容易。曹衣雪问王雪飞，你怎么知道古代的夜就是乌漆墨黑的？王雪飞说，古代没有电呀。

去厕所，要走过一座石板桥，石板桥看上去有些年代了，桥栏上蹲着两排石头狮子。方卿卿经过的时候，石头狮子用雕刻出来的眼睛集体看着她。公厕是新修的，有花窗、回廊和翘檐，厕所门前还有几口水缸，缸里养着荷花。方卿卿觉得这厕所也太不像厕所了，像个书院。

从厕所出来，走至石板桥，方卿卿看见曹衣雪急慌慌地跑来，以为曹衣雪也是上厕所。但显然不是，曹衣雪跑得狼狈，身后追着几个女人，一边追一边叫骂。江南之地，二十里之隔也有可能言语不同。方卿卿不知所然，她所能做的，是赶紧把曹衣雪拉到身后。

那一日方卿卿一身《武家坡》里薛平贵的打扮，头戴盔冠雉翎，身穿蓝靠和蓝袍，一夫当关地挡在桥上，像大神降临。女人们识破大神不是男身，没什么威慑力，不怕，戏子婊子的骂曹衣雪。方卿卿大致明白发生了什么。这样的事，以前也发生过。一般都是小百花婺剧团老板朱大兴出面拦截。朱大兴矮且胖，行动迟缓，做什么，都比别人慢半拍，但这不影响他拦截能力的发挥。应对女人，是朱大兴的长项，他有化干戈为玉帛的本事，要不曹衣雪早被这些妒妇撕成了碎片。今天不知什么原因,朱大兴没出来拦截,可能不在,出去签演出合同了。朱大兴不在,其他人是不会拦截的,大家都等着看曹衣雪的好戏。到处招惹人老公,早晚是要挨揍的。

冤枉哪,我都不知道她们老公是谁。曹衣雪带着戏剧里的哭腔。

位置图是个什么意思?一个烫烟花头的女人,排气管似的从鼻孔里喷着粗气。

曹衣雪不哭了。引蛇出洞,引出了一窝蛇,她知道自己麻烦大了。

戏台那边,闹花台的鼓乐已经接近尾声,接下来就是方卿卿上场,方卿卿没时间在这里纠缠。可又不能丢下曹衣雪不管。想想也怪自己,唯恐天下不乱,要是不阻止曹衣雪删了华,也就没这丢人的事了。

且听我说。方卿卿打躬作揖,赔上笑脸,好言相劝女人们暂且息怒,等唱完戏再做了结不迟。女人们压根不打算且听,也不打算息怒,她们堵在桥上,一副想过去,门都没有的架势。烟花头女人还几次三番,试图越过方卿卿殴打曹衣雪。曹衣雪珠翠满头的云鬓,被延伸过来的魔爪抓得凌乱不堪,银钗玉簪掉了一地。曹衣雪顾不上捡。她得护着脸,脸被抓花,就上不了台了。两方正撕扯得不可开交,一个汉子挑着两只粪桶上了石板桥。村里上了点年纪的都去看戏了,挑粪汉子应该不属于看戏年纪范围。他尚身强力壮,挑着两只粪桶,像挑着生辰纲,一路生风地走上桥来,嘴里用本地土话喊着让介让介。方卿卿觉得此人如果不是神,也一定是神派来的。他的粪桶上横着一把柄很长的粪勺,挥出去,大有荡平一片的气势。挑粪汉子经过时,方卿卿一抬腿,将那粪勺踢将起来,操在手中,当梨花枪使得云水生,蝶纷飞,汤汁四溅。

事后提及此事,方卿卿感叹寺平村还真够古的,还在用人肥浇菜。虽说长出来的是天然绿色蔬菜,萝卜得到了萝卜的白,青菜爱着自己的青。但那浓稠的恶臭实在不宜回想。用粪勺把几个女人驱赶得四散逃去后，方卿卿赶回文化礼堂匆忙登台。她那厢唱得正投入，一瞥眼看见同台的几个人个个表情怪异，有做屏息状，有做掩鼻状。台下观众，坐前面几排的，也纷纷起身往后移动。方卿卿诧异不已，趁换气的当嗅了下自己的戏服，结果一股臭气熏得她几乎忘词。接下来的一句高音，硬是没唱上去，惹得台下一片倒彩，有人往戏台上扔了一包爆米花，爆米花礼花一样撒得满地都是。演武丑的李龙飞扮好了戏，一个大翻上场亮相，落地时一脚踩在爆米花上，摔了个大大的屁股蹲，惹得台下又是一片倒彩。李龙飞脾气暴躁，爬起来，提着两把大锤跳下台去，照着几个起哄的人一顿乱锤。还好是道具锤子，没有打伤人。

发生这样的事，王雪飞很生气，寺平村民风淳朴，从没有打架斗殴之类的事发生，接连几年被评为平安村，看来今年是不可能了。被打的村民倒也好说话，没有假装受伤，去医院做这个做那个检查，更没索要损失费之类的赔偿，他们不在意钱，他们在意的是理。看戏喝倒彩自古就有，自古就有的，就是合理的。小百花婺剧团得就此事进行赔礼道歉，赔礼道歉嘴上说不算，得唱，加唱一天一夜的戏，此事就算了了。一场戏，戏金五千。白唱一天一夜，等于损失了万元。朱大兴肉痛得什么似的，怪李龙飞太毛躁，也怪方卿卿用什么不好，偏要用粪勺。事后朱大兴把戏服抱到干洗店去洗，干洗费一千六。朱大兴要方卿卿承担一半。曹衣雪觉得方卿卿是为了自己才出手的，这八百应该由她来出。方卿卿没让，自己掏了八张票子，扔给朱大兴。

方卿卿扔了八张钞票，多少有些气恼。这个华到底是个什么独角大仙，隔空起事端，却好意思置身事外，连面都不露。自己被害得无端惹了一身恶臭不说，自唱戏以来还第一次被喝了倒彩。这要传出去，都是笑话。方卿卿最担心的，是被许燕君知道。许燕君不出门，但婺剧圈子里发生的事，他都知道。

许燕君是方卿卿的师父。说是师父，方卿卿从来没有正式拜过师，也没有开口叫过师父。她跟着其他人叫他许老板。十几年前，方卿卿经常跟在方艳艳屁股后面混进婺剧院蹭戏看。那时候许燕君是浙婺的当红小生，许燕君在《珍珠塔》里演又帅又穷的表弟，方艳艳演陈翠娥身边的贴身侍女采萍。方艳艳捧着藏有珍珠塔的点心匣子准备上场，方卿卿想看匣子里面的珍珠塔到底是怎样的。她心里有一个疑问，珍珠塔能放在点心匣子里，应该很小，哪能值介多钞票。方艳艳嫌烦，不让看。站在旁边同样候着上场的许燕君拿过匣子打开来给方卿卿看，就是一座廉价塑料珠子串起来的塔，哪里是什么珍珠，方卿卿顿觉没意思。

方卿卿对方艳艳演梅香采萍也觉没意思，方艳艳在所有的戏里演的都是梅香。梅香的衣服和头饰没有小姐的好看，命也没有小姐好，小姐和如意郎君私定终身，眉目传情，剧终时花团锦簇入洞房，梅香只能在一旁干看。方艳艳戏里戏外都是这样的命。她喜欢许燕君，但和许燕君情投意合的是花旦苗玉如。两个人台上台下，卿卿我我。方艳艳只能旁观，恨恨的，插不进手去。

为啥个你只能演梅香演不了小姐？方卿卿问方艳艳。方艳艳拿眼睛白方卿卿。方艳艳白眼白得很有些技术难度，眼睛慢条斯理地瞟着上看，最后定格在四十五度。眼神内容颇为丰富，四分冷，三分淡，两分傲，还有一分不屑。方卿卿暗学方艳艳的白眼绝技，但怎么学也学不到神似。不屑这个表情，表达过了就变成了恶狠狠，表达不够则成了轻飘和挑逗。冷和淡是骨子里的，一个小姑娘，挖地三尺也挖不出冷和淡来。傲，比较好表现，把脖子梗直了，把头抬起来，高高抬起来或许就可以了，但方艳艳其他部位不动，只眼睛动，眼神飘起来，斜上去，定格住。被方艳艳那样白上一眼，方卿卿心里极不爽，故意问方艳艳，为啥个许燕君喜欢苗玉如不喜欢你？你介喜欢他，他也应该喜欢你的呀。原本在那里端坐着的方艳艳，暴跳起来在方卿卿头上爆个响栗子。下手之重，几乎爆碎方卿卿的天灵盖。

有一年端午，婺剧院演《断桥》，许燕君演许仙，方艳艳演小青。越剧的《断桥》多是文戏，婺剧是文戏武做，追杀许仙那一场，方艳艳杀气腾腾，许燕君使出“吊毛”“飞跪”“跌坐”“飞扑虎”的跌扑功夫，一路逃得踉踉跄跄。这一场戏，最精彩的，是许燕君的踢鞋穿鞋，许燕君被追得坐地一跌，将鞋踢到头顶，头一耸，鞋子又准确无误套入脚尖。许燕君之后，再无人有此功夫，踢鞋穿鞋，成为婺剧里失传的绝技。

那时方卿卿还小，跑到后台东摸西看，看见道具箱子上放着一把酒壶，酒壶在戏里是装了雄黄酒的，白素贞喝下雄黄酒，现出蛇形来。端午婺城家家要洒雄黄酒。这一日，婺城空气里皆是浓浓的雄黄酒的味道，低头，但见各种毒虫百足虫满地乱爬，急惶惶的，好似被雄黄酒逼迫得现出了原形。方卿卿家端午不洒雄黄酒，方艳艳不让洒，说雄黄酒会让她头晕肚子疼，好像她真是条蛇精，沾不得雄黄。

方卿卿趁管道具的不在，拿起酒壶想喝一口雄黄酒，她想看看自己的原形是什么。酒壶是空的，哪里会真有雄黄酒在里面。方卿卿觉得没意思，放下酒壶站到台侧去看戏。哪里走?！方艳艳绕过苗玉如演的白素贞，截住许燕君，一连几剑地刺过去。每一剑，剑尖距离许燕君眼睛都远不过一寸。看得方卿卿心底冒出一股冷气，那剑尖要是刺过了头怎么办。《断桥》这出戏，方卿卿看了多遍，知道在方艳艳的连环剑下，许燕君有一个从高处往下倒僵尸的动作。倒僵尸分软僵尸和硬僵尸，许燕君倒的是软僵尸，软僵尸要先下腰，身体向后弯到四十五度，然后绷直倒地。这一天，许燕君的软僵尸在方艳艳连环剑的追逼下身体只向后弯了一下，就直接从高台上倒了下来。台下观众连声叫好，倒僵尸有难度，从那么高的地方直接倒下去，没有扎实的毯子功，是要摔坏人的。

方卿卿站在台侧，近距离地看见许燕君倒下去。许燕君倒下去后，本该马上一个后背翻滚站起身来，但他长时间地躺在那里没有动。他动不了了。

许燕君摔伤了第六节颈椎，腿不能动，手不能动，只有脖子以上的头可以动。那一年许燕君正准备和苗玉如结婚，摔伤后，许燕君让苗玉如离开，苗玉如不离开。苗玉如对许燕君的爱情感动了婺城，先是被评为浙婺优秀青年演员，又被授予感动婺城的年度人物，大幅照片出现在报纸上，电视台也接连几期做苗玉如的访谈，播放苗玉如的唱段。看得方艳艳想把电视机砸掉。第二年，苗玉如离开了许燕君。大家叹息一声，不离开又能怎样。

方艳艳大骂苗玉如薄情。在方卿卿看来，方艳艳也深情不到哪去。苗玉如离开后，方艳艳频繁地去许燕君家。以前方艳艳插不进手去，现在终于可以插进手了。她给许燕君织毛衣，炖老鸭汤，喂许燕君吃羹。许燕君以前不见长胡子，脸上永远干干净净，笑意明媚，瘫痪在床后，突然的就胡子拉碴起来，头发也蓬乱成一团。真是乱石爱长草，野槁乱开花。方艳艳买了各种剃须刀和电推子，每天进行铲除。为了来去方便，连自行车都不会骑的方艳艳硬是学会了骑电动车。方卿卿看着方艳艳一溜烟地往许燕君家跑，耳边响起《少林寺》里老和尚的质疑：汝今能持否？跟苗玉如比，方艳艳还是能持的，持了三年多，后来越来越少去许燕君家，直至不去。

方艳艳不去后，方卿卿开始去。方卿卿去了，给许燕君按摩。许燕君的腿和手臂没有知觉，按了也是白按，但方卿卿还是认真地按。每次从脖子开始，把许燕君全身按摩一遍。许燕君的身体没有弹性，手按上去，硬邦邦的，感觉跟按在木头上差不多。方卿卿怀疑许燕君的身体已经变成了木头。他的头只是寄生在变成了植物的身体上。方卿卿小时候看过一本书，书里有个书生被强盗所害，他娘子去寻，只寻到头，身体不知所踪。娘子把头抱回家，找棵和脖子差不多粗细的树,把树砍了,把头接在树上。接在树上的头长在了树上,嘴巴能说话,耳朵能听见风声,眼睛能看见鸟飞来落在树上。鸟把屎拉到头上,头会生气得大声咒骂鸟。后来树越长越高,头也越来越高,头在很高的树上看见了一些人的高度看不到的东西。比如娘子在后院与人偷情,暗合好事。头一伤心,树就落下许多叶子。头有时候想走到远远的地方去,但最后发现自己的脖子在变成木头,下巴在变成木头,接下来是嘴巴和鼻子。经年累月,头长成了一个树疙瘩,成了树的一部分。两只眼睛的地方,凹陷下去,变成两个树洞,瞠视着远方。

方卿卿不喜欢这个故事。方卿卿按故事的走向,把许燕君的身体从脖子分为两部分,按摩的时候,方卿卿只按摩没知觉的部分。她的手从来不去触碰许燕君脖子以上的部分。有时候方卿卿也会生出摸一下许燕君脸的想法。这想法让方卿卿迷惑。许燕君长着一张俊美的脸,他演的许仙,又深情又书生,那一声娘子,叫得温软如玉,听得不相干的人,也是心里一动,以为叫的是自己。那时候方卿卿尚不解男女,更不解朝露苦短。她的眼睛,看不见人世好空荡。只看见台上乱纷纷你方唱罢我登场。

多年后方卿卿登台演小青,怎么走也走不出蛇步,向方艳艳请教,方艳艳说,这出戏有魔咒,最好不要演,演了都是孽缘。

那时候方艳艳已经不在浙婺,毕竟唱戏多年,说到蛇步,马上戏精上身。惨不忍睹的是方艳艳身材已经发福,原来的水蛇腰变成了蟒蛇腰,蛇行蛇步,走出的也是蟒蛇的味道。徒手赶去入戏,对唱腔,苦啊!方艳艳对着镜子自怜。在浙婺的时候,方艳艳唱功和身段都还不错,只可惜脸形不够好,贴了片子上了装,怎么也弄不出个瓜子脸来。演花旦,如果没有一张瓜子脸,就会被认定不是一个美人坯。那时候还没有整容一说,方艳艳只能对镜抱恨。方卿卿的脸形,也遗传了方艳艳的缺陷。小时候长得还算过得去,后来越长越左右不是,初中毕业，刚好婺剧作为地方剧种申遗成功，为了发展和保护婺剧，婺城专门在艺校设置了个婺剧班。方卿卿在婺剧班学了六年婺剧，也算是科班出身。

方卿卿在艺校的时候，周末回家前，要先去许燕君家。许燕君教她用温水泡软了手指，练出好看的兰花指来。压腿要在腿上坠个沙袋，这样压出的腿形才直。唱，要运用腹部和腰部的力量来发声，许燕君先唱一遍做示范。许燕君的声音，有一种植物莽莽苍苍的深情，有如西伯利亚森林，在一片荒凉中铺展，延伸。方卿卿发痴地看着许燕君的腰部和腹部，惊讶那些已经成了植物的部分，竟也能参与发声。

跟许燕君学戏的人很多，大多是非专业人士，业余唱着娱乐一下，哪里有公益演出，就踊跃着参加。没有演出，广场、公园、廊桥也可。婺城的梅边柳边，总有婺剧曲调，有韵有味，如雨丝飘荡。有一个叫李冰水的，是个富婆，开着轰炸机一样的跑车，一天几次地往许燕君家跑，她每唱一句，都要停下来拿腔捏调地问许燕君这样唱对不对，问的时候还要用戴了大金镯子的手去摇许燕君的胳膊。方卿卿觉得这个李冰水也太没意思了，她不知道那胳膊没有知觉吗？她不知道摇那胳膊跟摇一根树枝一样吗？对李冰水叫许燕君师父，方卿卿也觉没意思，教了一段戏而已，怎么就成了师父？照此情况，该叫许燕君师父的人多了去了。方卿卿不高兴许燕君被人广泛地叫师父。

方卿卿跟许燕君父亲也学过戏。许燕君的父亲是浙婺退休的老演员，二十世纪六十年代随团进京演出《断桥》，周恩来就坐在台下观看演出。鲁迅先生的弟弟周建人当浙江省省长的时候，也曾来婺城看过婺剧，和许燕君父亲握过手，合过影，珍贵的黑白照片就挂在客厅的墙上。许燕君父亲在浙婺的时候唱的是小花脸，他的纸人功，是婺剧小花脸的看家戏。练这种功，其要领是演员身段要软，两脚踮起时，双臂尽量下垂，然后用小碎步移动身子，前后打转如纸人般轻盈。因为有戏服遮住双脚，观众看不出是用脚尖在移动。这是纸人功的难点。方卿卿跟许燕君父亲学了一段时间，终是没有学会。许燕君摔伤后，许燕君母亲接受不了，恼得突发脑溢血，也瘫痪在床。许燕君父亲一个人照顾两个人，很快头发白了，背也驼了，和照片上的英武判若两人。几年后，许燕君母亲过世，剩下父子二人，住在城南的一幢居民楼里。楼的外墙几乎被爬山虎覆盖，还好朝南的房间，有阳光可以照进来，不至于暗沉沉的，不知岁月长短。对许燕君的摔伤，许燕君父亲倒能想得开。在老人心里，一个戏曲演员，用最美的姿势倒在台上，如同一只昆虫最高的死，死在了琥珀里。

方卿卿不太能理解老一辈的想法。唱戏苦累，加之台上的不如意，常常让她后悔入错了行。艺校毕业，班里三十个人，十八个进了浙婺，其他的各奔了前程。浙婺一下子进了这么多年轻演员，立刻鲜活起来，打算重新排演《断桥》。《断桥》进京演出的时候，周恩来看后称之为天下第一桥。《断桥》从此成为婺剧经典剧目。只是方卿卿命运比方艳艳好不到哪去，进浙婺后演小兵小卒，梅香都轮不到演。在《断桥》里，演的也是水漫金山里的虾兵蟹将。方艳艳去找浙婺的团长，团长年轻的时候曾对方艳艳有过意思，遭方艳艳白眼后，随即终止。如今方艳艳来找，团长很高兴，嘴上说太阳从西边出来了，心里想的却是山不转水转。方卿卿随后成了浙婺的武旦。浙婺有好几个武旦，方卿卿只是其中之一。《断桥》这出戏，方艳艳演的时候只有一个小青，从头到尾，都是方艳艳一个人演。到了新版《断桥》，已经风格大变，为了吸引观众，增加了许多高难度的打斗，盗仙草的时候，用钢丝把演员吊至半空，两条蛇和守仙草的仙鹤在云雾中打得呼啸来呼啸去。一场戏，光小青就用了四个演员来演。方卿卿演四分之一小青，从钢丝绳上下来，因为来不及解开身上复杂的安全扣，这时候另一个小青必须马上替上场接着演。一样的青衣，一样的装扮，观众分辨不出已经换了演员。方卿卿演得很不过瘾，站在台侧看别人演，感觉自己比当年的方艳艳还要失意。

有一回演盗仙草，昆仑山上守护仙草的两个仙鹤，临上场的时候其中一个胰腺炎突然发作，疼得上不了场。救场如救火，闲着的演员倒是有，可是化装换戏服最快也要二十来分钟，观众等不起。于是本该两个仙鹤打一个小青的戏，变成了一个仙鹤和小青打。前面上场的小青，演出的时候几次掉链子，毕竟，排练的时候是三个人，现在少了一个，有些动作，不知道该怎么衔接下去。换了方卿卿上场，方卿卿和仙鹤之一打得难解难分，丝毫显不出纰漏。打斗结束的时候，原本是两个仙鹤将小青举过头顶抬下场，现在只有一个仙鹤，怎么处理这个动作，得看演员临时发挥。方卿卿和仙鹤之一的配合出乎意料的默契，方卿卿跳起来，仙鹤之一双臂用力一托，将方卿卿举过头顶，很圆满地下了场。浙婺领导给方卿卿和仙鹤之一送了花，夸赞有前途的青年演员就应该这样，将一出错戏，演出将错就错的好效果来。

事后仙鹤之一说，仅凭他一个人，是没有办法把方卿卿举过头顶的。方卿卿必须跳起来，他才能乘力托举起方卿卿。而事先两个人并没有时间商量，只能说，两人是心有灵犀。

方卿卿不想和仙鹤之一心有灵犀，她发过誓，绝不和团里的任何人有任何情感瓜葛。台下的瓜葛，弄不好会蔓延到台上去。她不想学方艳艳。小青追杀许仙那一场，团长没有让方卿卿上。方卿卿想上，团长说，你唱的比她们好，文戏部分你多上。武戏部分，就算了。

盗仙草不也是武戏？水漫金山不也是武戏？方卿卿能说什么？多少年过去，大家依旧没有忘记许燕君的那一摔。

方卿卿也没有忘记。她不知道自己真上了场，会不会畏手畏脚。此许仙非彼许仙。此小青也非彼小青。但《断桥》还是《断桥》。

方卿卿后来几次提醒曹衣雪把华删掉，不要再惹事端。曹衣雪不删，说惹都惹了，骂也挨了，不能白挨。华接二连三地发来红包，说是赔礼道歉。先是520，1314，后来增加了一位数，5200，13140，数目不算小，曹衣雪一律欢欢喜喜地笑纳。用她的话说，不纳白不纳。方卿卿拿过手机，摁住那只难看的独角大仙，想要摁死它。曹衣雪抢回去不让删，说不就是跟打赏网红一个性质嘛。

你去做网红好啦，唱戏多辛苦！方卿卿火起来。她最恨曹衣雪拿唱戏和网红相提并论，简直就是自降身价。

曹衣雪瞪大眼睛看着方卿卿，很无辜很委屈的样子。什么自降身价，网红的收入可是比我们高多了，曹衣雪说。

曹衣雪眼睛很大，是那种手术外扩出来的大。眼睛太大其实并不好看，没有灵魂似的。方卿卿还在浙婺的时候，有段时间，女演员们约好似的接连整容，一时团里都是大眼睛高鼻梁尖下巴的美人，弄得团长分不清谁是谁，大发感慨，说现在的演员，不在戏上下工夫，只往脸上使劲，弄得每张脸都像是复制出来的，一点辨识度都没有。团里的老旦怀孕生子，团长想让方卿卿演老旦，方卿卿没有整过容，天生的大脸盘子，扮老旦，慈祥而稳重。方卿卿不高兴演老旦，还年轻着呢，就老旦了，多没意思。方卿卿用从方艳艳那里学来的白眼白了团长一眼，团长手抖起来，差点发出花脸生气时呀呀呀呀的声腔。团长以前是唱大花脸的，每天清晨对着大山喊声吊嗓，长而久之，练就了一副音如洪钟，声似波涛的“滚喉”。一声大吼，能将屋瓦都震飞了去。团里的人都怕团长，可能是因为方艳艳的原因，方卿卿不怎么怕团长。方卿卿研究过团长的脸，团长的脸是个梯形脸，脑门子生得不够宽，唱花脸的时候上妆得把脑袋上的头发剃掉一部分以弥补脸面的不足。卸妆下了台，团长的发型就显得格外特别，说不出的怪异。其他唱花脸的，一般会剃成光头，团长就是不剃，倒是十分的有辨识度。后来团长当了团长，才剃成光头，锃光瓦亮的。在戏台上指点大家排戏，明晃晃的灯光照在脑袋上，像照着某颗会反光的星球。团长有时技痒，扮了戏出来演曹操，演霸王，团长胖了之后脸部面积扩大了许多，曹操被他演得腮帮子晃荡，霸王则双下巴叠加，一脸颓废，毫无英雄气概。

婺剧院坐落在婺江边，方卿卿心情不好，就往婺江跑，站在江边看一江的水付诸东流。眼前是绿水沧浪，隔江是人间冷暖，看得方卿卿心情更加不好。仙鹤之一有时候会陪她一起看江水东流。仙鹤之一建议方卿卿也去整容，方卿卿撇嘴，浙婺工资不高，不过是领些碎银子，伺候嘴巴与小命，哪来介多的钞票伺候脸。仙鹤之一主动借钱给方卿卿，方卿卿不受。说毛发体肤，受之父母，怎么能随便改动。

方卿卿在婺江边看了数日的江水付诸东流。某日黄昏，江水变得一半瑟瑟一半红，全然不是平时一匹青绸缎的沉稳，那种光彩奔流，让方卿卿瞬间开朗，她转身跑去理发店，把头发剪短，短到寸头那么短。

我不做小青，我要做许仙。方卿卿对方艳艳说。

方卿卿做什么事，从来都是先斩后奏，好似手中有尚方宝剑。方艳艳生气也是白气。外人以为方卿卿和方艳艳是姊妹，方艳艳很乐意别人这样以为。方卿卿也很乐意配合这种以为，她习惯性不叫方艳艳姑姑，直接叫名字。叫名字意味着可以平起平坐，可以分庭抗礼。

方卿卿扮花旦不如人意，扮小生，却有意想不到的效果，眉眼端正，印堂饱满，加上唱腔圆润，应该不愁前路。只是在浙婺，方卿卿的小生是无前路可走的。浙婺小生济济，加上苗玉如在婺剧界算是个腕，又当了浙婺的副团长，属于权威。她指谁是角，谁就是个角。在团里方卿卿和苗玉如基本没什么交集，平时遇见，方卿卿面无表情，不看苗玉如一眼，径直走过去。当年方艳艳也是这副德行。过去弥漫的一切，似乎在方卿卿身上莫名其妙地继续弥漫。

大不了去私人剧团，方卿卿有自己的打算。

方卿卿的自甘堕落让方艳艳不能接受。正规剧团不待,降低身价去草台班子,方艳艳怀疑,方卿卿的脑子是不是被那一把大刀给砍坏掉了。

那一刀砍的其实不打紧。仙鹤之一雪亮的大刀劈砍下来,方卿卿本该用两把剑交叉了架住,一仰头,看见假山上一闪一闪的灵芝不知什么原因没有闪,注意力分散了那么一下下,大刀就砍在了头上。虽是道具刀,也砍得血流满面。方卿卿带着一脸的血演完了戏,才下场处理伤口。浙婺领导到医院探望方卿卿,送了一大捧鲜花,说了些表扬的话。方卿卿伤得不重,不需住院。输完液,头上裹着纱布,抱着一大捧花往许燕君家走,路上风大,花被吹得凌乱不堪,零零碎碎掉了些花瓣,一路飘洒。到了许燕君家,方卿卿将花扔在地上,将裹着纱布的头贴着许燕君的手背。她感觉到许燕君的手指颤动了几下。方卿卿惊讶许燕君躺了这么多年,肢体还会发出感应般的颤动。但那又怎样。在房间里待久了,许燕君有了日积月深的眼窝,凹陷下去,树洞一样。

方卿卿受伤,仙鹤之一愧疚得什么似的,拿把大刀,要方卿卿也砍自己一刀,方卿卿把刀扔了,对仙鹤之一说,不怪你。说是这样说,心里多少有黑影子飘过,前几日仙鹤之一向方卿卿表明心意,被方卿卿婉拒。练武之人,脾气火暴,仙鹤之一搬起婺江边的石头墩子扑通一声就扔进江里。方卿卿浑身冰凉,感觉被扔进江里的是自己。连着几日,仙鹤之一都带了情绪上台,手下动作,没轻没重。戏台上的一招一式,原本都是点到为止,仙鹤之一那一刀,就算方卿卿没有架住,他也完全可以半空收住。当年方艳艳追逼得许燕君从高台上摔下去,情形是否一样,性质是否相同,不好说。方卿卿从来没有问过方艳艳。浙婺讨论对方艳艳的处理,去问许燕君的意见,许燕君说,不怪小青。方艳艳得以继续演小青。方艳艳演的小青,是浙婺有史以来演得最好的,有两个动作,至今无人能超越。一是走 S 形蛇步,方艳艳能扭动身子在戏台上蜿蜒而行，如水蛇在水面游动；二是将头猛地窜抖三下，像极了蛇捕食时的凶悍和敏捷。方卿卿出自方艳艳真传，也只学了几分，就像方艳艳的白眼。方艳艳如今已彻底摒弃了这个经典性表情包，当她看见方卿卿用白眼翻人，像看见怪物。你知道一个女人用那样恶毒的眼神看人，有多让人生厌吗？方艳艳骂方卿卿骂得理直气壮，全然忘记这个眼神祖传自自己。

对于自己的戏曲生涯，方艳艳有种壮志未酬身先死的遗憾。爱情事业两不顺，方艳艳脾气越来越坏，原先的慢条斯理全无踪影，三十八岁那一年，方艳艳终于不再纠结过往，和一个卫校老师结了婚。卫校老师有很严重的洁癖，经常大清早在婺江边冲洗凉席，冲洗凉席的原因是方艳艳睡觉的时候在床上放了个屁。这让方艳艳情何以堪。方卿卿担心到了冬天怎么办，总不能因为放了个屁就把被褥也拿到婺江去冲洗。方卿卿的担心纯属多余，离冬天还很遥远，方艳艳就果断结束了这段婚姻。

方艳艳的第二次婚姻比第一次还要短暂。和方艳艳结婚的是一个卖茶叶的商人，方艳艳哀叹自己老大嫁做商人妇。这话有自损的意思，听得方卿卿很不是滋味。商人热爱婺剧，商人爱婺剧却从不花钱买票去婺剧院看戏，他喜欢在家听方艳艳唱，要方艳艳在家也穿戏服，尤其在床上，要方艳艳扮了相，头上戴着闪闪发亮的头饰，唤自己官人，郎君，夫君。方艳艳有一天没忍住，一脚将商人踹下床去。我应该唤你大郎，弄一碗砒霜给你喝，方艳艳恨恨地说。商人从此喝什么都疑似砒霜，赶紧离了婚，弃方艳艳而去。

方艳艳从此认定自己命犯孤鸾星，再不打算考虑感情的事。她越来越爱在一些细节里搬弄是非，越来越多的插手方卿卿的事情，方卿卿几乎被她弄得崩溃。这也是方卿卿离开浙婺的原因。草台班子，常年在外演出，好过和方艳艳在一起大眼瞪小眼，小巫斗大巫。

那天方卿卿给团长发了个信息，表明自己想离开浙婺。团长礼貌性地挽留方卿卿。方卿卿懒得废话，直接发一条信息过去：团长你就把我像屁一样放了吧。过了一会，团长回了一个字：噗。方卿卿笑起来。这个团长有意思。浙婺也就这个团长还有点意思。

小百花婺剧团给方卿卿开出的工资让方艳艳惊掉下巴。一年二十万？介多钞票啊。方艳艳有些不信。其实二十万，算低了。方卿卿打听过，有的婺剧团给花旦小生开出的最高工资是二十八万。朱大兴许诺几年后也给方卿卿涨到这个数。毕竟专业演员肯来草台班子的不多，方卿卿属于降尊屈就。

方艳艳犹有些转不过弯来。这怎么可能？有介多的人看婺剧？婺剧仅在浙江、江西部分地区流行。二十世纪六十年代进京演出，应该是婺剧最辉煌的时期。方艳艳九十年代进的浙婺，那时剧团不好不赖，到了二十一世纪初，婺剧院的戏票卖不出去，演出的时候剧场空空荡荡，台上的演员比台下的观众多。浙婺走到了几近解散的悲惨地步。方艳艳就是那时候满心悲伤地离开浙婺，到电影院当了卖票员。方卿卿有次去电影院找方艳艳，看见方艳艳和买票的人吵架，吵得很凶。唱戏的怎么了？唱戏的怎么了？方艳艳发疯一样叫喊着扑上去要动手，被方卿卿拼命拉住。电影院后面是一片老城区，已经拆了一半，残垣断瓦，一地碎片，方卿卿把方艳艳拉到那里，让她冷静冷静。五月的空气里弥漫着香樟浓浓的气息，柠檬黄的路灯下那气息一团一团，氤氲着，风一吹就散，风一停又聚拢。像一团魂魄，方卿卿说。

你能不能不要用魂魄这个词，听上去像鬼。方艳艳突然发起火来。梅兰芳说京剧的前身是徽剧，但京剧要寻自己的祖宗，还要到婺剧中去找。梅兰芳说过又能怎样？婺剧都要消失了，像这些老房子，变成一片废墟。京剧寻祖宗，寻个鬼去吧。方艳艳狠狠踢了脚下的碎石，一块碎石踢得飞起来，画出弧线，熄灭的流星般落在看不见的黑暗里。

那时方艳艳想不到婺剧会重新活起来，某一日大家不约而同地突然对古典文化发生了兴趣，这里那里，都在保护。说什么地方的，就是世界的。方艳艳一脸茫然。不明白一些旧话，如何成了新说。而她自己，其实也还并不算老。

来到小百花婺剧团，方卿卿发现团里演员大多是野路子出身，唱功不咋地，样貌也不咋地。老板朱大兴根本不懂婺剧，但他舍得在服装和头面上花钱，再平常的演员，锦衣蟒袍，珠翠满身地装扮起来，也还是好看的。加上大屏幕的舞台背景采用最先进的立体效果，神奇变幻的光影，很能吸人眼球。农村唱戏，图的是个热闹。台上吹吹打打，不管是斩了负心的驸马爷，还是昏庸无当的人被皇帝砍了头，台下都欢欢喜喜，一片叫好。台下看戏的大多是老人，叫几声好，打一会瞌睡，受此传染，台上也演得心不在焉，司鼓一边敲鼓一边刷手机。主胡一脚踩住在戏台上狂奔的老鼠，低头看一眼，继续淡定拉琴。可怜老鼠在那只脚下生生不得，死死不能，硬是被踩着听完了整场戏。候着上台的演员，吃零食，打情骂俏，忘了上场。被人提醒后慌忙登台，手中本该拿花枪的拿成了大刀。在某个村演《御碑记》的时候，戏唱到一半，演杨文广的鲍彩芬腿突然抽筋，之后的半场无人可代。私人婺剧团，演员都是一个萝卜一个坑，多请一个人，就得多出一份工资，朱大兴才不干这种铺张浪费的事。后半场戏里，杨文广硬是没有出现，像是被抠图抠掉了一样。台上稀里糊涂的演，台下稀里糊涂的看。方卿卿接受了这样的现实。不接受又能怎样。

起初方卿卿每天还能坚持早起练功，曹衣雪问她哪来那么大精神，每天下午一场戏，晚上一场戏，唱到后来，人累到不想开腔。方卿卿也觉累，比在浙婺的时候累多了，浙婺几天才有一场戏。小百花婺剧团根本没有休息一说。毕竟是私人剧团，以挣钱为主。方卿卿坚持了一段时间,也就不坚持了。

在寺平村唱戏,大家却是不怎么敢马虎。寺平村的人看戏认真,也懂戏,能挑出戏里的错。武丑李龙飞小时候跟着杂耍班子四处游走,可以从四张桌子和一把椅子叠成的高台上翻下来。寺平村第一天的闹花台,李龙飞翻了一次,第二天下午的《活捉三郎》,李龙飞演的三郎同样要从很高的桌子和椅子上翻下来,李龙飞偷懒,拿了一个大顶,然后做了个下跃的姿势,就下来了。在别的村演出,可以糊弄过去,在寺平村不行,大家知道三郎有这样一翻,大家要看的就是这样一翻。李龙飞没办法,重新上去,一个大翻翻下来。大家犹不原谅,要李龙飞再翻一遍。李龙飞本就长得丧眉耷眼,扮了相,更是一副丧萌丧萌的样子,他在台上歪嘴,吊眼,吐舌,装死,一番费力表演,直逗到大家笑出声,才算了事。

寺平村的人很有些得意, 他们村可是个有文化底蕴的村子,放在古代,这一村的人,都是皇亲国戚。这可不是说大话,明代的时候寺平村出了个娘娘,娘娘未进宫时唤作银娘,银娘在村子里有七八个亲兄弟,又有七八个堂兄弟,银娘进宫做了娘娘后他们都成了国舅,国舅府建得一座比一座堂皇,一时寺平村被称为国舅村。现今村子里的百来户人家,基本上都是国舅们繁衍出来的后代。村子里保留尚算完好的国舅府可以证明所说非虚,银娘未进宫时住过的五间花轩,门前的石碑上,清清楚楚记载着银娘的进宫史,包括进宫后被宠幸过的次数:三次。

三次算多还是算少?当然算多了,朱大兴说有的妃子一辈子也轮不到一次。朱大兴说话的神态,好像自己就是那个皇帝。小百花婺剧团老板的好色是大家乐道的。团里的女演员,好看的难看的,朱大兴宣称自己雨露均沾。方卿卿属于他沾不着的。

自进了小百花婺剧团,方卿卿开着破房车,跟在装道具的大卡车后面在各个村子流转,剧团走哪住哪,有种吉卜赛流浪艺人居无定所的感觉。其他演员都是各自搭帐篷,曹衣雪有房车,并且在房车里养了只猫,猫每夜影子一样飘出去,在屋脊上走,对着月亮嗷嗷地叫,仿佛是月亮的气息诱发了它身体里的情欲。大家让曹衣雪把猫节育了,曹衣雪不节,节了就生无可恋了,曹衣雪说。

又不是让你节,方卿卿怼曹衣雪。

方卿卿极不喜欢那只猫, 那只猫有一双和主人一样的眼睛,连睥睨人的眼神,都极为相似,并且动不动把眼睛瞪得大大的,这也是曹衣雪惯有的。方卿卿很烦曹衣雪瞪眼睛的表情。那张整容脸,似乎只会这一种表情。曹衣雪从不觉得自己烦人,凭着这张脸,她觉得自己怎样都不过分。她本来是可以嫁入豪门的。豪门应该是夸张的说法,婺城这个小地方的豪门,也就那么回事,豪不到哪去。况且是豪门的偏门。为什么说是偏门呢?要娶她的那个富家公子是个私生子。其实人家也没说要娶她,只是追她。怕追不到,就预谋着送一副好头面给美人,以博美人欢心。博不了,再送车,送房,送天上的星星和月亮。哪想曹衣雪好追得很,富家公子才展开追势,曹衣雪就迎刃而上。这也太不好玩,太没意思了。富家公子不仅省下了后续计划中的房和车以及天上的星星月亮,就连前期计划中的头面也省下了。

头面富家公子倒是真买了,水钻头面,跟《霸王别姬》里程蝶衣的那副一样。只不过没给曹衣雪,后来用在了自己的大婚上。新娘喜欢古典式婚礼,头戴水钻,身穿凤袍,耀眼得曹衣雪心都碎了。那水钻头面,本来应该是她的呀。富家公子结婚当日,曹衣雪在酒店门口拉了条横幅:孩子我打掉了,你安心结婚吧。

孩子是子虚乌有。这样的事,也只有曹衣雪做得出。

方卿卿安慰曹衣雪,水钻头面,是名角戴的,你一个草台班子的花旦,戴了也是浪费。方卿卿话出口,觉得自己这哪是在安慰人,简直是在补刀。曹衣雪听得更加心碎,怎么就浪费了呢?怎样才算是不浪费呢? 草台也是台,比不上国家大剧院的舞台,比不上梅兰芳剧院，婺剧院也比不了，但那又怎样！

是啊，那又怎样？唱婺剧的，有几个能站在以上剧院的台上？在乡间流转，台上亮堂，台下寥落。唱戏的时候，方卿卿视线不敢落在观众区域，那里空落落地坐着几个人，让人没有了唱下去的信心。有时候方卿卿觉得如果不是被方艳艳引着，自己是不会往戏曲这条路上走的。她本是站在台侧看戏的人，最终却把自己给看到了戏里去，每天在戏台上一忽中了状元，一忽中了绣球，一忽又中了箭把命丢。弄得在生活里恍恍惚惚不知道自己是谁。

仙鹤之一给方卿卿发来过照片，是他们在国家大剧院彩排的剧照。连着几年，春晚戏曲部分的龙套，用的都是浙婺的演员。虽然是龙套，只有走台，没有唱词，但中国那么多剧，那么多剧团，浙婺能上，也是件很不容易的事。方卿卿想，如果留在浙婺，自己是不是也有可能上春晚。

方卿卿的头发半月剪一次，为了和短发相配，方卿卿穿很中性的衣服，戴男士手表。小百花婺剧团几个十八九岁的小姑娘觉得拉拉这个词很时髦，打闹的时候搂着方卿卿嘴对嘴亲。朱大兴捂住眼睛，对这样的行为他实在看不下去。他的理念是，男人和女人怎么搞，都属于常理，常情。女人和女人，那是怎么个搞法？传说李渔的戏班子里，女戏子之间关系暧昧。在他朱大兴的剧团，这样的事情绝不允许发生。朱大兴反省一番，觉得还是要怪自己工作做得不够全面。

方卿卿的房车是朱大兴淘汰的旧房车，说好分期付款卖给方卿卿。起初方卿卿把房车停在水塘边，或者抬头就能看见月亮的地方。唱完戏，鼓乐喧天了一天，方卿卿想找个清静的地方安顿自己。朱大兴有一天深夜找到方卿卿停车的地方，用备用钥匙打开车门，对方卿卿说让他雨露均沾一下，余下的车钱就不用付了。方卿卿一脚将朱大兴踹将下去。想起备用钥匙还在朱大兴手里，以后都将防不胜防，方卿卿追下车，要朱大兴交出钥匙。朱大兴以为方卿卿和其他人一样，有的不过是戏台上的花拳绣腿，他晃晃钥匙，背手潇洒而去。看着嚣张的朱大兴，方卿卿体内那只吊睛白额的虎噌地蹿了出来，她追上去，像警察拧犯人一样差点拧断朱大兴的胳膊。收缴了备用钥匙，方卿卿担心朱大兴不止这一把，手下加点力，朱大兴痛得嗷嗷叫，发誓如果还有，爹死娘死。之后没多久，朱大兴的爹就死了。方卿卿再不敢将车停在僻静处，尽量挨着大家的帐篷。

寺平村的夜有人打更，提着灯笼，敲几下板子，喊一声小心烛火或者平安无事。小百花婺剧团来寺平村后，打更的人经过帐篷，看见半裸的朱大兴鬼鬼祟祟，钻进一顶帐篷，随后里面传出可疑的响动，打更人以为贼人侵犯良家妇女，把锣鼓敲得喧天响。王雪飞带人赶来，扒开帐篷，发现是你情我愿的那种，不好说什么。朱大兴受此惊吓，局部瘫软，大骂王雪飞，要王雪飞负责。王雪飞负不了这个责。朱大兴说那就请吃饭，请小百花婺剧团全团的人吃饭喝酒，给他压惊。王雪飞懊恼不已，但又不能不答应。

王雪飞这个人有点意思，是个崇古狂，他的目标是让寺平村返回古代，而不是奔向未来。寺平村村民从事农耕和种植，蔬菜用的是人肥，稻谷也是手工种植，不用插秧机，不用化肥农药，收割也不用机器，用一把小镰刀，按照古人收割稻谷的方法，一把一把地割，摊在晒场上晒。现今已难得看见的稻草垛，在寺平村堆成了一道风景，一垛一垛，码在田地里，吸引了很多搞摄影的人远道而来。平常大米也就几元一斤，寺平村手工种植的大米，用土布袋子包装一下，可以卖到二十元一斤。手工的东西，耗时耗力，能不贵吗？王雪飞说现在所有东西都长得飞快，速度这个词真不是什么好东西。在他们寺平村，一切都是缓慢的，人生要缓慢地过，生老病死，一样一样经历。植物要缓慢生长，想结几个果子就结几个果子，该什么时候成熟就什么时候成熟。寺平村请小百花婺剧团吃饭，食材用的全是本村土产。

吃饭地点在五间花轩。

将吃饭安排在五间花轩,而不是文化礼堂,王雪飞自有创意。为了把寺平村打造成一个具有古典文化的村子,他可是用尽了腹中才华。别的村绿化带里种茶花种月季,寺平村的绿化带里种的是棉花。为什么种棉花,没文化的人肯定不知道,棉花在古代和牡丹一样,是有钱人种在后花园里观赏的花,而不是平民百姓拿来纺线织布的。寺平村的公厕里曾经还放过红枣。不知道王雪飞从哪本书上看到,古人如厕,要用两粒红枣塞住鼻孔。王雪飞于是在厕所放置红枣,将古人如厕之文化张贴在厕所墙上,重点提示红枣不是吃的,是拿来塞鼻孔的。如厕的人一看,这么大的红枣,鼻孔怎么塞得进去。就算古人如厕鼻孔塞红枣属实,那也是古代有钱人干的事,平民百姓每天锄禾日当午,哪有那讲究。红枣遂被吃个干净。王雪飞的古典主义厕所文化就此终结。

因为晚上有戏,大家都没有卸妆,王雪飞吩咐点亮灯笼,大红灯笼高高挂起来,气氛一下子就出来了,古色古香的庭院里,一群古装打扮的人推杯换盏,放眼望去,满堂兮美人。有人举了相机哗啦哗啦拍摄。王雪飞打算把这些照片挂在村子里做宣传,古村和戏曲相结合,相得益彰。端午节唱对台戏也是王雪飞的主意,说是为了重现以前的戏剧文化。

晚饭结束,王雪飞带着一帮村里喽啰给小百花婺剧团的人敬酒,几个人学古人模样,抱拳,施礼,仰头把酒干掉。王雪飞给朱大兴喝的是壮阳的药酒,朱大兴喝得有点多,鼻尖通红,双手发抖,他把酒精中毒的手伸进嘴里,用尽蛮荒之力,徒手拔掉了一颗折磨了他很久的牙齿。与其留着痛不欲生,不如弃了了无牵挂。戏班子里混久了,朱大兴说话都是戏文的味道。

晚上演《火烧子都》,方卿卿使出“摆翎”“抖翎”“缠腰打灯花”的翎子功，赢得台下一片喝彩，总算雪了头天被扔爆米花的耻。这要归功于冠上的雉翎，一场完美的演出，唱念做打是标准，行头穿戴的讲究也是标准。

第二天是端午，寺平村家家门上插着艾蒿和菖蒲，院子里的角角落落，也洒了雄黄酒。空气里飘荡着浓浓的雄黄酒的味道。多年前的端午，似乎正在重来。方卿卿感叹，现在也只有在寺平村，还能见到这样传统的端午节。

和小百花婺剧团唱对台戏的兰溪婺剧团已经在对面搭好了戏台。戏台布景华丽，台下不仅布了长条凳，还在长条凳前摆了八仙桌，桌上茶水瓜子各色坚果零食甚是丰富。朱大兴有些沉不住气，懊恼自己怎么没有想到这些细节问题。想要临时布置，被曹衣雪嘲笑东施效颦。

方卿卿有些鄙夷兰溪婺剧团的小花招。两个团唱的剧目都是《断桥》，这出戏，方卿卿有着别样的情感。在方卿卿心里，当年许燕君的一摔，摔断的不是脊椎，是断桥。断桥成了一种痛。方卿卿其实没去过几次断桥。那次省里的戏曲大赛，方卿卿抽空去西湖边拍照片，断桥上游客不断，有人拉了方卿卿，要和许仙合影，害得方卿卿赶紧脱下戏服。方卿卿记得还有一次去断桥，是夜里，方卿卿站在断桥上，听见某艘亮着彩灯的游船上有人唱千年等一回，唱得跑调，撕破了嗓子般。方卿卿手扶桥栏，看着游船远去，心里正悲怆，忽听得身后有个女声慨叹，我已经八百多年没来西湖了。方卿卿急回头，但见断桥上人头晃动，方卿卿无法确定说话的是哪一个。

方卿卿吃了个梅干菜肉粽，肉粽是农家裹的，是小时候的味道。想要再吃一个，怕吃得太饱，影响台上动作。时间尚早，方卿卿打开化妆箱认真化装。许仙的眉，描画宜长宜秀，眼要画成吊眉眼。脸上脂粉涂抹要重，印堂红彩则要淡一些。方卿卿是照着许燕君的扮相画许仙的。稍有不同，扮出的许仙，气质便不相同。兰溪婺剧团的那个许仙，装化得令人大跌眼镜，许仙穿粉红的绣花袍子，两颊红色过浓，眼影也是重彩，生生把一个清秀的许仙扮作了轻浮的西门庆。

曹衣雪化好装，脱得剩下件吊带衫和紧身打底裤，准备换上白娘子的戏服。曹衣雪细腰下面凸显的括号臀，让人怀疑也是整出来的，那臀翘得实在有些惹眼。曹衣雪为了显摆自己的好身材，磨磨唧唧，不急着穿戏服。

戏台一阵颤动，方卿卿以为地震，回头，见一个胖得出奇的男孩出现在后台。他手里捧着一大捧花，走一步，戏台就颤动一下。这也太胖了吧，感觉是一头大象在戏台上走。

胖孩子走到曹衣雪跟前，站定了，一双眼睛滴溜溜的，在曹衣雪的胸和屁股的部位骰子一样转。这哪是个孩子的眼神，一点不纯净。

服装赶胖孩子走，说女人换衣服，少儿不宜在此。胖孩子不走，说你搞清楚，我十四了，十四不属于少儿，属于少年。服装说少儿也好少年也好，看戏到前面待着去，别在这里添堵。你看你的体形，占了多大空间。

胖孩子扒拉开服装，对着曹衣雪嘿嘿地笑，说操衣雪，我是华，惊喜吧，我来看你了。

方卿卿惊愕了几秒钟，这真让人意外，太意外了。华是个十四岁的熊孩子。

曹衣雪瞪大眼睛，而后笑起来，笑得咯咯咯的停不下来。方卿卿不觉得有什么好笑。太不好笑了。她后悔自己真不该阻拦烟花头暴揍曹衣雪。

方卿卿摔下粉刷往厕所而去，走至公厕，看见王雪飞指挥几个人往厕所前的水缸里投放锦鲤，缸小，锦鲤肥大如猪，几乎无法游动。锦鲤养在此处，也实在憋屈。它们再怎么努力游动，也游不到江湖里去。

方卿卿回到戏台，胖孩子已被朱大兴弄走。几个人在戏台上检查升降舞台。升降舞台是朱大兴特意去租来的。按照朱大兴的设计，许燕君坐在升降舞台上唱，方卿卿在下面演。两个许仙，同时出现在戏台上，这是之前没有的。没有可以创新嘛，戏剧也需要不断地创新，这样才有看点。这是朱大兴的观点。朱大兴嘱咐方卿卿，此许仙和彼许仙不仅戏装，帽子，扮相在外观上要一模一样，在神态上，也要一模一样，这样观众才不会有脱离感。方卿卿在心里嗤笑一声，亏朱大兴还懂脱离感，词用得挺文化。

为了减少许燕君坐的时间，朱大兴让人开着自己的房车，卡着时间去接许燕君。许燕君的车后面跟着七八辆粉丝的车，李冰水的跑车首当其冲。车队颇有阵仗地进入寺平村，看戏的人见来的是许燕君，呼啦从兰溪婺剧团那边拥到小百花这边。朱大兴有些得意，夸张地嚷嚷着退后退后，别把戏台挤塌了。以前许燕君在浙婺唱戏的时候，戏台挤塌的事情不是没有发生过。

前台锣鼓已经喧天地响起来，方卿卿在紧锣密鼓中帮许燕君上装。换上戏服，许燕君随后被抬上升降舞台，舞台升起时，许燕君对方卿卿说，你只管演。你只记住，声音是从你身体里发出来的，不是我的。方卿卿想和许燕君说句什么，升降舞台已将许燕君带离地面。

锣鼓声催，大幕拉开。啊呀天哪，啊呀地哪，啊呀苍天。许燕君在半空发出一声唱来。方卿卿身子一抖，梦醒般惊觉这一声唱，原是出自自己的胸腔。它在自己的体内积聚了十几年，此刻，刺破胸腔而出。人声锣声鼓声器乐声，所有的声音都隐去了，只有她和许燕君的声音在大地上回响。

小青追杀在后，方卿卿一个飞跪上台。哎呀呀呀，难难难难难，难藏身，我急急往前奔——奔——奔。方卿卿随着许燕君的唱腔，使出“吊毛”“跌坐”“飞扑虎”的功夫，一路逃得踉踉跄跄。许燕君的声音，将方卿卿包裹着，她在哪，声音就发自哪。两个许仙，在唱词里，在声腔里，在跌跌撞撞的逃奔中，合成了一个。踢鞋穿鞋的绝技，方卿卿台下练过一万遍，没一遍成功，所有婺剧团的演出也早就放弃了这一高难动作。方卿卿突然想一试，她大胆将鞋踢到头顶，肩一耸，鞋子竟然准确套入脚尖。台下喝彩如雷。

哪里走?！小青剑刺过来，方卿卿跃起，飞扑虎跌坐在地。跌坐在地的方卿卿，泪如雨下。

兰溪婺剧团戏台前的观众，差不多全跑小百花婺剧团这边来了。他们过来的时候，不忘把桌上的吃食扫进口袋里带过来。对台戏大捷，朱大兴兴奋得满脸油光。曹衣雪唱"你妻原非凡间女，确是峨眉一蛇仙"的时候，方卿卿跪坐在地，有一种悲喜交集的感觉。她用余光看了一眼半空中的许燕君，那里聚着一团光晕，仿佛戏台上所有的光都聚集在了那里。方卿卿脑子里闪过拉架的那个夜晚，她看见五月的空气里弥漫着香樟浓浓的气息，柠檬黄的路灯下那气息一团一团，氤氲着，像一团魂魄。方卿卿觉得魂魄这个词好，也不好，魂魄让人想到一种类似精神的东西，也让人想到鬼。

方卿卿跪地移动，看见胖孩子站在戏台右侧的幕布旁，当年，她也经常站在那个位置看戏。她站在那里，看见许燕君倒在戏台上。此后的很多醒时或梦里，她看见戏台明亮，锣鼓声催，许燕君一个后背翻滚，站起身来，继续将断桥唱下去。

今天不是做梦。许燕君在台上，她也在台上。他们合体，将断桥唱下去。断桥不断，长亭不长，孤山不孤。

小青不依不饶，方卿卿闪避，倒退，软僵尸倒地，然后迅速后背翻滚起身，起身的瞬间，瞥见胖孩子一下一下打着手里的打火机。一条火蛇，沿着幕布婉转向上。台下喝彩声声，以为小百花婺剧团用真火来演火烧的场景。方卿卿脑子里蒙了一下，很快反应过来。方卿卿飞扑过去，狂按升降舞台的按钮。但是，电已经停了，升降舞台悬在半空动不了。方卿卿看见巨大的幕布落下来，将许燕君包裹在一团火焰中。

澳大利亚舅舅

一九七九年冬天，我们的妈苏梅兰女士裹着一股西伯利亚寒流，鼻尖红红地推开家门，告诉我们一个令人吃惊的消息：大舅舅一家要移民到澳大利亚去了。

我们看着苏梅兰的鼻子，鼻尖又红又亮，估计冻结冰了，我们担心鼻子在热屋子里会化掉。外面实在太冷了，一场封门的大雪后，西伯利亚冷空气就一直在伊犁河谷徘徊不去，气温降到有史以来最低。学校放假，公交车停开——不停开不行，水箱全冻爆了。人们窝在屋子里哪也去不了。苏梅兰憋得慌，跑羊毛胡同东头的曹大娘家要花花菜去了。曹大娘是锡伯族人，腌制的花花菜，红黄绿白多种颜色的蔬菜混杂，看着都诱人。我们吃了好多天的洋芋蛋和白菜粉条，白菜粉条连醋都舍不得放。我们中了煤烟毒，得用所剩不多的醋来解毒。下雪那天特冷，我们的父亲胡嘉木半夜起来往炉子里加了些煤，可能是炉盖没盖好，也可能大雪堵住了烟囱，第二天全家人头晕恶心、脸色苍白。苏梅兰说要不是八舅舅来，我们全家死了都没有人知道。这也太夸张了，八舅舅是下午才来的，我们一大早起来就发觉中了煤烟毒，好像不是很严重，远没有到要死的地步。大家赶紧自救，开窗开门，跑到院子里大口透气。八舅舅下午来的时候，我们只是感觉没力气，人蔫蔫的。八舅舅让我们试试熏醋，倒一点醋在碟子里，放在炉子上熏，满屋子都是酸溜溜的醋味。姐姐胡桃问八舅舅，直接喝醋不是更解毒吗？八舅舅说中毒的是肺，又不是胃。八舅舅知道很多稀奇古怪的解毒方法，他有一本古老的《西域毒草大全》，民间手写的书稿，里面记录了新疆一百四十种有毒的草，每一种草都附有简单的手工绘图。书的纸张粗、黄、厚，翻起来唰啦响，胡嘉木说纸张可能是用亚麻制造的，亚麻结实得很。他说从戈壁滩野坟里挖出来的东西，除了玛瑙、玉石、钱币之类的不会烂掉，其他就数亚麻了。某年刚成立的伊犁卫校需要人体骨骼标本，胡嘉木等人坐着大卡车去戈壁滩挖人骨头，戈壁滩上的野坟因为时间久远，差不多已经变成了平地，不仔细看，根本看不出有坟包。不知什么原因，坟里的骨头大多不全，缺胳膊少腿，或者没有颅骨，有的甚至只有半边骨架。大家猜测这片野坟曾经很可能是一个战场，埋在这里的人生前一定经历了什么。胡嘉木等人把这些不全的骨头混在一起，拼凑出一具具完整的人体骨架，运到卫校给学生们当教具。我们趴在桌上写作业的时候，胡嘉木经常冷不丁用他拼凑过死人骨头的手，戳一下我们的后背，以提醒我们的坐姿。胡嘉木说人的脊柱是靠椎骨、骶骨、尾骨支撑起来的，加上颅骨、腿骨、掌骨、指骨等，一共二百零六块骨头，一个人有这么多骨头，就要彰显出骨气来，坐要有坐相，不能歪七扭八。

八舅舅的《西域毒草大全》是从一个看果园的维吾尔族老汉手里得来的。八舅舅路过伊犁河边的苹果园，看见苹果园的土围墙有个缺口，像豁了牙的嘴。八舅舅从缺口跳进去，打算摘几个果子，落地的时候没掌握好平衡，崴了脚。看果园的老汉没有责怪八舅舅，老汉认为摘几个果园里的果子吃，是对他果子的赞美。伊犁河边的果园一片连着一片，八舅舅进了他的果园，看来是他的果子长得漂亮。老汉拿出《西域毒草大全》，对照着在果园里找了半天，拔了把草，分一半喂给一只瘸腿的山羊吃。山羊跟八舅舅一样，也是从缺口跳进苹果园摔瘸腿的。苹果园的地上掉落着很多没长熟的苹果，山羊经常跳进来吃，缺口就是山羊弄出来的。老汉告诉八舅舅，草有毒，但对摔伤有用。老汉把草递给八舅舅，八舅舅以为老汉让他吃草，单脚蹦跶着想跑。八舅舅人瘦，腿长，单脚能蹦跶出去老远，老汉逮蚂蚱一样逮住八舅舅，把草放在石头上砸烂，给八舅舅糊上。八舅舅本来脚不能着地，糊了草后就可以瘸腿走路。八舅舅问老汉能不能把书借他看看，八舅舅在畜牧学校上学，毕业后有可能会去当兽医，他觉得这本《西域毒草大全》对他有用；应该说是对牲畜有用，有些毒草，牛羊吃了会毙命。作为一个未来的兽医，八舅舅觉得自己有责任把这些毒草弄清楚。书里面的维吾尔文，八舅舅能看懂个大概。老汉答应了八舅舅的要求，摘了几个苹果连同书一起交给八舅舅，然后把八舅舅从刚才跳进果园的缺口塞了出去。八舅舅回去后，把苹果啃完，把书翻了几遍，没能找出老汉给自己用的是哪一种草。脚好后，八舅舅拿着《西域毒草大全》去苹果园找老汉，结果怎么找都找不着上次偷果子的那个苹果园，所有果园的土围墙都完好无缺，找不到缺口。没有缺口，八舅舅就无法进入果园，他站在那里，像被一种奇怪的东西困住了。

我们觉得八舅舅是故意找不到果园的，他不想把《西域毒草大全》还给看苹果园的老汉。八舅舅对这本书甚是感兴趣，他对照书上的图和文字，在伊犁河边找到了小狼毒草，炫耀地带我们去看。小狼毒草的秆子撇断后，有牛奶一样的东西流出来。我那时候对什么都好奇，伸出舌头舔了舔，苦死了，苦里面带点辣。八舅舅大惊，把我拎回去，找邻居家要鲜牛奶，《西域毒草大全》上写着鲜牛奶可以解小狼毒草的毒。邻居家的奶牛已经在傍晚挤过奶了，两只奶袋瘪瘪的，八舅舅拿个碗去挤，奶牛很不高兴地转过身，朝着他拉了泡屎。八舅舅挤奶是生手，在牛肚子下面钻来钻去，踩了一脚稀牛屎。他摘了几片核桃叶子把牛屎擦掉，然后用擦牛屎的手继续挤奶。我喝了牛奶之后就吐了，八舅舅说，好了好了，毒吐出来了。我其实是想到牛奶里面可能沾了牛屎被恶心吐的。苏梅兰逢人就说我的命是八舅舅救的。苏梅兰说话一向夸张，我又不是蚊子，舔一下毒汁就死了。八舅舅说幸好我舔的是小狼毒草，小狼毒草长在河谷地带，大狼毒草长在雪山上，大狼毒草的毒性比小狼毒草毒一百倍，吃了会立马断肠而死。十多年后我读金庸的武侠小说，觉得八舅舅说的大狼毒草可能就是小说里写的断肠草，依我看也没那么邪乎，牛羊满山吃草，也没见有断肠的。八舅舅说羊解百毒，什么草都吃。牛智商高，知道哪些草有毒。马也比较聪明，比如醉马草它们就从来不吃。毛驴最笨，死了都不知道自己是怎么死的。斯德克老汉家的毛驴死了，八舅舅跑去观察后说驴是吃了草乌死的，这种草有剧毒，草还没有咽下去，喉咙就被血封住了。斯德克老汉没听说过这种草，八舅舅翻开《西域毒草大全》给斯德克老汉看，斯德克老汉不看，骂八舅舅，滚你一边去吧，毛驴子的年龄比你还大，毛驴子是老死的。斯德克老汉骂人，前面一句用的是汉语，后面两句用的是维吾尔语。羊毛胡同里大部分人都这样说话，维吾尔语里面夹杂着汉语，或者是汉语里面夹杂着维吾尔语，这种随时切换的混合型语言，别的地方的人听着有点怪，我们自己不觉得。

羊毛胡同里的汉族人，大多是一九五〇年以前就生活在新疆的老汉人，他们会说好几种语言：表达爱情时用浪漫的维吾尔语，骂人的时候用富有幽默感的哈萨克语，唱歌的时候用深情的俄语，吵架的时候用变化多端的汉语，不想让其他人听的秘密用锡伯语。大多时候，大家以汉语和维吾尔语为主，可以单独使用，也可以切换着使用。羊毛胡同的语言有羊毛胡同特有的风格，跟胡同的建筑一样富有特色。这条胡同里的房子充分体现了边境小城的轻盈和浪漫，门窗、墙壁、楼梯、廊檐均涂成蓝色，从淡蓝、浅蓝到深蓝和更蓝。那种层次分明、依次递进的蓝，是伊犁河水从早到晚一天里颜色的多种变幻。八舅舅有一次带我们在伊犁河上滑冰，伊犁河的水结冰后有一种晶莹的蓝，在阳光下反射出耀眼的蓝光。八舅舅滑出闪电的形状从一片蓝光中穿过。我们准备回去的时候，伊犁毛纺厂一个长得蛮漂亮的女工跑过来红着脸问八舅舅家住哪哒，八舅舅答，我住的地方叫蓝。八舅舅的语言具有高度概括性，他说话一般人听不太明白。八舅舅喝一种白色的杏仁止咳糖浆，瓶底最后留下的糖浆底子很厚，倒在勺子里，说像喝一堵墙。我妈做鱼喜欢把鱼头剁掉，八舅舅说跟吃一条鬼一样。八舅舅讲话就这风格，谜一样。毛纺厂女工听了八舅舅的回答，愣愣地在原地站了一会，转身走了。她在冰面上走出的是一条笔直的线，跟她脑子里的思维应该是同一种形状，这跟八舅舅滑出的闪电状运动轨迹形成鲜明对比。苏梅兰知道后觉得有点可惜，在毛纺厂上班的人，家里有用不完的毛线头。毛线头对苏梅兰来说是珍贵的东西，可以织毛袜子，织手套、围巾。西伯利亚寒流横行伊犁河谷的时候，这些东西不可缺少。

八舅舅是曹大娘的儿子，不是我们的亲舅舅。曹大娘生了八个儿子，没有女儿，苏梅兰刚来新疆时和曹大娘一起在育儿所工作，两人亲密如母女，我们出生后就把曹大娘的儿子叫舅舅。起初是属于一种礼貌性的称呼，时间久了就变成了真舅舅。二舅舅和八舅舅跟我们最熟，其他几个舅舅，我们经常把他们的顺序弄混。大舅舅几乎见不着人，他和大舅母住在花城那边。花城是楼房区，羊毛胡同是平房区，生活风格截然不同。在我们的感觉里，大舅舅和我们住得很遥远，仿佛不在同一座城市。一九七九年之前，我们很少想到大舅舅的存在。一九七九年之后，大舅舅成了我们经常说到的核心人物。

一九七九年那个冬天，苏梅兰带回来的消息就像天上掉下来的陨石把地面砸了个大坑，让我们吃惊了好几天。那时候出国简直就跟去另一个星球差不多。当然，其中不包括紧邻我国的苏联。在我们看来，去苏联根本算不上出国。

苏联靠近中国的边界地区，生活着跟我们伊犁这边一样的哈萨克族，语言相同，生活习惯也大致相同。伊犁河从我们这边的地界，流到苏联境内。天鹅冬天从苏联飞过来，在伊犁的英塔木过冬，春天再飞回苏联的巴尔喀什湖。山脉嘛，头在我们这边，尾在苏联那边。就连冷空气，也是从苏联的西伯利亚过来的，经过伊犁河谷，长驱直入。我们对苏联一点新鲜感都没有，从没觉得苏联有什么令人向往之处。

但是澳大利亚不一样，澳大利亚在另一个大陆板块上，四面都是蓝色的大海，据说那个国家很富裕，家家都有汽车，没工作的人，政府发失业金，一个月六七百，就是什么也不干都有面包吃。苏梅兰说，什么也不干就能有吃有喝，那是多美的生活啊。大舅舅去澳大利亚后，就可以把其他几个舅舅也移民过去。有亲属在那边，就可以申请移民。大舅舅是因为大舅母的姨妈在澳大利亚，才可以申请移民的。大舅母以前隐瞒了海外关系。

这又让我们吃了一惊。

当初大舅舅和大舅母结婚，曹大娘死活不同意，现在全家都沾大舅母的光，可以移民澳大利亚。苏梅兰有些替大舅母不平。苏梅兰就是条会变色的蜥蜴，其实她以前挺看不惯大舅母的。大舅母是上海人，身上有一种上海人精致的做派，比如穿束腰风衣，又比如煮汤圆不能用铁勺子捞，铁勺子有铁味，得用筷子夹。大舅舅硬是练就了用筷子夹汤圆的本领，那可是一种难度系数较高的动作。大舅母走路的方式很独特，属于一种冷酷无情的直线运动，不把任何障碍放在眼里，仿佛一切都将为她让道。大舅母跟人说话，从不看人，眼睛放空，斜视一旁。大舅母要不是有海外关系，也不可能从上海那样的大城市跑到新疆这个偏远的边境小城来，更不可能和大舅舅结婚。苏梅兰认为，如果是二舅舅，还说得过去。二舅舅像昭苏草原上的汗血宝马一样高大俊美。大舅舅嘛，是八个舅舅里面长得最矮的，不但矮，还有点胖，说话声音肉嘟嘟的。曹大爷不怎么喜欢大舅舅，觉得大舅舅的性格一点不像自己，倒像他的声音一样肉。曹大爷是新疆的老汉人，硬气得很，一九五〇年前在汉人街开着个卖砖茶和盐巴的铺子，那时候玛瑙和玉石像麦子一样在巴扎上成堆售卖。曹大爷跟着运货的马队翻越铁列克冰大坂，好几次差点死在山口上。在边境数次遇到不明来路的马匪，为了保住钱财，曹大爷把肚子划拉开，把珠宝藏到肚子里。

我的天哪！每次听苏梅兰这样讲，我们都会发出怀疑的惊叹。我们已经习惯了苏梅兰使用夸张的话语来叙述事情。不过，在对曹大爷的叙述上，似乎用不着使用任何的夸张手法。我们亲眼看见曹大爷喝加了草药的浓砖茶，半缸子茶叶加一些草药，用大茶缸装着放在铁炉子上煮，大茶缸里的水咕嘟咕嘟开着，曹大爷端起来就喝一口，然后放回到铁炉子上继续咕嘟。过一会，又端起来喝一口，喝的时候连气都不吹一下。曹大爷从来不喝温暾的茶水，因此曹大娘家一年四季炉子里的煤从没断过，即便是大夏天，曹大爷也是坐在炉子边，一口一口喝着他滚烫的浓茶。曹大爷头发雪白，坐在那里，像一座威严的雪山。我们都怕他，谁也不敢去掀他的衣服看看肚子上到底有没有刀口子。说起来曹大娘也是个骁勇的女人，锡伯族女人都比较骁勇，他们的祖上在清朝时奉乾隆皇帝之命西迁伊犁抗击俄国军队。锡伯族人到伊犁就是来打仗的。现在不打仗了，但战斗民族的气势还在。曹大娘会骑马，会射箭，喜欢吃烧辣子和烧茄子，十根手指总是沾着黑灰。曹大娘清楚地知道穿束腰风衣、说话不看人、走路不看路的大舅母是没法和他们这样的边城家庭融合成一家人的。但大舅舅不管这些，大舅舅看着不哼不哈，其实一点都不肉，没有征得曹大娘的同意就和大舅母旅行结婚去了，回来后不回羊毛胡同，直接住到了花城。曹大娘毫无办法，她不能骑着马、拿着箭去把大舅舅逮回来，唯一能做的，是跑回伊犁河对岸，给二舅舅物色了一个会做烧茄子和烧辣子的锡伯族姑娘。二舅舅痛快地举行了婚礼，羊毛胡同的每一个人都被请到曹大娘家里喝酒吃糖，这多少挽回了被大舅舅丢掉的面子。上海人流行的旅行结婚，在羊毛胡同行不通。在羊毛胡同的人看来，大舅舅的旅行结婚，跟私奔差不多。

苏梅兰那天捧着装花花菜的罐头瓶子回来，可能是太激动了，忘记把手套戴上，不仅冻伤了鼻子，还冻伤了手。第二天鼻子增大了两倍，有点像巫婆，手跟窝窝馕一样鼓鼓的。胡嘉木找人要了些狗油给她抹上。狗油是治烫伤的。胡嘉木说冻伤跟烫伤一样，都是火辣辣地疼，治疗方法估计也可以等同。狗油抹了两天，鼻子没那么大了，开始像蛇一样脱皮，手还是肿得老高。还好二舅舅从尼勒克回来了，地质勘探队刚在那里发现了一处碧玺石矿，是二舅舅发现的。伊犁最大的无烟煤煤矿也是二舅舅发现的。二舅舅告诉我们麻雀脑子可以治冻伤，但一定要活麻雀的热脑子才行。他们在野外冻伤了，都用这方法。晚上八舅舅带着我们打着手电筒去廊檐下抓麻雀，月亮冷得白里泛蓝，散发出冰柱一样的光芒，整个世界都被冻得嘎嘣脆。八舅舅爬上梯子，用手电筒一照，躲在廊檐下睡觉的麻雀就傻了，用圆溜溜的眼睛瞪着光，不知道飞。八舅舅抓了两只，又放回去。它们太小了，脑袋里面没多少脑子。八舅舅说。

苏梅兰鼓鼓囊囊的手过了很久才好。她没有怪八舅舅不给她抓麻雀，可能是觉得八舅舅就要去澳大利亚了。

曹大娘一家要去澳大利亚的消息传出后，很多有女儿的人家都想和曹大娘攀亲，曹大娘有一半的儿子没有结婚。那段时间上门找苏梅兰的人特多，我家客厅的窗台上摆满了那些人送来的蜂蜜、酸奶疙瘩、砖茶和苏联水果糖。还有人给我们家送了一棵啤酒花，说是长出的啤酒花可以酿啤酒，味道美得很。到时候我来教你怎么酿。送的人对苏梅兰说。我们后来叫她啤酒花大婶。啤酒花大婶有三个女儿,大的和胡桃差不多年纪。苏梅兰说要不是她自己的女儿还小……苏梅兰说了半句,后面半句没说。

啤酒花种在院子里,见风就长,很快爬满了架子,到了夏天,铃铛一样的啤酒花一嘟噜一嘟噜地悬挂着,散发着苦味的芬芳,黄昏时,苦味会变得更浓。八舅舅说,他闻到一种类似于惆怅的东西。在没有计划去澳大利亚以前,他从来不知道惆怅是何滋味。啤酒花大婶借口来看啤酒花的成长状况,经常往我家跑。再有三个月就可以酿啤酒了。她说。这三个月她每隔几天就来我家一趟,每次都认真地计算着可以酿啤酒的时间,好像酿啤酒是一件重大的事情。其实她心里计算着的重大事情是给四舅舅、六舅舅和七舅舅介绍对象,介绍了几个,都没成功。她又锲而不舍地想给八舅舅介绍。苏梅兰的手摆幅很大地摇晃着,老八,算了吧,他还不到找对象的年龄。啤酒花大婶不听,在大街上堵住八舅舅,向八舅舅介绍一个伊犁毛纺厂的纺织女工。伊犁毛纺厂是一个很大的厂子,几千号人,感觉伊犁所有的姑娘都在毛纺厂上班。八舅舅一听是毛纺厂的就拒绝了,他对毛纺厂的姑娘有偏见,认为毛纺厂的姑娘脑子里的思维跟她们纺出来的线一样又细又直。啤酒花大婶问八舅舅想找个什么样的,八舅舅想了想,说,找一个不那么正经的吧。啤酒花大婶吓了一跳,以为自己听错了。啤酒花大婶走后,八舅舅揉了半天耳朵,感觉耳膜受了伤。八舅舅跟我们说,这女人的声音也太奇特了,像一根金属丝,能穿透大街上喧哗的人声,又尖又细地刺入人的耳朵。

啤酒花大婶后来又给八舅舅介绍过一个长辫子的姑娘,是红旗大楼的售货员,她直接把姑娘带到我们家,让她和八舅舅在啤酒花架下见面。那时候啤酒花开始由淡绿变黄,终于到了可以摘下来酿啤酒的时候。啤酒花大婶一边教我妈酿啤酒的流程:加水,加蜂蜜,加发酵素,加……一边用眼睛偷瞄长辫子姑娘和八舅舅的动静。长辫子姑娘扭着身子告诉八舅舅,她的头发实在太长了,有一次她险些被自己的头发勒死。她说话的时候，身子就那样不停地扭来扭去，垂在屁股下面的辫子像两条蛇，辫梢翘起来。八舅舅跳起来，骑上自行车就跑了。

二舅舅不怎么想去澳大利亚，坐在我家火墙边的矮凳子上勾着头，一根接一根地抽莫合烟。他卷的莫合烟又粗又大，是别人的两倍，吐出的烟把他自己笼罩在里面。二舅舅是八个儿子里面最像曹大爷的。长得像，性格也像。曾经有个同事，在高空作业的时候，故意把二舅舅留在危险而寒冷的铁架子上悬挂着下不来，二舅舅的愤怒在高高的地方陡然增加了两倍。他下来后把那个说话总是结结巴巴、喜欢背后捉挟人的家伙打得从此以后再也不结巴了。二舅母是察布查尔县纳达齐牛录人，农村户口，没有工作。他们的两个儿子、一个女儿的户口得随二舅母，也是农村户口，将来也没有工作。如果不是户口问题，二舅舅是不想去澳大利亚的。

曹大娘也不想去澳大利亚，澳大利亚实在太遥远了，远得让她恐慌。大舅舅几次三番，用动听的语言劝说曹大娘。大舅舅说当初锡伯族人祖上从沈阳西迁伊犁，走了一万多里才到达察布查尔，说起来路程不比到澳大利亚近多少。去澳大利亚可以坐飞机，十几个小时就飞到了，西迁可是走了一年零三个月，那时候伊犁河对岸的察布查尔还是一片长满了芨芨草的土地。这么多年下来，锡伯族人不也在这片地方生活得蛮好，把芨芨草变成了胡麻和麦子。去了澳大利亚，一样可以开辟出一片新天地来。曹大娘说，我老了，啥也不想开辟了。

大舅舅开导曹大娘的时候，八舅舅在旁边不合时宜地凑热闹。八舅舅说澳大利亚以前是英国的殖民地，是英国用来流放囚徒的地方，四面都是海水，被大海包围着，囚徒到了那里想跑都跑不了。那块板块除了靠近海岸的地方，其他大部分都是长满了仙人掌的沙漠，比起长着芨芨草的察布查尔差远了。大舅舅对八舅舅说，我真想用驴尾巴塞住你的嘴。自从全家都需要依靠他移民澳大利亚后,大舅舅就没从前那么肉了。

八舅舅的话让曹大娘加深了恐慌。但是曹大爷说,去吧,八个儿子都去了澳大利亚,我们留在这里,就像两座坟堆留在荒地旷野里。曹大爷的话像暮色的阴影在院子里扩散,让人感觉到悲凉。

一九八〇年,大舅舅一家办好了移民手续,走的时候我们去送他们,长途汽车站乱糟糟的,空气中飘荡着一股尘土味。有人赶着毛驴车来送人,几个人合力把贴了金箔的伊斯兰风格大木头箱子用绳子吊起来,艰难地往班车顶上的行李架上拽。每个乘客都带着那么多的行李,车顶高高的、庞大的行李架让人担心班车会底朝天翻过来。大舅舅他们带的行李最少,他们几乎把所有东西扔下了,曹大娘责怪他们连穿的衣服都不多带几件。那边的东西比这边的好。大舅母谁也不看地说。她昂着头,视角刚好对着车顶高高的行李架,于是发现那只很大的木头箱子压住了他们的行李。大舅母让大舅舅去交涉一下,大舅舅就去交涉了,操着羊毛胡同驻花城办事处的辞令告诉赶毛驴车的老汉,如果不把木头箱子从他们的行李上挪开,后果自负。赶毛驴车的维吾尔族老汉不理会大舅舅的交涉,他听不懂后果自负是个啥意思。大舅舅想跟他解释,但是维吾尔族老汉的毛驴在一旁大叫起来,大舅舅根本插不上嘴。大舅母见状生气地扭身上了车,她在座位上坐下来,直到车开也没有挥一挥手或者说点什么道别的话。她压根就没觉得有和大家道一下别的必要。我和姐姐胡桃是第一次见到大舅母,以前她一直像一个传说一样存在于我们的口中,这也给她的身上涂上了一层神秘的色彩,使我们对她产生了难以抑制的好奇心。等真的见到她,我们觉得她其实没有我们想象的那么洋气和漂亮。大舅舅的两个儿子,曹魏和曹营,一个在技校上学,一个在伊犁水利水电学校上学,都还没有完成学业拿到毕业证书,这个证书对他们已经没有用了。他们会说俄语,这个在澳大利亚一点用都没有，澳大利亚说英语，去了那边，他们必须先学会英语。

班车磨蹭了很久，过了点还迟迟不开。从伊宁去乌鲁木齐的班车，路上要走两天或者三天甚至四天，这要由天气情况和司机的心情而定。

到了乌鲁木齐后大舅舅他们将坐火车到上海，三天四夜。火车一般会晚点几个小时。之后从上海坐飞机到香港，再由香港转机飞澳大利亚。一路够折腾的。

大舅舅一家刚到澳大利亚的时候，闹了个笑话，他们看见大街上扔掉的旧电视机，赶紧跑去捡，后来发现，在澳大利亚，电视机实在是太普遍了，旧了就扔掉买新的。这在中国简直是不可想象的事情。没想到大舅母那么高傲的人，去了澳大利亚也跟乞丐一样捡垃圾箱里的东西，苏梅兰说。第二年，大舅舅从澳大利亚寄回来一台电视机，彩色的。苏梅兰跑去确认了一番，是新的，不是垃圾堆里捡来的。那时候白天没有电视节目，晚上才有。一到晚上，全羊毛胡同的人都跑到曹大娘家看电视，把院子挤得满满的，连站都站不下，有人爬到树上或者骑在围墙上看。那一年中国女排得了冠军，人们都在谈论女排精神，沉浸在一种前所未有的高涨士气中。二舅舅隐隐预感到这是一个新时代来临的兆头，他跟曹大爷说他不想去澳大利亚了。曹大爷不发话，坐在火炉边一口接一口地喝滚烫的浓茶。曹大爷在羊毛胡同是个传奇式人物，中华人民共和国成立之前的某一年，曹大爷从迪化回伊犁——迪化就是现在的乌鲁木齐，经过三台的时候，牧民在海子边宰杀一头牛，风把牛死亡的消息传播得满天都是，乌鸦和鹫盘旋着飞来。一路上，曹大爷都能闻到血腥味。穿过果子沟，等到了芦草沟，曹大爷分辨出血腥味里隐含着杀人的气味。他避开大路，在果园、杏园、沙枣园中绕来绕去，绕回到伊宁，经过大巴扎的时候，看见大巴扎的通道上高高地悬挂着几颗人头。那几天迪化的风向突然转变，当局开始对一些思想进步的人下手，芦草沟和惠远古城都设有卡子，曹大爷如果被逮住，人头也会挂在大巴扎的通道上。

八个儿子里面二舅舅遗传曹大爷的性格最多，二舅舅从小就比其他兄弟反应敏捷，他能伸出筷子隔着老远夹起馅最多的那一个韭菜盒子；喝羊骨头汤，他也能准确地端到骨头上肉最多的那一碗。因此二舅舅从小就比其他几个舅舅长得高大，走起路来像一匹迈开大步的骆驼，四十五码的脚能把地踩出一个坑来。这样一个强大的二舅舅，曹大爷不发话，他就不敢把刚才的想法再提第二遍。

二舅舅私下对苏梅兰说，你为什么不自己干呢？买台钢磨，开个磨面坊，以后再扩大成磨面厂。苏梅兰因为胡嘉木，从一个保育所的老师沦落为面粉厂工人，每天回家，顶着一头霜雪一样的面粉出现在我们面前。苏梅兰对这样的生活抱怨连天，曹大娘一家去澳大利亚，苏梅兰也起了去的心思，但是因为不是直系亲属，申请移民比较难。二舅舅不赞成我们也去，觉得去澳大利亚眼下看着挺好，毕竟，澳大利亚是个发达的国家，生活水平比我们高，但澳大利亚已经没有什么机会了，而中国一切刚刚起步，有很大的空间可以发展。苏梅兰对二舅舅的话不甚明白，对二舅舅的提议，报以长叹。自己干要有本钱，一台钢磨几千元，那可是一笔巨款，你叫我上哪偷去？苏梅兰摊着两手问二舅舅。

年底的时候，曹大娘一家的移民手续办好了，他们把房子卖了，把带不走的很多东西包括那台令人羡慕的彩色电视机留给了我们。一家三十多口人，也算是队伍庞大，漂洋过海地举家搬迁，给人一种悲壮的感觉。曹大娘对我们说，我这么大年纪了，这一去，可能这辈子再见不着你们了。曹大娘的话让大家心里涌起莫大的悲伤。

曹大娘一家去澳大利亚后，原本住在一起的大家庭分散了，大家各过各的。曹大娘和曹大爷跟着二舅舅一起生活，他们找了一处平房住下来，平房靠近海，有点不那么整洁，像贫民区。曹大娘晚上盯着月光照耀的大海，担心那些海水会让她尿床。白天，曹大娘呼吸着苦涩的海风，坐在那里唉声叹气，她每叹一口气，就好像把自己的生命吞掉一口。还好，有二舅母经常做烧茄子和烧辣子给曹大娘吃。如果没有烧茄子和烧辣子，曹大娘也许就真的完蛋了。

这些是八舅舅告诉我们的。八舅舅去了澳大利亚后经常给我们写信，信里说的都是他们在那边的生活状况。刚去的时候，几个单身舅舅挤在一间面积很小的房子里，晚上睡觉几个人盖一床被子。澳大利亚什么都贵，他们什么都买不起，真后悔去的时候带的东西太少，以为去了澳大利亚会应有尽有。而要想找到工作，得先学会英语。几个舅舅一边吃着当地政府发放的免费购物券领来的牛奶、鸡蛋、面包之类的食物，一边吃力地学着英语。他们觉得英语比维吾尔语或者哈萨克语难多了。舅舅们磕磕巴巴地学了半年，学会了一点英语的六舅舅和七舅舅终于在一家装修公司找到了工作，他们干的活是往墙上喷涂料。八舅舅干的是电工，他本来还想着去了澳大利亚能当个兽医，澳大利亚羊多，应该需要兽医，但最终他只能干一些出卖体力的工作。四舅舅连从事体力劳动的工作也找不到，在华人区推着早餐车卖早餐。我们看了八舅舅的信并不怎么替他们发愁，我们按我们的方式去想象澳大利亚，觉得舅舅们在那边生活得应该挺美好。

八舅舅起初把信寄到羊毛胡同，邮递员来送信的时候都是我们不在家的时候，信不是交给前面的邻居代收就是交给后面的邻居代转，邻居们对澳大利亚的来信充满好奇，他们也想知道曹大娘一家在澳大利亚的状况，有时候就把信拆开来看。等信交到我们手里，已经被很多人看过了，好像八舅舅的信是写给整个羊毛胡同的，谁想看都可以看，就跟报纸一样不具备私密性。有一次邻居把一封拆过的信交给我们，等我们把信看完，邻居问能不能把八舅舅的信给她，澳大利亚的信纸很精美，浅蓝色的底子，印着小花，她女儿想要收藏信纸,这种信纸我们这没有。无奈之下,我们后来就让八舅舅把信寄给胡桃。胡桃初中毕业考上了伊宁卫校,她上课用的人体骨骼标本就是当年胡嘉木在戈壁滩的野坟里挖出来的。学校收信比较正规,有传达室,信不会被别人拿去随便拆看。胡桃平时住在学校集体宿舍,星期六才回羊毛胡同,把信带回家。吃过晚饭,我们一家人坐在桌子前读八舅舅的信。有段时间,读八舅舅的来信成了我们一家的重要事情。我们读完信,然后认真讨论信里一些我们没怎么弄明白的事情,比如"开趴提",八舅舅就是那样写的。他说他生日的时候开了场"趴提",参加的都是些华人朋友。他们住在华人区,邻居都是华人,大家说话,英语和汉语切换着用。这点和羊毛胡同有点相似。我们让胡桃回信的时候记得问一下"趴提"具体是什么。因为信是胡桃收的,回信也就由胡桃来回,以前都是胡嘉木写回信。胡嘉木写得一手好字,他在农科所工作,每天像个老农民一样和种子苗木打交道,写字的才华无用武之地,憋得慌。给八舅舅写回信,胡嘉木格外认真,一封信被他写得像是钢笔字帖一样漂亮,而且洋洋洒洒好几页,几乎每次都超重,要贴很多张国际邮票。胡桃负责写回信后,八舅舅写给我们的信里,总要另写一封给胡桃,胡桃刚开始还拿给我们共享,后来就不愿意共享了。我们收到八舅舅的信也越来越少,不知道从什么时候起,八舅舅和我们之间的信件往来,干脆就变成了八舅舅和胡桃两人之间的事情。胡桃有时将信的内容跟我们简要说一下,有时啥都不说。问她,她说信是写给她的,她有权不说。

我们能说什么呢?只能是干瞪眼。

我们一直想知道二舅舅在那边的情况,但是二舅舅很少给我们写信。我们只是通过八舅舅的来信得知,二舅舅干的是野外工作,经常去一些沙漠地带,大家很少见到他;见到的时候,他一般都是胡子拉碴、头发蓬乱,嘴唇晒爆了皮,人黑得像澳大利亚土著。不过二舅舅在这边的时候就跑野外,就经常晒得很黑。这么说来,二舅舅去了澳大利亚，干的工作基本和国内一样，也算是没有改行。但八舅舅说二舅舅在野外工作队里只是负责扛勘探仪器，不过，华人比澳大利亚土著的待遇要好很多。野外工作队里当向导的基本是土著。白种人没去之前，澳大利亚大陆上的土著过着住帐篷的游牧生活，以采集和打猎为主，过得自由自在……

八舅舅写的这些状况一样没有引起我们的兴趣。在我们的感觉里，舅舅们在一个过生日都要开“趴提”的国家生活，美好的方面一定大于不美好的方面。二舅母的状况就很令苏梅兰羡慕，二舅母在中国人开的餐馆做洗碗工。澳大利亚有很多中国人开的餐馆，二舅母白天去一个餐馆洗碗，晚上去另一个餐馆洗碗，母牛一样健壮的二舅母一个人挣两份工资。苏梅兰说可惜这里没有可以挣两份工资的地方，有的话她也可以这么拼命地挣钱，挣了钱买一台钢磨自己干。已经有人买了榨油机，在东城三岔路口的地方开了榨油坊，榨油机白天连着黑夜轰隆轰隆地响着，榨油的人排着老长的队等着榨油。包产到户后，察布查尔几千亩地的胡麻和霍城一直种到了边界线的油葵多得榨不完，榨油坊一天挣的钱，抵得上苏梅兰一个月的工资。

苏梅兰动了买钢磨的心思后，让胡桃给大舅舅写封信，看能不能借点钱。大舅舅一家去得最早，澳大利亚工资高，大舅舅肯定已经积累了点钱。但是胡嘉木不让写。八舅舅隐约透露过，大舅舅在那边状况并不好，大舅舅在这边是坐办公室的，到了那边什么技术都没有，英语也不行，到现在还说得磕磕巴巴的，一直没有找到工作，在家闲待着，靠领失业救济金生活。大舅母因为有她的姨妈帮忙，在一家酒店找了份工作。大舅母具体干什么工作，八舅舅也不是很清楚，就算漂洋过海去了陌生的地方，大舅母还是和这个大家庭格格不入。没去澳大利亚以前，大舅母在伊犁宾馆工作，每天冷着脸坐在那里开开票、收收钱，一副高高在上的样子。伊犁宾馆是伊宁市条件最好的宾馆，苏联援建中国的时候，苏联专家来伊宁就住在那里，大舅母有资格觉得自己高人一等。苏梅兰没想到大舅母到了澳大利亚还是在高人一等的地方工作。直到一九八五年四舅舅回国，我们才知道，在澳大利亚，去酒店工作，一点不高人一等。服务员干的工作不像在伊犁宾馆那么清闲，要帮客人搬行李、送咖啡，得微笑着跟客人说话，不能冷着脸坐在那里，更不能高高在上。四舅舅还透露，大舅母在酒店干的工作基本不用跟客人打交道，因为大舅母带着上海腔的英语澳大利亚人听不懂。大舅母在伊宁的时候，说话故意扬着上海腔，只怕别人不知道她是上海人。和她一起来伊宁的知青，都学会了用伊宁人的腔调说普通话，大舅母觉得土，就是不说。这能怪谁呢？我们实在想不出在酒店什么样的工作是不需要和客人打交道的。厨师？可是大舅母饭都不怎么会做，怎能当厨师？四舅舅说打扫卫生的清洁员一般不需要和客人有语言交流，只需低头干活就行。苏梅兰啊了一声。四舅舅又说，澳大利亚酒店卫生间的卫生一天到晚要有人不停地打扫，上厕所的人走了，就要进去打扫一遍，洗手的台子要擦得干干净净。苏梅兰又啊一声，这太让她想不到了。大舅母在澳大利亚，干的竟然是在卫生间打扫卫生的工作，虽说澳大利亚的卫生间比我们这边的厕所高级，但卫生间和厕所的性质终究是一样的。

四舅舅回来是找对象的，五舅舅结婚比较早，本来四舅舅没结婚，五舅舅是不能比四舅舅早结的。四舅舅是个慢性子，找个对象也慢吞吞的，五舅舅早早地就找好了对象，等了一年，又等一年，等不及，就先结了。去澳大利亚前，也有不少人给四舅舅介绍对象，四舅舅不急，说澳大利亚也有女人的。去了澳大利亚，四舅舅找不到工作，每天在街头卖早餐，没有人找刚去澳大利亚没有工作的四舅舅结婚。四舅舅只能回来找。四舅舅回来的时候，给我们带了一台双卡录音机。胡桃刚工作，医院里国庆节排练节目，录音机老卡带子，胡桃把四舅舅带回来的双卡录音机带到医院，顺便把四舅舅也带去看她们排练。四舅舅再回澳大利亚的时候带走了其中一个叫黄丽玲的护士。这速度，和四舅舅一贯的慢性子形成鲜明对比。胡桃说，她本来想把同科室的林静介绍给四舅舅的，没想到黄丽玲下手比林静快。

黄丽玲跟着四舅舅去了澳大利亚后，每天早上和四舅舅一起推着餐车在华人街卖早餐，起初以为只是卖一段时间，很快就可以在医院找到工作，澳大利亚医院护士工资很高，但是在医院上班需要有证，黄丽玲英语不行，考了几次考不下来。一年后黄丽玲的爸妈兴高采烈地飞到澳大利亚看女儿，结果发现女儿在街头推着餐车卖早餐，没想到女儿在澳大利亚的生活是这样子的。澳大利亚大街上车开得飞快，过个马路险象环生，好像随时都有可能把命丢在这里。黄丽玲爸妈不敢出门，坐在家里唉声叹气。他们回来的时候把黄丽玲强拉了回来。与其在澳大利亚过最底层的生活，不如回来过中不溜的日子，在中国，一个医院的护士，好歹是受人尊重的。黄丽玲回来后从不对人说起在那边的生活，只说和四舅舅感情不好。认识才几天就结婚，感情能好吗？胡桃说。她没有揭穿黄丽玲，但是对黄丽玲很鄙夷。黄丽玲又回到医院上班，只是成了临时工，编制没有了，工资也低了许多。大家暗地里嘲笑黄丽玲得不偿失，黄丽玲也知道大家在嘲笑自己，她觉得一定是胡桃在背后说了什么，在医院碰见胡桃，胡桃跟她打招呼，她理都不理，头一偏就过去了，把胡桃气的。黄丽玲跟四舅舅走的时候，我们还叫过她四舅母呢，她咋能这样子。伊宁市的花城那边，大世界舞厅刚开张，黄丽玲下班后穿着从澳大利亚带回来的露肩连衣裙和细高跟鞋，闪亮地出现在舞厅。伊宁市很多人都还不会跳舞，黄丽玲在舞池里犹如跳舞皇后。我们怀疑她的舞其实是在国内暗自学的，在澳大利亚天天忙着卖早餐，有时间去跳舞吗？胡桃和医院的同事们去舞厅学跳舞，三十米开外就能看见黄丽玲正和某个男人眉目传情。后来黄丽玲嫁给了一个来伊宁做生意的广州人,广州人说着“细啦”“嗨啊”的广东话,请医院的护士们喝汽水。黄丽玲也给胡桃递一瓶,胡桃不想接,林静帮她接了。林静对胡桃说,她得谢谢黄丽玲,要不,从澳大利亚灰溜溜地回来的可能就是自己。黄丽玲很快跟着广州人去了广州。这回应该不用卖早餐了,胡桃揶揄。

四舅舅后来又结了婚,给我们寄过一张照片,和四舅舅站在一起的女人金发、胖——不是一般的胖,年龄不好确定。我们对不同人种女人的年龄判断不是很有把握。反正这个女人应该比四舅舅大许多,不过,显得老相也说不定。苏梅兰看着照片说,这么胖的女人,又这个年纪,可能生不出孩子。果然被苏梅兰的乌鸦嘴说中。四舅舅一生无儿无女,老了住在养老院里。四舅舅自己的解释是,澳大利亚的女人不喜欢生孩子,很多家庭都丁克,老了就住养老院。“丁克”这个词我们第一次听到,感觉很时髦。“养老院”在我们这个地方听起来也比较陌生。四舅舅跟胖女人结婚后,跟被传染了一样也胖了起来。十多年后他又回过一次国,将近三百斤的体重,走路都艰难。四舅舅说,澳大利亚女人喜欢吃高热量的食物,她逼着他吃下去的那些肉和奶油,最后全变成了他身上的肉和脂肪。再这样继续胖下去,他就没法回来了,飞机上的座椅根本塞不下他肥大的屁股。四舅舅这样说的时候,喉咙里发出一阵嘶嘶的笑声。对于一个这般肥胖的人而言,笑起来的时候难免全身颤抖,加之他脸上的表情,让人误以为他是在难过抽泣。

可能是黄丽玲的经历,也可能是其他原因,反正人是很容易就忘记那些久未谋面的面孔的, 胡桃和八舅舅的信件往来越来越少,我们也不再像以前那么关心澳大利亚的消息。我们这边的生活越来越丰富,不再像以前那么单一。一九八八年八舅舅回来的时候,苏梅兰的磨面坊已经如二舅舅设想的那样变成了磨面厂,磨面机由一台变成了好几台。门口的拖拉机和大卡车上高高摞着一麻袋一麻袋等着磨的麦子。二舅舅去澳大利亚一年后,不等苏梅兰开口就寄回来一笔钱,苏梅兰买了第一台钢磨,在三岔路口榨油坊的旁边开起了磨面坊。那台可以自动磨面的机器每天大口吃进麦子,吐出面粉。这是当时最先进的磨面机,磨出的面粉分好几道,第一道的面最白最细,做拉条子,能拉得又长又均匀。水磨磨出的面粗,做拉条子不筋道,老是断。很小的时候我跟二舅母去纳达齐牛录玩,见过水磨,巨大的水声和石磨转动的声音淹没了纳达齐牛录其他的声音。二舅母说冬天河水封冻,水磨就停在那里没法转了,整个纳达齐牛录安静下来。习惯了水磨声音的纳达齐牛录人,以为自己的耳朵聋了。在纳达齐牛录,春天来没来,听水磨的声音响没响就知道了。水磨的声音是纳达齐牛录春天的标志。不知道二舅母在澳大利亚会不会想起纳达齐牛录的水磨声。二舅母曾经抱怨水磨磨出的面,面粉和麸皮混在一起,要用筛子筛过,将面粉和麸皮分开,才能做锡伯族大饼,这道工序很费力。钢磨不用,自动就把面粉和麸皮分开来了。苏梅兰买的第一台钢磨,下崽一样,很快繁殖出第二台、第三台、第四台。磨面坊前面空地上停着的毛驴车和马车挤成一团,毛驴大叫,拴在木桩子上的马互相尥蹶子。每天地上都会留下一堆堆的驴粪蛋子和马粪蛋子。苏梅兰在牲口的粪蛋子中踮着脚尖走路,有一天摔了一跤,一屁股坐在一堆热乎乎的粪蛋子上,爬起来后,她果断把磨面坊搬到城外的巴彦岱,又买了些钢磨,招来工人,自己当起了磨面厂的厂长。磨面厂不再磨零碎散户的麦子,直接跟一些承包了上千亩地麦子的农户订合同,专门加工他们的麦子。这些麦子用拖拉机或者卡车运来,停在磨面厂门口,苏梅兰穿着束带风衣,高着嗓门指挥人搬麻袋,俨然一副女强人的架势。八舅舅回来,我们家已经大变了样,新家具闪闪发亮,窗户扩成了双扇的,大门换成了拱形门楣的铁艺大门,有了种高门大院的感觉。院子里的空地不再种菜,全种上了花。种菜和种花都是胡嘉木的强项，他能把天竺葵嫁接出很多种颜色，把单瓣的海娜花变成复瓣的，蔷薇树篱被修剪成彩虹的形状。一个在戈壁滩上挖过死人骨头的人，用一座繁盛的花园掩盖了心底里的一片荒凉。八舅舅这个海外华侨，穿着牛仔裤、旅游鞋，在我家开满了花的院子里走来走去，他走过的距离，都可以走到胡桃上班的医院了。胡桃在晚上八点钟下班，脱下白大褂，穿上连衣裙，迈着精确计算好的优雅步伐，准时出现在羊毛胡同。

晚上吃过饭后，八舅舅和胡桃一起站在朦胧暗影的黄昏中说话，他们说了好长时间，但最终好像什么都没有发生。整个过程胡桃不停地揪着花瓣，她站的地方，凡是能够着的花，全被她揪秃了。我们猜胡桃在跟八舅舅说外科医生。胡桃跟他们医院的一个外科医生产生了点情愫，那个外科医生借着给胡桃看腹部肿块，摸了胡桃的乳房。肿块其实不是肿块，是副乳。一般女人副乳长在腋下，胡桃像母猪一样，从胸部到腹部长了两排隐形的副乳，虽然没有显形出来，但每个月一到生理周期，两排副乳就隐隐地胀痛，摸上去好像有一个乳头般大小的核。胡桃又羞又难过，外科医生安慰胡桃，这没什么，每个人在胚胎时，从腋窝到腹股沟的两条线上都长有六到八对乳腺的始基，出生前，除胸前的一对保留，其余的都退化了，但也有极个别的人，没有完全退化，胡桃就属于极个别人。一个女人有这么多暗藏的乳房，生理产生反应的时候，所有的乳房也会集体发出反应，这也太迷人了。外科医生把胡桃平放在检查床上，用手指轻轻按压，找到副乳的位置，用圆珠笔一个一个画出来。等他画完，他发现胡桃的乳房，简直像一个星系一样复杂。他一个一个地亲吻，抚摸。胡桃躺在那里，被外科医生摸过的乳房散发出一股熟桃子的味道。这种味道一经散发，就收敛不住。胡桃下班回家，从苏梅兰面前经过，苏梅兰闻到胡桃身体散发出的气味。这味道太浓了，没能逃过苏梅兰的鼻子。一九七九年的那个冬天，如果苏梅兰的鼻子冻掉了，她就不可能闻到胡桃身上的熟桃子味。苏梅兰打听了外科医生家的条件，觉得还是不要和这样的人扯上关系的好。外科医生的母亲是伊犁州的某个领导，我们在电视机前守了三天，就有两天在伊犁新闻上看到她短暂地出现。短发，深色套装，眼睛往上看。我们的妈摆出妈的威严，对胡桃说，买马看母，外科医生母亲跟大舅母很像，一副高高在上的样子，跟这样的人家相处，会有一种压迫感。苏梅兰坚决不许胡桃和外科医生继续交往下去。胡桃表面上很听话，断了和外科医生的那点情愫，回家也绝口不再提起外科医生。苏梅兰甚是欣慰。但这种欣慰没持续多久，有一次胡桃下班回家，苏梅兰又从胡桃身上闻到了可疑的味道，她知道胡桃没有听她的话。

也许八舅舅回来能改变事情的走向。

八舅舅回来的原因和四舅舅一样，但他不像四舅舅那么目的明确。八舅舅每天在羊毛胡同晃悠或者去伊犁河边转悠，他还一心想着找到那个围墙有缺口的苹果园把《西域毒草大全》还给看果园的老汉。八舅舅把那本书带到了澳大利亚，他走的时候竟然没有扔掉它。

啤酒花大婶又开始隔三岔五地来我们家。苏梅兰没时间酿啤酒，啤酒花大婶酿好了，用装伊宁大曲的方形塑料桶装着拎到我家。她教苏梅兰酿的其实是格瓦斯，盖子打开，砰地冒出一股气。装在玻璃瓶里，弄不好会爆炸。苏梅兰以前酿的时候，发酵的过程中爆炸过一次，觉得危险，就不做了；啤酒花也不种了，那东西长得快，葡萄藤都被它挤得没地方爬了。啤酒花大婶比以前胖了很多，我们改叫她啤酒桶大婶。四舅舅回来那年她还没这么胖。她本来想把自己的女儿介绍给四舅舅的。这次她想把另一个女儿介绍给八舅舅。胡桃见过啤酒桶大婶的另一个女儿，另一个女儿去医院打过针，胡桃给打的，长得还可以，臀部的皮肤比脸白，挺苗条的。苏梅兰说，啤酒桶大婶年轻的时候长得也不错，也挺苗条的。看见啤酒桶大婶现在的样子，就可以想象出她女儿以后的样子。

八舅舅不见啤酒桶大婶的女儿，也不见其他人，他谁都不见。我们觉得他这次回国，纯粹就是打着找对象的借口回来玩的，或者说，是回来看胡桃的。六舅舅和七舅舅已经找了当地的华人女友准备结婚，他们已经勉强融入了当地的生活。八舅舅不找，做电工之余穿着沙滩裤戴着墨镜躺在海边晒太阳，皮肤晒成了棕色。八舅舅在海边光着膀子吹着海风的身姿，跟在伊犁河上滑冰的身姿一样帅，吸引了不少白种姑娘的目光。白种姑娘不会忸怩作态地问八舅舅住哪，直接抛飞吻，吹口哨。八舅舅跟她们去跳舞，去喝酒，但没有下文。胡桃问八舅舅为什么没有下文，八舅舅想了想，说找不到缺口。八舅舅还是八舅舅，说话跟谜一样。皮肤晒成了棕色的八舅舅回到羊毛胡同，说话依旧汉语和维吾尔语熟练地切换，依旧喜欢吃苏梅兰做的剁掉了鱼头的椒蒿炖鱼，澳大利亚只是从表面上改变了他，他看世界的眼睛还是黑色的，没有变蓝，也没有变褐。八舅舅依旧喜欢带着我们去伊犁河对岸疯玩，那片锡伯族人的地里散落着孤独吃草的马，蓝色胡麻花一直开到天边，有人在落日旁升起了细细的炊烟，迎着风向，就能闻到烧茄子和烧辣子的味道。八舅舅在伊犁河边找到了几种《西域毒草大全》里的毒草——菊蒿、棘豆、醉马草。八舅舅感叹，如果不是去了澳大利亚，他应该是一个兽医，在草原上骑马，和牛羊打交道，熟记书里的每一种毒草，而不是一个跟金属丝和绝缘体打交道的电工。他不喜欢纺织女工的直线思维，更不喜欢金属丝直线式的乏味生活。我在草堆里捡了几个马屁泡，这是一种菌类，小时候我们把这东西当球踢来踢去，有时候用它来搞恶作剧。胡桃从我手里拿过马屁泡，扔到八舅舅脸上，马屁泡噗地爆炸开来，里面的褐色粉末像释放的烟幕弹，喷了八舅舅一脸。胡桃说，你为什么去澳大利亚？你如果不去澳大利亚……胡桃没有往下说，她说话跟苏梅兰一样，喜欢说半句。

伊犁河边的湿地里，长着一片癞蛤蟆草，八舅舅说癞蛤蟆草其实就是新疆曼陀罗，有毒性，可以迷醉人。这种草我们很熟悉，夏天开白色喇叭状的花，花落之后结出乒乓球一样大小的刺球，踢一脚，刺球就会散发出臭气。人的梦有时也会散发出这种臭气。有一段时间，胡桃在睡觉时就经常散发出这种恶臭。那段时间她正经历一些烂事，这些烂事不宜张扬，闷在肚子里，最后只能通过梦散发出来。

但一九八八年八舅舅回来的时候，胡桃的梦还未散发恶臭，更像是马屁泡释放的烟幕弹那般的褐色粉末。胡桃对八舅舅说，十四岁的时候，我看见你骑着自行车从羊毛胡同东边过来。羊毛胡同的冬天，马车甩着铃铛哗啦哗啦地跑过，结冰的路面被马蹄子踩踏得坑坑洼洼，你骑着高难度的花样式冰上自行车，一路摔着跤来到我跟前，下了车，用两腿夹住车轮，把摔歪的自行车把拧正，再在车链子上哐哐猛踢几脚，惊得蹲在围墙上的乌鸦一只接一只飞起来，像一团散开的黑煤烟。

八舅舅说，你记得这么清楚啊。

胡桃说，你是我的初恋啊。

我们都以为八舅舅和胡桃会发生点什么，他们经常坐在花园里说话，但身体始终保持着一定的距离。有一天晚上月亮被云遮住了，花园里一片漆黑，八舅舅和胡桃好像被吞了进去，月亮出来的时候，他们又被吐了出来。他们坐在那里，两人之间的距离没有变得更近，也没有变得更远。

苏梅兰有些矛盾，现在我们已经知道了舅舅们在澳大利亚过得并不如我们想象中的那样，大舅舅还在领失业救济金，二舅舅还在野外工作队晒得跟土著一样黑，六舅舅七舅舅还在往墙上刷涂料，八舅舅还在当电工。如果是在国内，苏梅兰是不会允许胡桃和一个电工谈恋爱的。外科医生怎么说也比电工体面。胡桃可能也是同样想法，她下班回来得越来越晚，有时候要到睡觉时间了才回来。八舅舅一个人坐在花园里，形单影只。

八舅舅要回澳大利亚的那天，突然冒出来一个女的，拿着一张黑白集体照，跑到我家来找八舅舅，说自己是八舅舅的小学同学。她指着第二排最边上穿格子衣服的矮个子女生，说那个就是她。她报出名字，八舅舅脸上的表情明显有些疑惑和不确定，显然是女大十八变，已经变得根本认不出来了。我们拿着照片，从几十个人头中找了半天，找到了八舅舅。八舅舅也有变化，但不至于变得认不出来。

我们送八舅舅走，那女同学也跟着去。八舅舅上车的时候，女同学突然扒拉开我们，挤过去附到八舅舅耳边说了句什么。我感觉她是往八舅舅耳朵里灌了一剂毒药，八舅舅明显和刚才不一样了，目光有些飘摇起来。送走八舅舅后，苏梅兰说，这个女同学，不像个正经女人。胡桃说，八舅舅的这个小学女同学，说话的声音给人一种奇怪的感觉。苏梅兰没有接茬，她气哼哼地给胡桃准备嫁妆去了。不准备难道等着丢人现眼吗？胡桃经常很晚才回来，说不定肚子哪天就鼓起来了。为了不被外科医生的母亲低看，苏梅兰给胡桃准备了丰厚的嫁妆，彩电、双缸洗衣机、电冰箱娘家全包了，"三金"也买了，毛料买了好几身。绝不能被人家高高在上的气势压倒，否则一辈子都被压着抬不起头，苏梅兰教导胡桃。但胡桃没我们的妈这样的心气，外科医生的母亲只给胡桃准备了一身毛布衣料，颜色还是很老气的深灰色，估计是谁找她走后门送的礼，胡桃居然就毫无意见地接受了。更有甚者，结婚当天，本来说好用自行车来接新娘子的，结果那个高高在上的母亲对外科医生说，羊毛胡同那样的地方，离伊犁宾馆不远，自己走着来就好了。苏梅兰像被狗咬了一样跳起来，坚决不许胡桃自己走着去。结果新娘子没有到场，开席时间到了，酒席照样开吃，吃得热热闹闹。吃完后，喝得东倒西歪的外科医生来我家把胡桃带走了。结婚证都领了，还能怎么样？

胡桃结婚，八舅舅从澳大利亚寄回来一幅珠子的门帘，亮闪闪的,成了婚房里的亮点。伊宁市那几年流行用挂历和曲别针做的珠门帘,挂历剪成小片的菱形,曲别针拉直了,卷上菱形的挂历纸,卷出珠子的形状,连缀起来,就是一幅琳琅满目的珠帘子。我为了做一幅珠帘子,拇指和食指磨出了泡。八舅舅华美的珠帘子,多少让胡桃糟糕的婚礼有了点光彩流溢的幸福感。那幅珠帘子挂了很多年,后来在一次胡桃追杀外科医生的过程中断了三根,胡桃手持菜刀追着外科医生砍,砍到了珠帘子,断了三根线的珠帘子参差不齐,从此晃荡起来,没有了珠帘子该有的万种风情,再加上那时珠帘子也不再时兴,就取了下来。胡桃的野蛮行为被外科医生高高在上的母亲很是看不上眼,到底是羊毛胡同出来的,她说。此后便不再发表任何意见,她对待羊毛胡同的态度完全和大舅母一个样。不过,胡桃做得确实有点丢人,我们也没想到她会变成这样,她自结婚后就不再迈着精确计算好的优雅步伐走路,她脸皮子越来越厚,在公共场合歇斯底里地和外科医生吵架,弄得全医院的人都知道外科医生利用工作之便又勾搭了哪个略有姿色的女病人。胡桃拿菜刀砍外科医生这样的事情,也曾发生过。随着外科医生由一个年轻的小医生逐渐变成乳腺科的专家,再到著名的乳腺科主任医师,找他看病的人越来越多。他的名声越来越大,传言他的手比检查仪器更准确。同时,有关外科医生的一些议论也在流传,说他在给病人做检查的时候,对部分略有姿色的病人会有超出医生检查范围的不轨行为。胡桃对此毫无办法,因为这是她丈夫的工作。女病人找医院领导告状,最后都不了了之。

她又能怎么办?自结婚后,外科医生不但行为不检点,在家庭生活中也极不负责。胡桃不得不自己拎面袋子上五楼,自己扛煤气罐去换煤气,自己骑自行车接送娃,下雪了滑一跤,带着娃眼泪汪汪地跑回羊毛胡同哭诉。我们也是一样的毫无办法。要是胡桃跟八舅舅去了澳大利亚,可能……

我们也只能这样“可能”一下，八舅舅和我们的联系越来越少，与其他几个舅舅的联系就更少，八舅舅结婚的时候倒是打电话跟我们说了一下，那一年我们家已经装上了电话，羊毛胡同很多人家继我们家之后都装了电话。苏梅兰的磨面厂已经不开了，苏联解体后她开始做边贸生意，操着一口流利的哈萨克语和维吾尔语以及半生不熟的俄语，往来于哈萨克斯坦和其他几个中亚小国。家里的电话时常繁忙地响起，每次电话铃一响，我就蹿过去接电话。我和魏宁分手后，有很长一段时间听到电话铃声，我就以为是魏宁打来的。我想躲开电话铃，刚走出家门，听见家里的电话铃响了，我停下来，听了好长时间，最后决定返回去接，可是我走到电话机旁边的时候，电话铃却不响了。我不知道是不是找我的，心里更加不安。我重新出门，快步走到羊毛胡同，听见邻居家的电话铃在响，不知道是没人还是什么原因，电话一直没有人接。我继续往前走，听见另一家的电话也在响。羊毛胡同的房子结构都很相似，靠近路边的那间大房子是客厅，电话机放在客厅的窗台上，窗子敞开着，朝着大路。我可以透过白色窗纱看见电话机摆放的位置，甚至一伸手就能够着电话。这一家的电话也没有人接，也一直响个不停。接下去，我经过谁家，谁家的电话就响起来。这让我很痛苦，好像电话在追踪我。我不得不走出羊毛胡同，走上另一条街，再走上别的街，走到腿肚子抽筋。我最终决定跑回家把电话线拔了，这一拔，整个世界的电话全哑了，再没有电话铃响起。我终于可以放松地坐在家里，什么也不用去等了。

电话铃不响了，惹得苏梅兰大发脾气，因为没有接到一个很重要的电话，耽误了一笔很重要的生意。苏梅兰独自一人赶到阿拉木图去补救，被几个人围住推来搡去，嚷嚷着要赔偿。他们没想到这个中国女人伸出干巴巴的手有力地揪住其中一个人的耳朵，几乎要把那耳朵给揪下来。事后我们的妈说，别说揪一个小客商的耳朵，就是揪大老板的耳朵，她也毫无顾忌。这回苏梅兰一点没夸张，当时的独联体各国有点混乱，所有商铺的货架空空如也，连列巴都买不到。苏梅兰带着大包小包的货出现在阿拉木图，包还没有打开就被抢劫一样抢光。苏梅兰数卢布数到手指抽筋。我不想待在伊宁，决定办个护照，跟着苏梅兰去数钱。刚开始，一元人民币值一百卢布，后来变成两百卢布，再后来变成五百卢布。世界的不稳定性让人产生恐慌。苏梅兰的哈萨克语在哈萨克斯坦可以畅通无阻地和人交流；到了乌兹别克斯坦或者吉尔吉斯斯坦，维吾尔语基本应付得了；乌克兰说俄语，这个，苏梅兰不如我。那时的乌克兰是一个更加混乱的地方，飞机坦克被拆成零件卖掉。有什么办法，这些东西不能当列巴吃。我们从乌克兰拐道去里海。里海靠近阿塞拜疆的地方在打仗，靠近哈萨克斯坦的这一边还算安定，当地的高加索人把里海叫作哈扎尔海。我们坐在夕阳西下的哈扎尔海边看船只往来。苏梅兰说这些地方曹大爷年轻的时候应该到过，曹大爷还到过伏尔加河。

不知道曹大爷有没有去过西伯利亚，我突然想去西伯利亚看看，人在失意的时候就会想要去一些荒凉的地方走走。西伯利亚除了冷空气估计什么也没有，犹如一个冷酷的世界尽头。苏梅兰说的曹大爷年轻时候到过的地方，我们也跟着跑了一遍。曹大爷现在在澳大利亚，我们是不是也去澳大利亚看看？曹大娘在那里，总要找个机会去看看她的。

在世界上转了一大圈，回到羊毛胡同，魏宁站在白杨树笔直的胡同口等我，身后是蓝蓝的空气。我一下子把西伯利亚忘到了脑后，那个遥远荒凉的地方跟我一毛钱关系都没有，那只是人在伤心时候不切实际的遐想。当我的心回到以前的生活轨迹上来，我想起八舅舅打来过电话说他结婚的事。我当时失魂落魄，忘记了和大家说。

跟八舅舅结婚的人，正是那个不像是个正经女人的、八舅舅的小学女同学。八舅舅说出杜媛媛这个名字的时候，我半天反应不过来，以为和八舅舅结婚的是一个我们不认识的人。我记得八舅舅那个女同学的名字好像叫曾柳青，绝对不是杜媛媛。八舅舅说曾柳青改名字了，她爸妈离婚了，她就把名字改成了杜媛媛，跟她妈的姓。他也是给她办移民手续的时候才知道的。这听起来没什么毛病，我们也没多想。胡桃说八舅舅以前对啤酒桶大婶说过，要找个不那么正经的。八舅舅说的不那么正经的，跟曾柳青或者杜媛媛的不正经应该是两码子事，是两个看似一样又完全不一样的概念。我们不知道那个叫曾柳青或者杜媛媛的女人，是怎么跟八舅舅扯上关系的，又是怎么漂洋过海地到澳大利亚结婚去的。

你等着看好了。苏梅兰说。

我们不让她往下说，她那张乌鸦嘴，说起倒霉事来，灵验得很。

我们搬到胜利街的楼房后，电话号码换了，我们忙于眼前越来越纷乱多彩的生活，无暇顾及另一个大陆板块上的事情，有很多年，我们和澳大利亚那边几乎断了联系。有一年圣诞节，胡桃收到八舅舅寄到医院的明信片，明信片上只写了几句祝福语。

新世纪到了，已经变得很胖的四舅舅回来，我们才得知曹大爷已经不在了。那个喝着滚烫的草药茶，雪山一样威严的人，在澳大利亚"融化"掉了。我们伤感了一下，很快就谈论起其他事情来。大舅舅的小儿子曹营，差点把大舅舅和大舅母气死，曹营结婚都有了一个女儿，又突然离婚，宣称要和一个同性别的人生活在一起。这让我们惊讶得眼珠子都鼓了出来。这都怪大舅母，如果当初不那么得意扬扬地移民澳大利亚，就不会有这样的事情发生，苏梅兰说。她任何时候都不忘攻击一下大舅母。

我们又从四舅舅口中得知，二舅母在澳大利亚开了家餐馆。二舅母在这边的时候因为没有工作，只能待在家里做饭，一大家子的饭，一天三顿，都是她一个人做，练就了一手好厨艺。烧茄子和烧辣子是餐馆的主打菜，曹大娘有时候去帮忙，亲自动手做烧茄子和烧辣子，也做椒蒿炖鱼，椒蒿是我们寄去的种子种植出来的，不是我们这边伊犁河边野生的草；鱼也不是伊犁河里的鱼，曹大娘总觉得澳大利亚的鱼肉太粗，不好吃。椒蒿也没有伊犁的香。不过餐馆生意不错，经常有人排队等吃。一个九十来岁的锡伯族老太太下厨做菜，能不火吗？曹大娘在当地华人中小有名气，她已经不再担心海水会让她尿床了。

我们最想知道的是八舅舅的情况。四舅舅告诉我们，八舅舅的白种人朋友，像盗走一只羊那样盗走了他的女人。我们觉得这个比喻太不恰当了，那个曾柳青或者杜媛媛，根本不可能是一只羊。她怎么可能是一只羊嘛，她不主动去盗别人就不错了。四舅舅还是太不会看女人了，男人都不怎么会看女人。我们只跟曾柳青或者杜媛媛接触过一次，就大概知道她是什么样的人了。我们对这个结果一点不感到惊讶，我们只是好奇这是什么时候发生的事情，八舅舅也不跟我们说一声。八舅舅这些年不怎么跟我们联系可能跟这件事有关，既然八舅舅不想让我们知道，我们也就没有打电话去问八舅舅。一直到二〇一二年，有一天胡桃跑回家，跟我们说她见着曾柳青了。曾柳青想找外科医生看病，挂不上号，去找胡桃帮忙，整个伊宁市都知道胡桃是外科医生的老婆，可以开后门加个号。曾柳青拎着东西，敲开胡桃家的门，说明来意，胡桃当时就愣住了。这个曾柳青，不是那个杜媛媛，或者说，曾柳青跟杜媛媛根本就是两个人。

你是我八舅舅的小学同学？胡桃问曾柳青。

是的。曾柳青拼命点头。

你可有什么凭证，证明你是我八舅舅的小学同学？

凭证？曾柳青一脸茫然。

那我怎么能断定你就是我八舅舅的小学同学呢？

曾柳青没法证明自己是八舅舅的小学同学。她有点莫名其妙，她就是想看个病，用得着这样被质疑吗？

胡桃提醒曾柳青，既然是同学，那毕业照总是有的吧。曾柳青说，都几十年了，谁还保留那东西。胡桃说，你总得说出点什么吧。曾柳青说她记得上小学四年级的时候跟着几个同学到羊毛胡同玩过，还和八舅舅一起到我们家摘过杏子，我妈给了他们每人一块水果糖，玻璃糖纸挺漂亮的，那时候她收集了很多糖纸，夹在日记本里。曾柳青以为八舅舅是我们的亲舅舅。小学毕业后她就没有见过八舅舅，更不要说联系了。她只是听同学说八舅舅去了澳大利亚，她和八舅舅没什么具体的交情，仅仅是在一起上过学的小学同学。如果胡桃不给这个面子，她也没什么好说的。

胡桃脑子里飞快地转着，但怎么转也没转明白。她后来终于想起一个重要线索：你认识杜媛媛吗？

曾柳青认真想了想，说，不认识，怎么啦？

这就奇怪了，你被一个你都不认识的人冒充了。胡桃说。

胡桃告诉曾柳青杜媛媛的事，曾柳青大为惊讶，说，你八舅舅回来的话记得告诉我一声，我一定要当面问问他是咋回事，否则我死不瞑目。

曾柳青的话把胡桃给吓住了，被人冒充了一下而已，至于严重到死不瞑目吗？

胡桃说的事让我们傻了眼，一切也太离奇了。杜媛媛当初来我们家，拿着一张小学毕业集体照，告诉我们她是八舅舅的小学同学，毫不费力地在我们的眼皮子底下将一个大活人调了包，这简直就是戏剧里才有的事。这也太欺负我们的智商了。诸多的疑问我们没法解释，唯一的解释就是杜媛媛跟曾柳青长得有点像。胡桃说像个屁，曾柳青一点也不漂亮，曾柳青的鼻梁上有几颗醒目的雀斑，跟麻雀蛋上的斑点一样大。鼻梁上有雀斑的人，怎么也不能说是好看。八舅舅要么不怎么记得曾柳青这个同学，要么就是把她跟其他女同学记混了，或者八舅舅根本不在意杜媛媛是不是曾柳青。曾柳青应该是那种很容易被人忽略的女生，她除了雀斑整个人没什么特点。但杜媛媛漂亮得让全世界男人都觉得她做什么都是可以的,包括冒名顶替。

我们犹豫要不要告诉八舅舅曾柳青的事,不过八舅舅知不知道关系不大,杜媛媛已经离开八舅舅了。

曾柳青为着看病的事情又和胡桃联系了几次,她怀疑自己得了乳腺癌,去检查后得知不是癌,只是增生。曾柳青不信,非要让外科医生给确诊一下。胡桃看在曾柳青是所谓名字上的八舅母的分上,让外科医生加了个号给仔细看看。看过后,外科医生确诊不是癌。曾柳青还是不信,她认定外科医生没有认真看,他只是看她的乳房,而不是看她乳房的病理情况。她明显感觉到外科医生检查的手法有问题。怎么个有问题,曾柳青说不出来。虽然没有过界,检查的部位仅限于乳房,但摸和抚摸的界限,不好说,说不好,很难找到合适的词来说清楚。外科医生对此事的回应比较轻描淡写:长那样,算了吧。胡桃清楚,外科医生说的不是实话,他对一个女人的脸长什么样一点不在意,他对女人的乳房长什么样很在意。曾柳青脸长得不漂亮,但是她的两只乳房大小不一,一个跟甜瓜一样大,一个跟苹果一样小。这使得她身子不自觉地朝乳房大的那一边歪斜,给人感觉她随时想往别人身上倚靠。如此奇特的乳房,外科医生不会无动于衷。不过,现在胡桃不会再拿菜刀追砍外科医生了,她正如火如荼地跟医院的另一个外科医生搞婚外恋,她的乳房又开始复苏般散发出熟桃子的味道,但她的梦会散发出癞蛤蟆草的恶臭。她脑子里那个刺耳的喧闹的世界,就跟大巴扎上的牲口市场一样。我见过那个外科医生,也是个乳腺专家,刚当上了副院长,穿锃亮的皮鞋,志得意满的样子。他主要是动手术,负责切除外科医生确诊的那些发生了病理变化的乳房。在伊宁这个边境小城,所有跟感情沾边的都会招惹上飞短流长。副院长和胡桃的事在医疗系统内部传得沸沸扬扬,外科医生肯定也知道,但他又好像什么都不知道。他有几次凶狠地打他们的孩子鹏鹏，打得鹏鹏浑身伤痕地跑到我们家。我们气愤不已，要打电话报警，鹏鹏不让。如果我不挨打，我妈就得挨打。鹏鹏说。鹏鹏已经是个高三的大男孩了，他什么都懂。由此看来外科医生是知道的，那他为什么不挑明呢？我们担心这样下去，总有一天会闹出什么事来。不过我们也抱着观望的态度，现在还有谁认真这种事？也许过一段时间，一切就都过去了。

如我们所料，过了两年，副院长要调到乌鲁木齐去了，我们大松一口气。时间虽然超过了我们预期的半年或者一年，但其间没出现什么闹得不可收场的事情，也还算是万幸。副院长要调到乌鲁木齐去，我们都知道了，胡桃还不知道。她知道后把脚崴了，一边往脚脖子上抹红花油，一边龇牙咧嘴地大骂副院长。我们觉得胡桃气急败坏一阵子也就过去了，不过去还能怎么样？人家很有可能就是为了躲她才调走的，要不然为什么悄悄地办调动不让她知道。胡桃说她知道副院长要调乌鲁木齐，他们说好的，副院长调过去后想办法把她也调过去。胡桃也太天真了，都四十多岁了，想问题还这么不长脑子。实际上，一起调过去的是副院长的老婆。这激怒了胡桃。

调过去的是人家自己的老婆，这有什么不对吗？我们的妈质问胡桃。

我们没想到胡桃这个家伙，会拐着脚跑上门去找副院长。副院长不会在家，副院长的老婆客客气气地接待了胡桃，给胡桃的脚脖子贴了一贴止痛膏药，还给胡桃切脐橙吃。胡桃若有脑子，这时候就应该赶紧走人，但她做事根本不过脑子。胡桃躺在人家的沙发上赖着不走，这样僵持着到了晚上十点多，十一点多，十二点多。这时候副院长回来了，一进门就面目狰狞地拉起胡桃往外拖，胡桃抓住茶几不放手，副院长去掰胡桃的手，指头被掰得咔咔响。太疼了，胡桃不得不松开手，她正打算走人，没想到副院长从后面推了她一把，她踉跄了一下，差点摔倒。胡桃站住后，突然就爆发了，从茶几上拿起了一把水果刀,那水果刀上还留着脐橙微弱的香气。她转身,反手把它扎进了副院长有厚厚脂肪的腹部。

幸好水果刀是副院长家里的,如果水果刀是胡桃从自己家里带去的,量刑会重很多。也幸好副院长的腹部有厚厚的脂肪,脂肪层的厚度接近水果刀刀刃的长度,这才没有扎到副院长的脂肪肝上。伤到内脏,量刑也会重很多。弟弟胡杨是做法律工作的,这方面他比较懂。然而,无论如何要量刑……

苏梅兰得知胡桃的举动后,惊愕得连嗓音都变尖了。我们家做好了最坏的准备,比如一年两到三次,去白石墩劳改农场看胡桃。白石墩是一个石头遍布的地方,很多犯人都被送到那里劳改。苏梅兰崩溃得走来走去,胡桃陷在沙发里,等着被带到白石墩去。胡杨觉得事情可能没那么严重,我们可以私下找副院长协商,多赔偿些医疗费外加道歉。如果能获得对方谅解,就可以不追究胡桃的刑事责任。其实把事情闹开,对他们也没什么好处。但胡桃不愿意协商,说,我谅解他还差不多。这样的时候胡桃还说出这样的话,我们真恨不得揍她一顿。胡嘉木不发表意见,他一言不发地在衣柜里翻了半天,翻出一件平时不穿的外套,对着镜子认真穿上,手里拿上一顶帽子出门去了。

胡嘉木压低帽檐悄悄地回来后,不跟任何人说话,戴着帽子在床上躺了三天。这三天风平浪静,我们都有点怀疑这风平浪静是一种假象,也许什么时候门就会突然打开,进来一帮人把胡桃带走了。第四天,有人敲门,我们谁都不敢去开,胡嘉木摇晃着爬起来开门,我们抻长脖子看向门口。副院长老婆戴着墨镜捂着口罩包着头巾站在那里,看来她觉得上我们家来是一件丢脸的事情。这就好办了。

副院长老婆对胡嘉木说可以不追究刑事责任,但是必须要道歉。胡嘉木说,不是已经道过歉了吗?你看到我的额头都磕出血了。副院长老婆说,你道歉不算数,必须胡桃道歉,要当着我家人的面道歉,我要让家人看见我没有丢尽尊严。

胡桃不愿意道歉,她宁愿去白石墩,她还想去纪委检举副院长,她要鱼死网破。我们搞不懂是什么让胡桃变得如此危险,如此厚脸皮。

不就是一次婚外恋吗?这个年纪的婚外恋,能有多少爱情在里面?胡杨说。

你就不能给你儿子留点脸面吗?你还想不想他回伊宁?胡杨问胡桃。

鹏鹏去成都上大学之后就没有回过伊宁,这样的事情,花粉一样在伊宁传得满天飞扬,鹏鹏不回来也好。

胡桃扛了一阵,最后同意去道歉,她摆出一副死猪不怕开水烫的样子。我们不放心胡桃一个人去,胡杨推托自己是个法律工作者,他要维护他的声名,这样的事他去不合适。魏宁在边境带兵回不来,只能我去。我有点怕,但还是硬着头皮去了。副院长老婆的老母亲,率领副院长老婆的兄弟姐妹一干人坐了一屋子,胡桃和我站在中间,胡桃拿出事先写好的草稿念了一遍。副院长老婆的一个兄弟觉得声音太小,没听清,让胡桃大声一点再念一遍,胡桃提高声音,又念了一遍。另一个兄弟说胡桃声音里没有诚意,他走过来扒拉开我,打了胡桃一耳刮子,揪住胡桃的头发把她的头往地上摁。道歉有把头仰这么高的吗?他说。我上去挡,被推得摔了一跤,头磕在地上,抬起头来的时候,我首先看见的是穿着各种拖鞋的脚,感觉自己磕了一个大大的响头。我们出来后,我胃里有耻辱在搅拌,起伏着想吐,但吐不出来。胡桃没事人一样,她顺路拐进服装店买了条红裙子,穿在身上往回走。胡桃说,他们要的医疗费赔偿不给了,看他们能怎么样。

医疗费赔偿三万多,胡桃不给,他们也没有来要,他们不想事情张扬,毕竟这是丑闻。事情似乎就这样了了。副院长和他老婆调到了乌鲁木齐，至少不会和胡桃在伊宁冤家路窄地相见，时间久了一切终将过去。但事实上事情远没有了结。好像有什么在暗里延续，不知道它什么时候，就会从什么地方井喷出来。

我们以为外科医生会和胡桃离婚，但是没有，他什么也没说，什么也没做。反而，事情过去半年后，已经调走的副院长被退货一样给退了回来，据说有人写信到乌鲁木齐举报了他，虽然是匿名的，但举报信里有图有真相，大量事实在那摆着。副院长被免职，奋斗了半辈子，又跌落回急诊上夜班，工资待遇和刚工作的小年轻一个级别。副院长老婆的苦心忍耐全作了废，她带着家里的一干人，把胡桃堵在大街上打了一顿，她以为匿名信是胡桃写的。打人的视频被发到网上，三分钟，胡桃一直被推来搡去，被揪头发，被扯掉衣服，被扇耳光。副院长老婆强制胡桃把脸露出来，她扒拉开胡桃的长头发，让大家看清楚这张脸。我不知道那三分钟胡桃是怎么度过的，我不敢去想她内心经历了什么。虽然事后胡桃穿着新买的裙子，没心没肺地照常生活着，但我们知道，副院长一家的归来，将令她的人生再次陷入黑洞，越陷越深，越来越无法逃脱。

果然，这件事渐渐平息下去之后，外科医生适时地向胡桃提出了离婚。在财产分割上，胡桃基本上什么也没有得到。外科医生事先拟好了协议书，不是打印的，是手写的，字小而潦草，像一只只奸诈的蚂蚁。之后外科医生提升副院长。大概过了一年，外科医生和一个带着个十二三岁女孩的女人结了婚，大家都觉得外科医生结婚很正常，而且是时隔一年之后才结的。然而有一天，我从红旗大楼经过，看见外科医生带着那个女人和小女孩在买东西，小女孩不用DNA鉴定也一眼就能看出是外科医生的精子制造出来的。我很快明白，外科医生才是那个操控事态的人，其他人都是受害者或者犯罪者。这也太可怕了。我回去告诉胡桃有关那个小女孩的联想，胡桃像是没听到。胡桃经常半夜跑到伊犁河游泳，将自己沉浸在冰凉黑暗的水里，天亮再湿淋淋地爬上岸，像一只奇怪的两栖动物。从此，胡桃即便在西伯利亚寒流弥漫的大冬天也穿短裙子，她将头发烫成烟花头，并且不顾劝阻地去微整形了鼻梁和下巴，那下巴尖得能戳死人。她还学会了去汉人街的夜店喝酒，跟着巴郎子跳舞。感觉她在倒着活回去。她已经没有什么可以失去了，变得十分危险，不可预测。

胡嘉木以前很喜欢出去散步的，从斯大林街走到英阿亚提街，再走到天山一路、天山二路，沿途观赏一下花花草草。伊宁的城市美化搞得相当好，除了寒冷的冬季，其他三个季节花果不断。可是自胡桃的事之后，胡嘉木就没怎么下过楼，偶尔下楼，迈着的步伐没有几年脑血栓都走不出那样子。我们怀疑胡嘉木真的得了脑血栓，但他死都不愿意去医院，提到医院就发火。胡嘉木的脊椎骨明显地松散了，他的坐姿有了坍塌的感觉。后来胡嘉木提出搬回羊毛胡同住，羊毛胡同的房子有几年租给了一家本地人，他们搬走后一直空着。院子里长满了草，苹果树半棵死了半棵活着，葡萄藤匍匐在地上，蛇一样往远处爬，围墙脚布满了癞蛤蟆的洞。苏梅兰不愿意回羊毛胡同住，很多老邻居搬走了，新的住户大多是外地人，有些是租住的温州人——他们是苏联解体那几年跑到伊宁来做生意的，后来边贸生意冷清下去，他们留了下来，在伊烟大楼搞批发。这些南方人只顾着挣钱，既不种花，也不收拾房子，把院子当成了堆货的场地，塑料包装袋丢得到处都是，一刮风，就满天乱飘起来。羊毛胡同被他们弄得乱糟糟的，再没有了以前的味道，也没有人操着汉语和维吾尔语切换着说话。

胡嘉木态度坚决地一个人搬回了羊毛胡同。苏梅兰气哼哼的，但是毫无办法。我隔三岔五回羊毛胡同看胡嘉木，从夜市上给他带他爱吃的面肺子和马肠子。我发现胡嘉木回去后变得精神了许多，脑血栓后遗症般的步伐消失了，他还能爬树修剪枝条，那些多年来像野生植物一样生长的果树重新结出了漂亮的果子。长了四十多年的和田玫瑰已经成精，稍加打理，就少女一样开得花团锦簇。有一次我回羊毛胡同，看见胡嘉木在刷墙，居委会来通知，说是要把羊毛胡同打造成民族风情街，所有杂乱的东西都要清理掉，房屋要统一刷成以前的蓝色，窗户和大门也要改成以前那种带有伊斯兰风格的拱形，不能用铝合金的。装修的钱政府补贴一大部分，剩下的一小部分自己出。有几家老住户听说后已经回来改造房子了，他们打算做成民宿或者是奶茶馆。

大舅舅和二舅舅回来的时候，羊毛胡同已经成了旅游者必到的网红民族风情街，整条街像一条蓝色的伊犁河，玫瑰花从墙头倾泻而下，种着花藤的花篮沿街悬挂着，马槽里开着太阳花。羊毛胡同早就不许牲口进入了，成为民族风情街后，装扮得花花绿绿的六根棍马车又被允许在羊毛胡同来来回回地跑，马车上哗啦哗啦响着的铃铛让人想起以前的时光。

我们已经很多年没有和澳大利亚通消息了，曹大娘去世了我们都不知道。大舅舅和二舅舅这次回来，是把曹大娘和曹大爷的骨灰送回来，打算在纳达齐牛录找个地方，把他们安葬在那里。得了肥胖症的四舅舅也已经在养老院里不堪重负地死去。四舅舅是被自己胖死的，二舅舅说。二舅舅白发如雪，但身上还有一种储存的活力，他一回来就绕着伊宁市跑了一圈。现在的伊宁市比以前大了许多，好像这些年伊宁市一直在长大，它还是一个青年，它的花城大道，像一根年轻的声带，满大街飘荡着充满活力的木卡姆。二舅舅说如果伊宁市再长大下去，他就没力气跑完一圈了。他已经七十多岁，是一个老人了。

我们和二舅舅说起我们家的第一台钢磨。说起他们还在伊宁时紧邻羊毛胡同锯板厂湿锯末的气味。说起冬天飘荡在空气中的煤烟味。说起卖奶子的人一大早喊着“奶子奶子”从羊毛胡同的这头走到那头。说起夏天羊毛胡同散发着睡眠的味道,馕坑里烤馕的香气弥漫了一整条胡同。这些组成了我们一辈子的回忆。当我们忘掉周遭纷乱的世界,许多远去的东西被一下子拉近了。回想起来,那时候的一切都是慢吞吞的,太阳从胡同的这一头移动到那一头慢吞吞的,老汉们坐在门前的土台子上抽莫合烟慢吞吞的,骑自行车上班的人慢吞吞的。二舅舅还在用维吾尔语、汉语随时切换的方式说话。我们搬出羊毛胡同后就不那样说话了。二舅舅的语调明显带着二十世纪的味道,保留着一些伊宁市已经消失的土语。他还停留在他离开的那个时间。

大舅舅先是在上海停留了一段时间,然后才回的伊宁。我们没法把眼前的大舅舅和那个肉嘟嘟的大舅舅联系起来,大舅舅现在就是一个干瘦的老头,不过精神挺好。我们请大舅舅吃饭,大舅舅胃口不错,吃了很多。可能是吃多了,大舅舅觉得腹部很胀,胡桃带他去医院看医生。医生看完检查单,说只是有点胃病,没什么大问题。大舅舅走后医生打电话告诉胡桃,大舅舅得了癌症,及时治疗还是乐观的。胡桃把医生的话告诉了二舅舅,二舅舅本来还要在伊宁待一阵子,他还想去尼勒克看看碧玺矿,那个他发现的矿,现在为了保护草原,已经封矿不许采挖了。二舅舅感叹,他当初发现它,是好事还是坏事呢?地球上的有些东西,是地球藏在那里的财宝,被人盗走,地球就变成穷光蛋了。二舅舅觉得自己根本就是一个罪人。他已经越来越不愿意去发现什么了。他在澳大利亚发现了一处稀有金属的矿床,但他没有说。

二舅舅考虑一番后,觉得还是尽快带大舅舅回澳大利亚的好,他们在澳大利亚有医疗保险,可以省下很多钱。二舅舅带着大舅舅回去后,去医院又做了一次检查,澳大利亚的医生和中国医生的理念不同,他们觉得应该告诉病人真实情况,中国医生的隐瞒是一种欺骗,是不道德的。医生当着大舅舅的面分析检查报告单,大舅舅听后人立刻就崩溃了,本来能吃能睡的,一下子就不能吃也不能睡了。一个月后我们接到大舅舅的死讯。如果他留在中国,也许不会这么快就走了。

八舅舅有一天突然出现在羊毛胡同,他从这头走到那头,发现羊毛胡同还是以前的味道。而突然出现的八舅舅,也让我们觉得一切似乎真的就没怎么变过,除了我们在变老,其他的,好像在羊毛胡同停顿了下来。八舅舅五十多岁了,穿恤衫、运动鞋,走路带弹性,身体没有发福,看上去还算年轻。我们问八舅母怎么不一起回来,八舅舅简要地回答,没有八舅母。

八舅舅说这些的时候,胡桃站得好像离我们有一百里远。胡桃也太能装了,她现在让人越来越不可理解。大家心知肚明,八舅舅如果不是从二舅舅他们嘴里知道了胡桃的单身状况,是不可能突然回来的。胡桃这些年干的事情我们提都不愿意提,她谈了一个又一个男朋友,别人知道她以前那些事后就消失了。胡桃挖地三尺地找伴侣,弄得全伊宁市的人都知道她是个花痴,缺爱,缺男人,有皮肤饥渴症。我们不明白一个接近更年期的女人,在卵巢功能将要枯萎的时候,对情爱的需求缘何如此疯狂。而胡桃因为沉醉于情爱,她整个人看上去没有中年妇女的那种松松垮垮,她的身体始终处于一种饱满的状态,连她的副乳都充满了激情。当有人问胡桃保养秘诀的时候,胡桃恬不知耻地回答:情爱和性爱是女人最好的美容剂。对于胡桃的行径,苏梅兰说得最多的一句话是:不要管她。

我们没有对八舅舅隐瞒胡桃这些年的生活内容,我们说的时候八舅舅听得很认真,就像竖起耳朵听一阵风声,风刮过去了就刮过去了,没在他耳朵里留下什么。八舅舅回来后选择和胡嘉木一起住在羊毛胡同,他每天往伊犁河边跑,他还一心想着把那本《西域毒草大全》还给看果园的老汉。四十多年过去,八舅舅固执地认为老汉应该还活着,因为斯德克老汉都还活着呢,由于年纪太大,斯德克老汉鼻梁上堆积的皱纹像打了个结，眼睛里出现像蛇蛋一样的斑点。有一年斯德克老汉被毛驴踢了一脚，那以后就一直瘸着腿走路。虽然伊宁已经发生了很大的变化，但伊犁河边的苹果园好像一直没有变，苹果园依旧大得像一座迷宫，八舅舅沿着土围墙走。土围墙上的缺口依旧吸引着他。闭上眼睛，透过缺口的落日的光将他脑子里的路径照得一片明亮。但是睁开眼，长长的土围墙无限地延伸着，找不到缺口，八舅舅站在那里，感觉自己被什么东西永久地困住了。他带着做梦的表情回到羊毛胡同，混进树荫下抽莫合烟的老汉中，这些羊毛胡同里还活着的老汉，像时光一样坐在那里。他和他们一起坐在土台子上。八舅舅在听什么呢？蓝色的房子？时间？果树里冰凉的流水声？啤酒花淡淡的苦味的芬芳？他的往事？从羊毛胡同跑过的六根棍马车的铃铛声？或者是青核桃掉落的声音？高大浓密的核桃树上，时不时就有一颗青核桃啪地掉下来，砸在地上。八舅舅陡然一惊，好像掉下的是他自己。

胡嘉木的花园成了来羊毛胡同旅游的人必到的网红拍照地，只有到了晚上才会安静下来。我们陪八舅舅坐在花园里吃烧烤，喝格瓦斯。吃着喝着，花园里剩下了八舅舅和胡桃。地球上的一座花园里，只剩下了他们两个。月亮没有出来之前，花园里一片漆黑，他们好像被吞进了肚子里，月亮出来后他们被吐了出来。这样的场景似乎是很多年前的再现。胡桃和八舅舅坐在月光里，月光让他们看上去像以前一样年轻。

八舅舅和胡桃都被人设计了人生。两个人陷在深奥难解的题目里，没有任何解题的提示。现在是另一个世纪了，上一个世纪的事情，遥远得让人怀疑。我们想起曾柳青，觉得有必要让八舅舅知道曾柳青的存在。胡桃找出电话号码，我们担心这个电话号码早就废了，出人意料，胡桃在这个没有升级的电话号码前面加了一个“8”，就顺利地拨通了，电话才响了一下就立马有人接起来，接电话的正是曾柳青，好像这么多年她一直坐在电话前等着我们打电话过去。十几分钟后，曾柳青很快出现在我们面前，速度之快，让我们觉得她就住在我们隔壁，一直就在离我们很近的地方生活着。八舅舅看见曾柳青，眼睛发亮，目光闪烁了一阵，然后笑起来。曾柳青脸上的雀斑是最醒目的地方，是令人印象深刻的地方，或者说，是视觉最先被唤醒的地方。八舅舅说，看见你的脸我就想起来了，我们叫你麻雀蛋，你本来的名字，我没有记住。我不记得同学里面有个叫曾柳青的人。曾柳青说，我也太冤了，被人冒名顶替了都不知道。那个顶替我的人，在澳大利亚过着另一种生活。难怪我经常觉得有另一个我，一直在另一个什么地方生活着，好像做梦的时候有人这样告诉过我。

我们和曾柳青开玩笑，从某方面来说，我们应该叫她一声八舅母呢。曾柳青脸上的雀斑生动起来，她脸红的时候雀斑也在变红，更加醒目。曾柳青说她强烈地想看看那个杜媛媛长什么样，是和自己很相像呢，还是和自己完全不像。最好是自己的对立面，要不然多没意思。曾柳青做了隆胸，两个乳房变得一样大。但做得有点夸张了，从侧面看，乳房像博格达峰一样又挺又坚硬，给人硬邦邦的感觉。乳房和坍塌的腰、松懈的臀、软塌塌的大腿形成鲜明对比。这个年龄，拥有一对少女般的乳房，让人多少有些不适。好像那一部分是错安上去的。

曾柳青再三地问杜媛媛是谁，为什么杜媛媛要冒充她，而不冒充其他女同学。这个我们回答不了。八舅舅也没有回答。我想问曾柳青，为什么不去把脸上的雀斑做掉呢？那雀斑让她看上去执拗而偏狭。

八舅舅这次回来待了很长时间，他不想再回澳大利亚，他在那里当了一辈子乏味的电工。但是苏梅兰和我们想让他带胡桃离开伊宁，离那些破事烂事远远的，至少带胡桃离开几年，以后再回羊毛胡同。胡桃自己也想离开，但她不想跟八舅舅走。他是我的初恋。胡桃郑重地说。八舅舅应该是她内心里保留的最后一点没有受伤害的东西，她不想去动这块纯净的自留地。

八舅舅回澳大利亚后，胡桃犹豫了半年，最终决定去澳大利亚。八舅舅说圣诞节过后他就回来一趟，接胡桃一起走。圣诞节差不多是我们这里冬天里最冷的时候，西伯利亚寒流开始一股接一股地袭来。澳大利亚是夏天，天气很热，八舅舅穿着短袖跟我们视频。我们看见他身后的街道、行人、汽车、桉树和其他一些树。视频结束后的场面我们没有看到，我们没有看到死亡有时候是垂直的，有时候是弯曲的。我们没有看到八舅舅被迎面走来的一个人砍了一刀。八舅舅大口呼吸，不断地将时间吸入或呼出。最后，他的时间没有了。那白种人用蓝眼睛近距离地看着八舅舅，然后转身离去。八舅舅像是被目光砍死的，而不是刀。他躺在澳大利亚某座城市的某条水泥大街上，那座城市的那条大街在圣诞节，在那个时间段，几乎没有人。他在那里躺了两个小时，才有人来把他抬走。在这两个小时里，他的胡子以平时几倍的速度嗖嗖地长了出来，从警察拍摄的现场照片上看，八舅舅显得很苍老。死人从来都不年轻，胡嘉木说。他说他从野坟里挖出来的骨骸，每一具都苍老得像活了几个世纪。

砍八舅舅的澳大利亚人仇视所有的外来人，这有点奇怪，他们的祖辈，本身也是外来人，只有土著才是那里原始的主人。澳大利亚没有死刑，他将在某座监狱里活着，也许过几年就会被放出来。

胡桃往澳大利亚打电话，不停地打，我可以想见那个国家的某座城市里，某部手机一直响着却没有人接。胡桃的目光飘向远方，眼泪变干后，鱼鳞一样沾在脸上。

那个冬天我们的舌头像是被冻住了。整个世界都被冻住了。我们听见唯有时间如另一颗怦怦跳动的心脏，还在继续。胡桃坚忍地活着。她经历了那么多事，不坚忍早完蛋了。但八舅舅的事和其他的事不一样，胡桃的身上，再没有了以往的不稳定因素，她变得安分起来，开始像个五十多岁的女人那样生活。

春天来临的时候，羊毛胡同的老杏树约好似的一夜之间全开花了，整个世界变得轻飘飘的。我们走出房屋，发现四十年的时间就像这条胡同一样长，没有拐弯地一下子就走到了底。我们想到八舅舅的那本《西域毒草大全》，八舅舅走的时候交给了胡桃，他交代说，实在找不到那个老汉，就给伊犁河边看果园的任意一个老汉吧。

胡桃把书拿到博物馆，那里面陈列着干尸、亚麻碎片、不知道何年代的武器、乌孙国的石头人。也许书应该和这些物件待在一起。但博物馆的人看了书说，书大概是一九四九年前编绘的，年代并不算长，而且，书里有些草的描述是错误的。比如白头翁，本身没有毒性，是一味草药，但对牲畜有危害，牛羊吃了会拉稀。胡桃将书拿了回来，走到半路，遇见一个卖苹果的老汉，胡桃把书放在了他的苹果车上。

去年有人约我去澳大利亚旅游，我想起苏梅兰说过，有一天要去澳大利亚看看。苏梅兰已经八十多岁，去不了了。我想到，去了澳大利亚，总该去看一下澳大利亚的几个舅舅，已经有一半的舅舅住进了墓地里。当初去澳大利亚的时候，有一半的舅舅还没有结婚呢。

出发去澳大利亚前，我想起我竟然不清楚舅舅们生活在澳大利亚的哪个城市。我 直没有关心过这个问题，我去问胡桃，胡桃给八舅舅写过信，她应该记得地址上的那个城市。去的路上，在红旗大楼门口，我看见了从广州回来的黄丽玲，想到她曾经是我们的四舅母，竟莫名其妙觉得亲切。黄丽玲看见我也很激动，拉住我的手不放。时间把那些硌人的东西都抹平了，犹如大浪淘沙，剩下的都是些美好如金子的东西，留在我们的心里。我和黄丽玲像亲人一样拥抱，互留联系方式。和黄丽玲告别后，一转身，我从红旗大楼的玻璃门上看见一个五十岁的女人。那是我吗？为什么我一直觉得自己还是羊毛胡同里的那个小女孩？我还清楚地记得一九七九年那个寒冷的冬天，我们的妈苏梅兰女士带着一股西伯利亚的冷空气推开门，鼻尖通红地告诉我们，大舅舅一家要移民到澳大利亚去了。

苏梅的窗子

我给二姐打电话,没有人接。我给四姐打,也没有人接。我看了下手机上的时间,北京时间下午五点半,这个时间,在新疆的二姐应该正在给学生上舞蹈课,四姐有可能在开会。我这里已经是下班时间,医生护士摘下口罩,两手插在白大褂的口袋里,一个跟着一个走出抢救室,他们是一些练就了隐身术的人,一下子就消失在雪白的走廊尽头,让人感到空茫和无望。

抢救室里安静下来,只留下一个值班的医生和一个年轻的护士。我让护士拿床被子盖在大姐身上。大姐只盖了一层薄薄的白被单,我担心大姐会冷。护士认为完全没有这个必要,人已经死了,殡仪馆的运尸车一会就到。

想到殡仪馆那辆灰白色的面包车正穿过冬天灰暗的暮色朝这里驶来,我哆嗦了一下。我不懂殡仪馆的面包车为什么要用这种颜色,看上去像一块弄脏的冰块,让人浑身发冷。

大姐的两个女儿和一个儿子站在走廊里。大姐十九岁就嫁人生子,大女儿胡灵二十三岁,小女儿胡翩翩二十一岁,儿子胡欢二十岁。他们背对着我小声地说话,可能是怕我听见。大姐夫勾着头蹲在地上,我看不到他脸上的表情。医生宣布大姐死亡后,他马上叫胡灵打电话给殡仪馆，让运尸车来把大姐拉到那个属于死人的地方去。他一直缩在暗影里，我没法看清他脸上是悲伤还是不悲伤。

我摸了摸大姐的手，还是软的，热的。她的脸泛着红晕，像喝醉了一样。我以为人死了脸应该是苍白的，至少不应该是这种鲜活沉醉的样子。我哀求医生再抢救一下。

“她还是热的，不信你摸。”我对医生说。

医生不摸，医生说：“稍微有点医学知识的人都知道，人死了变冷变硬是有个过程的，不可能才死就变得僵尸一样。”

听了医生的话我忍不住发起抖来。

大姐是洗澡的时候死的，救护车把大姐送到医院的时候她什么都没穿，只裹着条浴巾。我赶到医院，看见的是大姐赤裸着身体躺在那里被一群医生和护士抢救。我从来没有机会看见过大姐不穿衣服的样子。我和大姐从小不在一起长大，并不亲密，不像和二姐三姐四姐，可以一起洗澡，当着面换衣服，互相嘲笑对方身体的某个部位长得过于饱满或过于贫瘠。我想起有一次大姐夫给我打电话，说大姐不愿意和他同床而睡，他强行睡了。

“她是我老婆，看谁能告我强奸。”大姐夫说。

我觉得大姐夫说的这个“谁”可能指高峰，也可能指我，还有可能所指广泛，范围包括大姐娘家所有的亲人。

外面一阵响动，我以为是殡仪馆的车到了，却不是。是一个想要进来拍照的年轻人，被胡灵和胡翩翩拦住了不让拍。从他们的对话中我听出年轻人大概是某个公众号的小编。小编被拦阻后没有离开，而是像个倒霉蛋一样站在走廊里。对他这样的人，我处于排斥和痛恨之间。

殡仪馆的运尸车到的时候没有一点声音，好像它不是靠发动机开来的，而是滑行而来的。车上下来两个人，他们也是一点声音都没有，他们的脸上带着天将要黑下来的阴影，身上笼罩着一层冬天的寒气。看上去像是刚从地底下上来的。

跟在运尸车后面赶到医院的舅舅和二姨是开着拖拉机来的，老远就听见拖拉机突突突突的声音。舅舅一看两个阴沉沉的人要把大姐拉到殡仪馆去，大发起火来。他挡在抢救室门口不让拉。舅舅的意思，人是死在家里的，要拉也是拉回家，在家里设灵堂，供斋饭，做七。然后才能拉到殡仪馆火化。

胡灵不想把她妈拉回家，她的理由是她妈在家里的时候好像还是有气的，人应该是送到医院之后才死的。舅舅去问医生，人送来的时候是死的还是活的。医生说人送来的时候已经没有了生命体征。他们之所以抢救了半个多小时，是为了让死者家属甘心。

殡仪馆的人等得不耐烦，从鼻腔里发出声音，催问到底要不要把人拉走，不拉，他们就走了，别的地方还有死人等着他们去拉。

胡灵扭过脸看大姐夫。大姐夫假装悲伤得连头都抬不起来，他其实把手机藏在衣服下面勾着头发微信，过了一会，胡灵拿出手机看信息，然后，姐弟三人朝舅舅围过去，他们想让舅舅同意殡仪馆的人把大姐拉走，他们认为他们的妈，我的大姐，有可能是在来医院的路上死掉的。

不用说这是大姐夫想出来的主意。他像个躲在幕后的狗头军师。

舅舅不说话，用身子堵住门口，那架势，不言而喻。

一看这情况，姐弟三人在大姐夫的操控下转而朝我围过来，他们把我围在中间，说我是大姐在这里唯一的亲妹妹，最有权利说话，拉殡仪馆还是拉回家，他们让我来做决定。

这里乡下有个习俗，人如果是死在外面的，那么死后是不可以拉回家的,否则家里会倒霉运三年。但是大姐明摆着是死在家里的,照理应该拉回家,但大姐的儿女们怕守灵辛苦,不想在家里给大姐设灵堂,大姐夫也不想为大姐的丧事多花钱,我如果坚持舅舅的意思把大姐拉回家,弄不好,大家各不相让,会吵起来甚至打起来也说不定。

殡仪馆的人站在走廊里等着交涉结果。他们身上穿着深色带帽衫。为了抵御寒冷,他们把帽子拉起来戴在头上,远远看去,令人生畏。

想到他们要把大姐带到那个冷冰冰的死亡之所,我就忍不住打起战来。

我又给二姐和四姐打了一遍电话,还是没有人接。没有办法,我只能给三姐打。我担心三姐不会接我的电话。去年回新疆过年,三姐老是想着法子灌我喝酒。三姐酒量大,整瓶伊力特喝下去也跟喝白开水一样。我却是滴酒不能沾的人,一喝酒就过敏,于是死活不喝,三姐说我矫情,我很生气,觉得三姐强人所难,和三姐吵了几句后我一个人跑到特克斯待了几天,我曾经在那里工作过一段时间。那是一座靠近哈萨克斯坦边境的小县城, 当地居民以少数民族居多,他们不过汉族人的春节,整座城一点过年的气氛都没有,既冷清,又寒冷。后来下起大雪,小城低矮的房子几乎被白雪掩埋,道路因为雪太厚无法通车,电线杆也压倒了不少,小城由此停水停电。我被困在特克斯,手机没有了电,无法和家里联络,急得老父亲见了三姐就骂。几天后我回家,老父亲还是不原谅三姐,一直不和三姐说话,三姐也不原谅我,也一直不和我说话。我现在打三姐的电话,她肯定不接。

出乎意料,三姐很快就接了,她似乎忘记了我们吵过架,电话一接通就阳光灿烂地说个不停。她也不问问我这边是个什么情况。我哭起来，告诉三姐大姐死了。三姐夸张地啊了一声，好像被人割了喉。后来三姐才想起问我大姐是怎么死的，我说："可能是洗澡死的，也可能不是洗澡死的。大姐夫急着把大姐拉殡仪馆去，舅舅不让，要拉回家。"三姐说："拉哪不一样啊。这些老家的亲戚们，就喜欢鸡毛蒜皮，一点小事争来吵去。"

大姐的死是小事吗？但我没有把话说出来。我觉得跟三姐说了也是白说，她就是个胸大无脑的家伙。除了咋咋呼呼瞎咧咧，啥意见也别想从她那里得到。

我往新疆打电话的时候胡灵也在打电话。一会工夫抢救室门口来了许多人。我认出其中一个是胡灵的男朋友，名字好像叫信，是个富二代，每次出现，都是鲜衣宝马，一副很傲的样子。胡灵因为长得漂亮，追的人很多。之前她一直没有确定要不要信做她的男朋友，信太苗条，小腰还没有胡灵粗。我的二姨是个神神叨叨的人，会叫魂，也会看相。她说信下巴上翘，上唇人中短，生着一副短命相，嫁给他肯定是要做寡妇的。大姐夫是个爱钱的人，他认为就算做寡妇，做的也是有钱人的寡妇，可以得到一大笔遗产，划算得很。在他的鼓动下，胡灵接纳了这个短命相的男朋友。大姐夫从小就对胡灵寄予了很高的期望，什么活都不让干，连自己的衣服都不让洗，怕胡灵把手洗难看了钓不到金龟婿。家里的活一般都是胡翩翩干，胡翩翩长得没有胡灵漂亮，不太可能被开豪车的人看上。

信带着人围住了舅舅。一直探头探脑伺机偷拍的小编赶紧挤进去，他挡在信和舅舅中间。有人把他扒拉开，他又站回到中间，如此几次，让扒拉他的人生气得冒烟。但是他们没有动手打他，他们看出他是一个不相干的人。

我感觉到走廊里的空气在减少，一直顾着哭的二姨也感觉到了不对劲，她赶紧止住哭，打电话给她的儿子和女儿，让他们立马赶到医院来。二姨的儿子是个做电动工具的大老板，电话接通了，表哥说他正在一个叫迪拜的国家谈生意。就算长着翅膀，飞到也要好几个小时以后了。二姨的女儿就住在镇上。电话打通后表姐没几分钟就赶到了，表姐长得很扎墩，皮肤乌滋滋的，她带着一股悍然的气势走进抢救室，胡灵的男朋友被她一下子挤到了边边上。

表姐一进来就检查大姐的身上有没有伤。她不顾许多人在场，掀开被单查看大姐的身体。我不想大姐暴露在大家的视线里，几次想要阻止，可是嘴动了动，我不知道自己的喉咙里是不是发出了声音。有那么一阵子我听见宇宙中一个形状如心脏的黑洞，时间在那里怦怦，怦怦地跳动。大姐的时间却是永远地停止了，她才四十二岁。四十二岁，一个不算老，也不算年轻的年龄。一个可以活着，也可以死去的年龄。

表姐问医生大姐是怎么死的。有没有可能是被谋杀的，比如有内伤，又比如被人下了安眠药、毒鼠强、砒霜、鹤顶红什么的。医生忘记了眼前的死亡气息，笑起来，他让表姐去古代给他弄点鹤顶红来。他可是从来没有见过鹤顶红这种传说中的毒药。

表姐见我在她对面傻呆呆地站着，发起火来，问我为什么不报案，好好的人，说死就死了，这里面一定有问题。

表姐的声音很大，大姐夫大概是听到了报案这个词，赶紧给胡灵发信息，让胡灵把殡仪馆的人打发走。然后让信找车把大姐拉回家。

把大姐往车上抬的时候，大家忌讳大姐是个死人，没有人愿意动手。信为了讨好胡灵，硬着头皮去抬。信抬头，大姐夫抬脚。走了几步，信就抬不动了，想要把大姐往地上放。胡灵嫌弃信抬个人都抬不动。信有点委屈，说："鬼知道怎么回事啊，抬死人比抬活人重多了，就好像在抬石头一样。"小编凑上去帮忙，小编说："人的灵魂重零点二七六克，人死后灵魂抽身而去，照理肉体应该变轻那么一点点，但实际上人一旦没有了灵魂，反而会变得沉重无比。这就是抬死人比抬活人感觉重的原因。”

没有人理小编。大家对灵魂这个问题不感兴趣。

我想跟着车去大姐家，表姐拉住我，说还是先去她家，大家最好商量一下，关于大姐的死，要不要报案。

表姐家是一幢别墅式的小楼，进门的时候二姨走在最后面，等大家都进去了，她回过头，朝身后呸呸呸地吐了三口口水。那意思，好像是不让什么跟着进来。

表姐给我们煮茶叶蛋吃，每人一双。表姐说摸了死人，要吃茶叶蛋去去晦气。

想到大姐已经被称为死人，我觉得周身寒飕飕的冷。

大家边吃茶叶蛋边谈论报案的事。表姐认为大姐属于非正常死亡，死因不明，当然要报案查个明白。二姨认为谋杀不太可能，大姐夫是个胆小怕事的人，应该没有那个胆量。舅舅认为也不是完全没有可能。那一次大姐夫把大姐从城里强行带回家之后，高峰前后脚就赶了去，他围着大姐家的房子一圈一圈地转，像一匹绝望的狼想要救出另一匹狼。大姐的手机被大姐夫拿走了，家里的座机也被拔掉了电话线。失去了现代人的联络方式，高峰只能伺机通过窗子来传递信息。他站在大姐家一楼厨房的窗口，探头探脑地张望，大姐夫发现后，手持菜刀从大门冲出来要砍杀高峰，幸亏高峰跑得飞快，才没有被大姐夫扔过来的冷兵器击中。从这件事情看，大姐夫也是个下得了狠手的人。倒是高峰，长得高高大大，他的高大其实是假的。

这件事情我们都知道。高峰是个什么样的人，我们也知道，他在镇上开着一家照相馆，年龄比大姐小了整整十四岁，有家有老婆有孩子。而且家离大姐家不远。大姐家办了个家庭工厂，做电表箱。大姐夫不会开车，送货都是大姐开着皮卡去送。有几次高峰跟着去帮大姐开车，高峰老婆知道了很吃醋，到处宣扬大姐勾引高峰。大姐就离开家到城里和胡灵住在一起。没有多久高峰也离开家说到城里开照相馆，他老婆又到处宣扬，说高峰哪里是到城里开照相馆，分明是魂被大姐勾去了，他们在城里偷偷地租房住在了一起。我们以为高峰老婆胡说八道，两人年龄相差那么多，怎么可能。没想到却是真的。

大姐夫知道后在家里跳脚，七窍生烟，他找不到他们租住的地方，就跑来问我，我怎么可能知道？我平时和大姐不怎么联系。大姐是爷爷奶奶带大的，从小不和我一起长大。我第一次见到她的时候她怀里已经抱着女儿，而且是第二个女儿。大姐夫想生个儿子，大姐就跑到新疆，打算住到父母家里偷生一个。那是我们第一次见到大姐，之前我们只见过她的照片。

大姐来后，我们觉得她年纪轻轻就抱着孩子，肚子里还怀着一个，这样的形象，在院子里晃来晃去，真的很丢人。大姐和老妈的关系别别扭扭，她没有嫁人以前老妈还偶尔说起她，她不听长辈的劝，固执地嫁给小聪明很多的大姐夫之后，老妈就再也不提她了。及至大姐来到新疆，老妈是个爱面子的人，邻居们都不知道她有一个这样的女儿。她对外宣称大姐是她的外甥女。

父亲对大姐还算可以，他极力劝说大姐和大姐夫一起到新疆做生意。苏联解体后，霍尔果斯口岸来了很多做生意的浙江人，他们把义乌的小商品往哈萨克斯坦和其他几个国家批发，都挣了大钱。这总比大姐和大姐夫在农村做小生意强。大姐不置可否。她心里多少是有点怨父亲的。因为跟着爷爷奶奶在农村生活，大姐初中毕业就没有上学了。大姐曾经写信给父亲说想到新疆继续上学，父亲不同意。父亲是独子，当初把几个月大的大姐留在爷爷奶奶身边，就是想爷爷奶奶身边有个可以养老送终的人。大姐得留在爷爷奶奶身边替父亲尽孝，大姐其实挺吃亏的。

不上学的大姐早早就恋爱了，父亲极力反对，不想她做个农村妇女。大姐写信说你们把我丢在农村，我不做农村妇女还能做什么？大姐为了让长辈们同意她嫁给大姐夫，几次要去跳塘。大家最后只能同意了这门亲事。

大姐结婚后看似过的还可以，大姐夫的小聪明让他们的小生意多少赚了点钱。后来如果不是为了生个儿子，大姐是不会去新疆投奔我们的。那时候在歌舞团的二姐很爱臭美，她的腰细得几乎一掐就能掐断，就这样二姐还是疑心自己太胖。二姐听说荷叶煮茶可以减肥，就写信让大姐从老家带一点荷叶来。大姐看了信认为二姐肯定是写错了，荷叶又不能吃，那么大老远的，带荷叶做什么用。大姐猜想二姐要的应该是莲子。于是就给二姐带了一包莲子。二姐正满怀希望地等待荷叶到了可以让她的腰变得更细一点，见大姐带来的是莲子，失望得几乎哭出声来。二姐说大姐真是个愚蠢透顶的村妇，连封信都看不明白。二姐是用哈萨克语说的，大姐听不懂。哈萨克语在我们姐妹之间是通用语言，我们姐妹几个在一起交谈，汉语里面时常会夹杂着哈萨克语。这不奇怪，伊犁是哈萨克自治州，出生伊犁的人大多会说哈萨克语。大姐来后父亲不许我们用哈萨克语，说大姐听不懂，会觉得我们有意疏离她。我们不听，反而增加了使用哈萨克语的频率。

大姐来后最不高兴的是老妈。老妈觉得大姐就是个农村妇女，思想落后，年纪轻轻还不如自己开明，没有儿子就没有儿子呗，生一堆女儿没什么不好，每天家里都笑颜如花的。

老妈是一个严厉的人，在她面前我们其实都不大敢笑，哪来的笑颜如花。

大姐在老妈面前也不大敢笑，但她的不大敢笑和我们的不大敢笑是有区别的。她和老妈之间，隔着一条宽阔的伊犁河。

在几个姐妹中，二姐对大姐的态度最接近老妈。原本二姐是我们几个当中最漂亮的，大姐来后我们发觉大姐比二姐漂亮多了，尤其是皮肤。大姐生活在南方，皮肤又白又嫩，水灵灵的，不像在新疆长大的我们皮肤又粗又黑。加上从小喝牛奶，我们的基因里似乎多少有了牛的因素，胳膊和腿上或密或稀疏地长出一些有损美貌的汗毛，三姐尤甚，二姐也不少。没有喝过牛奶的大姐什么也不长，手臂伸出来是玉臂，腿是玉腿。这让我们心里很不平衡。二姐经常在背后议论大姐长得虽然好看，却完全一副农村人的形象，竟然在花园里对着玫瑰花给小孩把尿。那一年玫瑰花开的特别少，二姐认为玫瑰是因为生气才不愿意开花的。

三姐不像二姐，她有时会带大姐去汉人街吃凉皮子，去伊犁河看落日，心情好的时候还在葡萄架下教大姐拉手风琴，心情不好了，三姐就乱发脾气，怪大姐的女儿动不动就哭，把家里弄得乱糟糟的。

四姐对大姐客客气气，她是班干部，每天关心的都是些学校里的大事情，母亲说四姐遗传了父亲的头脑，将来是个当官的料。我那时候还小，不喜欢大姐的女儿打扰我写作业，总是把自己房间的门关起来。大姐在新疆住了半年多，等到儿子一生下来，她就赶紧回了浙江。

大姐回到浙江后，和我们几乎不怎么联系，过几年奶奶死了，是大姐送的终。过几年爷爷也死了，也是大姐送的终。又过了几年，我调到浙江工作。我回浙江工作，是小姨夫帮忙安排的。我以前工作的特克斯是一座八卦城，全城没有一个红绿灯，那里的每一条街道都笔直地通向城市的中心。在这样一个安静的小县城里，哈萨克族、维吾尔族、蒙古族和汉族混杂居住，人口比较少，汉人尤其少。母亲担心我在这座八卦城里连个像样点的男朋友都找不到。她的担心不是多余的。母亲想方设法想把我调回伊宁，但是谈何容易。有一年小姨夫到新疆旅游，我带他游玩特克斯的八卦城，小姨夫大赞特克斯空气好，阳光好，草原好，雪山好，手抓羊肉好。临走却希望我不要生活在这样一个世界凹坑般静谧而偏远的地方，他问我想不想调回浙江。那时候小姨夫还在当局长。母亲考虑再三，觉得我不能一辈子被特克斯的八卦困住，就同意了。

我来南方后和南方格格不入，和大姐也很疏离，只有亲戚们过寿，嫁女，娶亲才会聚到一起。那时候所有的亲戚都在，大家又吃又喝，说说笑笑。大姐和二姨家的表姐话比较多，和我没有什么话。大姐自然不会告诉我她和高峰租住在哪里。

大姐夫找不到他们租房的地方，就找信帮忙。那时候信还不是胡灵的男朋友，但大姐夫觉得遇见一个有钱的主，不能错失，就赶紧的先以岳父自居了。他坐着信的奔驰满大街地找大姐。有信的相助，大姐夫很快就查明了大姐和高峰租房的地方，并带着三个儿女和信还有我找上门去，要大姐回家。

大姐使出当初不让她嫁大姐夫时跳塘的勇气，站在阳台上要跳楼。大姐夫说："反正这么多人在场，苏苏也在场，她亲眼看见的，不是我把你推下去的。你死了也追究不到我的法律责任。"

大姐夫真是个阴险的人，他去的时候非把我也拉去，原来是想让大姐的娘家人无话可说。大姐这样不考虑后果，把事情弄得如此沸沸扬扬，我又能说什么呢？

信看到这样的情景，沮丧地对胡灵说："完了完了，你妈要是跳下去，立马就会成为本城的一大新闻，我爸妈如果知道了，肯定不会让我娶你。"

大姐听信这样说，在窗台上站了一会，就自己下来了。

大姐离开后，信带人把高峰打了一顿。高峰爬起来，瘸着腿随后赶去，围绕着大姐家的房子一圈圈地转，嘴里号叫着大姐的名字。"梅——！""梅——！"可是任凭高峰怎么号叫，大姐就是不露面。高峰为了逼大姐露面，大冷的天，竟然跳到水塘里。大家又劝又哄，把高峰拉上来，他又跳下去。反复几次，大家也就不拉了，围在塘边看。反正水不深，淹不死人。

高峰站在结了一层薄冰的水里颤颤巍巍地哀叫着大姐的名字。“梅——！”“梅——！”水太冷，高峰从喉咙里发出的是颤音，大姐的名字在传播中抖动得厉害。高峰的老婆对大家说：“看，高峰疯掉了，他为了那个女人疯掉了。”

那段时间十里八乡的人都在八卦高峰跳塘的事情，亲戚们怕大姐面子薄，承受不住，让我去劝劝大姐。我不知道自己该不该去。老妈从不过问大姐的事，也不许我过问。我如果听亲戚们的话去劝大姐，肯定会挨老妈骂。

表姐见我犹豫，提出她和我一起去，说也许大姐更愿意听她的话。

我和表姐去后发现大姐也没什么承受不了的。大姐只是心疼高峰大冷的天泡在水里，不管怎样，水那么冷，不淹死也会被冻死。这样的痴情是不太容易假装出来的。

表姐把大姐骂了一顿，说大姐真是个不长脑子的蠢女人，高峰又不会真的为了她去死。看得出表姐比我跟大姐亲密多了，她可以直白地问大姐能不能受得了高峰，高峰是三十来岁的精力和体力，而大姐差不多都快更年期了。大姐说受不了也总比守活寡的好，大姐夫都好多年不碰她了，和对门那个菊爱比，她才更像个寡妇。

菊爱我是知道的，黑皮肤，大屁股，胸也大。菊爱当寡妇很多年，一直没有再婚。听亲戚们说，她不再婚的原因是她自做了寡妇后就一直和大姐夫私通。两家门对门，大姐夫前半夜在寡妇家睡，后半夜溜回家睡，方便得很。从亲戚们的口中我得知大姐夫除了寡妇，还有其他几桩风流事，他曾经让在他家做小工的一个姑娘怀孕，这姑娘还不到二十岁，属于发育不良的那种类型，皮包骨头，黄皮蜡瘦的，怀孕半年了都看不出痕迹，最后是大姐带着去医院做的引产，又给了一笔钱才了事。大姐夫出去跑生意的时候也有过一夜情或几夜情，之后有个四川口音的女人把电话都打到家里来了，大姐也只是把电话挂掉就算了。亲戚们都恨大姐窝囊，希望大姐能吵闹一番，这样大家也好出头把大姐夫教训一顿，让他以后收敛一点。但大姐否认大姐夫有这些事。既然大姐都否认了，亲戚们还能说什么呢？驴粪蛋子表面光，当初大姐自己选择的婚姻，她也只能自己想办法让它看上去很光鲜了。

我和表姐劝过大姐后，我们前脚离开，她后脚就跑去了城里，弄得大姐夫还以为是我们鼓动她跑的。

之后大姐夫又去城里把大姐弄回了家，这次高峰不围着房子转圈了，他直接打电话给大姐夫，故意说一些激怒大姐夫的话。他说大姐和他晚上几乎是不睡觉的。大姐夫气得脸上的肉都打战。正是那次之后大姐夫给我打电话说他强行睡了大姐。我在电话这头尴尬得说不出话来。我不敢把这样的事情打电话转达给父母。我保证他们听了准会晕过去。

大姐像上次一样在家没待多久又跑回了城里，并且向大姐夫提出了离婚。大姐夫气急败坏，要高峰给他一百万精神损失费，否则就不离。

一百万欸！亲戚们笑话大姐夫把女儿当摇钱树也就算了，竟然财迷到想从老婆身上大捞一笔。他也不想想当初大姐为了嫁他要去跳塘。

亲戚们也指责大姐不应该这么不考虑后果，婚姻不和，暗中找个情人弥补一下就好了，大家不都是这样干的吗？她却偏要离婚，搞得沸沸扬扬，太丢人了。大家都有些想不明白，大姐是从哪儿学会了那样的厚脸皮。

大姐夫为了让我这个娘家人觉得是自己这边理亏，时不时打电话给我汇报一些大姐的事情，大姐夫告诉我大姐竟然想给高峰生个儿子。大姐的年龄在那摆着，不太可能生得出来。大姐就拼命吃维生素E，吃促进排卵的药，还去医院疏通输卵管，花了很多钱，结果连个毛线都没有怀上。“这样的年纪，还想生儿子，生个屁蛋去吧！”大姐夫说。

有一天我接到大姐的电话，大姐说大姐夫把他们租房的地址告诉了高峰老婆，高峰老婆带着人打上门去了。

大姐平时很少打我电话，看来她也是没办法了才想到找我。

我赶紧赶过去，看见高峰老婆带着几个人堵在楼下。大姐和高峰躲在家里不敢出门。他们差不多被堵了一整天。我不敢去和高峰老婆说话，只能拨打110。我知道大姐和高峰不愿意惊动警察，那样的话动静就闹大了。但是除了打110，我实在想不出还能有什么办法去解救他们。

那件事情后，大姐和高峰消失了好长一段时间。大家找不到他们的人，高峰老婆只能挖挲着手生气，大姐夫则声称如果大姐出了什么事，他是绝对不会放过高峰的。亲戚们猜测大姐夫所谓的不放过高峰，其实就是狠狠地敲高峰一笔钱而已。说起来大姐幸亏是死在自己家里的，否则高峰肯定会被大姐夫讹诈一大笔钱。

大姐这次回家，是因为信的父母要来家里看一看。本来信的父母对胡灵就不是很满意，不想让胡灵进门，如果知道了大姐和高峰的事情，他们肯定不会接受胡灵。胡灵于是四处找大姐，让大姐在信的父母来的时候回家假装一下，好让信的父母觉得这是一户没有问题的人家。

大姐没有理由不回去。

大姐回家后，信的父母来了一趟家里，一切看着还算满意。不满意又能怎么样？胡灵已经有孕在身，于是很快定下了结婚的日子，日子离得很近，这样一来，大姐就只能待在家里，等胡灵和信结完婚再走。谁想就发生了这样的事情。

我们几个在表姐家商量了半天最终也没有商量出个结果来。小姨从城里赶到后，认为如果没有证据，就算我们报案，警察也是不会立案的。

小姨的话提醒了大家。大家一致认为应该赶紧去大姐家查看一下，万一他们把一些证据毁掉了我们就没有办法了。

但我们还是去迟了一步。大姐所有的东西都被收拾得干干净净，拿到一块空地上去烧。按照习俗，人死了，用过的东西要让死者自己带走，否则到了那边她会缺这少那。

等我们赶到空地，大姐的东西已经烧得差不多了，舅舅和表姐找了根棍子在火堆里扒拉了几下，大姐的被子，枕头，衣服，鞋子，包包，还有一些其他东西，都在那堆熊熊大火里一一闪现。一些灰飞起来，像一群乱舞的蝶。后来火光小下去，暗下去。大姐的东西真不经烧，这么快就成了一堆灰。它们先于大姐变成了灰。

我们回到大姐家，楼上楼下四处查看。大姐睡过的床上，只剩下了光光的硬床板，上面放着一把明晃晃的菜刀。这是用来吓唬大姐的，意思是不让死了的大姐再回到原来的床上睡觉。我想他们为什么不把大姐睡过的床也拿去烧掉，它成了大姐唯一留下来的遗物，目瞪口呆地待在空房间里，看上去好凄凉。

我们几个又来到浴室，浴室在楼梯的拐角下面，那里是大姐最后留下痕迹的地方。

在那里我看见了小编，他对着摆放在过道里的煤气罐和淋浴器咔嚓咔嚓地拍照。看见我们进去，小编赶紧从浴室里走出来。到底是偷拍，心虚得很。小编穿过过道的时候穿堂风把他的头发吹得竖起来，好像要把他的头发从头皮上拔出来似的。

浴室里面除了洗发水沐浴露和毛巾，没有什么可疑的东西。表姐进来后把洗发水和沐浴露打开，闻了又闻。然后又去厨房查看。不用说，看了也是白看。就算大姐是被害死的，大姐夫小聪明那么多的一个人，怎么可能把证据留在那里等着我们来发现。我觉得舅舅他们就是在虚张声势，想给对方形成一种压力。

大姐夫和胡灵胡翩翩还有胡欢在院子里站着，他们沉着脸，不搭理我们。

专办丧事的人已经来了。几个年纪大的女人在给大姐穿衣服，胡灵从拿去烧的衣服里面挑了几件出来留给大姐穿。因为在医院拖延的时间久了，大姐手脚有点硬，穿衣服的几个人费了好大的劲才给大姐把衣服穿上。她们本来端了一盆热水准备给大姐擦身子的，听说大姐是洗澡死的，她们就觉得可以省掉这一程序。给大姐穿好衣服后，她们用那盆水打上香皂认真地洗了自己的手。有个老女人咯吱咯吱地搓香皂，说大姐临走前把自己洗得干干净净，去了那边，肯定可以升天。

我把头仰起来看了一会天空，天上一颗星星也看不见。

许多帮忙的人走来走去，灯笼，香烛，长明灯，纸钱，火盆，跪拜用的蒲团，一样一样地拿进来，摆放好。蜡烛不是那种会流泪的白蜡烛，是插电的假蜡烛，发出滋滋滋滋的声响，假火焰的光过于红了些，时而模仿真火焰跳动一下，看上去很诡异。

我们吊着脸在院子里站了一会，舅舅说不如先回去吧，这样站着也不是个事。我看了眼躺在灵床上的大姐，她盖着被子的身体似乎不明显地动了一下。我小声哭起来。我听见表姐他们也用鼻子吸着空气。

我们走的时候小编还没有走,他坐在火盆旁边不时地往里面添加着纸钱,不知道的人还以为他是死者的亲属。

回到家已经是晚上十二点多了,我给二姐打电话,她的电话终于有人接了。三姐四姐都在二姐那里,三个人正聚在一起商量大姐死的事情。她们的意见是不管怎样,大姐是我们的亲姐姐,人死了,一定要赶过来送一送。但是二姐这几天要带学生去哈萨克斯坦演出,她不去,担心学生跳不好。四姐要主持一个重要的会议,如果请假,得向伊犁州州长请,比较麻烦。只有三姐能赶来。三姐已经请好了假,订好了机票,大概后天下午的时候就可以到。这已经是最快的速度了。

我其实挺不想三姐来。她来添乱还差不多。

姐姐们决定先不把大姐死的消息告诉父母。父母年纪大了,还是不要知道的好。我觉得其实告诉了也没什么,父亲肯定会难过,母亲就未必了。

我告诉姐姐们,亲戚们怀疑大姐是被害死的,但没有证据,只是凭空猜测,大家在犹豫要不要报案。姐姐们听了有点吃惊,说不会吧,这怎么可能。最后她们建议等三姐到了看情况再说。我想也只能是这样了。我在家里是老小,从来就不是一个可以做决定的人。

睡觉前我突然想给大姐打个电话。她活着的时候我从来想不到给她打电话。我知道现在她已经不可能接我的电话了,可是我还是忍不住按出了号码。电话居然接通了,是一个男人的声音。我听出不是大姐夫,也不是胡欢。我问他是谁,他不说话,停了一会,那个人把电话挂断了。

第二天我赶到大姐家,看见大姐的灵床前甚是凄凉,没有人守灵,香灭了,纸钱的灰被风吹得满院子都是。假蜡烛在白天发出的光没有晚上那么红,像两只熬红的眼睛。

我很生气，转身去了舅舅家。我把昨天晚上几个姐姐商量的意见跟舅舅说了，舅舅着急起来，说人只能停三天，三天之后就拉去火化了。一火化，到时候就是死无对证。

听舅舅这样说，我心里也有点着急起来。

我的手机响了，是胡灵打来的，胡灵让我赶紧过去，二姨正在大姐灵前大哭大闹。

我要赶过去，舅舅不让，舅舅认为闹一闹也好。

我又坐了一会，舅舅说现在可以去了。

舅舅算的真准，我到的时候二姨已经不闹了，被人扶到太师椅上坐着。二姨刚才来的时候整个灵堂空落落的，纸钱没有人烧，香也没有一支，二姨就发起火来，说死人灵前的香是千万不能断的，香断了死人的魂找不到飘出去的路，会一直留在家里，到时候家里肯定闹鬼。

二姨的话让在场的人惊恐起来。大姐夫的脸色比躺在那里的大姐的脸色还要难看。二姨不管脸色不脸色的，她要大姐夫去买二十万大悲咒，二十万往生咒，二十万发财经，二十万地藏经，二十万阿弥陀经。后来二姨又把阿弥陀经和往生咒改为一百万。二姨认为大姐死得不明不白，要多烧阿弥陀经和往生咒，这样才能让她顺利投胎转世。二姨还特意嘱咐一定要买真经，真经是人念的经，念经前要三天不喝酒不吃肉，而且要洗手焚香。假经是录音机念的经，这样的经烧再多也没有用。

我和胡翩翩出门买东西的时候，看见刚从车上下来的小编。我问胡翩翩："这人又来干什么？"胡翩翩说："谁知道啊。想撩妹吧，他可不是我的菜。"

胡翩翩问小编有没有时间和我们一起去买东西，小编没有推辞。他上了车，坐在后排座位上。我观察了一下，发现小编看胡翩翩的目光里没带荷尔蒙。

小编显然已经和胡翩翩混得很熟，一路上两个人聊得很起劲。小编告诉胡翩翩他原先是个小报记者，不是写稿的那种，是摄影记者，赶到这里赶到那里拍照，咔嚓咔嚓，有图有真相。他不知道自己得罪了谁，自到报社，被派往的都是些死亡之所。哪哪路段出了重大车祸，现场惨烈，几死几伤。哪哪发生煤气爆炸，缺胳膊少腿。哪哪有人跳楼，肝脑涂地。哪哪发生凶杀案，血气弥漫。有一次是殡仪馆一个将要火化的人突然又活了过来，他赶去拍照，感觉就是在拍一个鬼，因为事后他发现所有的照片没有一张不是虚的。还有一次是去拍一个刻墓碑的老人，老人坐在一大堆冷冰冰的花岗岩和大理石中，让人感觉置身墓地。后来他利用工作之便弄了个微信公众号，刚开始只是闲得慌，利用手头现有的死亡资料弄着玩，后来发现公众号点击率不是一般的高，打赏金额也远远超过报社那点微薄的工资，于是就辞职不干，专门做起了公众号。胡翩翩问小编公众号叫什么，小编回说叫赶死队。胡翩翩一听叫起来，一边开车一边拿出手机要加小编微信，说自己是这个公众号的铁杆粉丝，每次都会打赏大大的红包。

小编谢过胡翩翩，他加了胡翩翩的微信，又把手机伸到我面前要扫我的二维码，我出于礼貌，没有拒绝。我从来就是一个不会拒绝的人。其实我对他的公众号一点不感兴趣。这名字也太瘆人了，赶死队，好像随时要去赴死一般。小编解释说用这个名字不光是为了博人眼球，也是为了名副其实，他们的公众号以各种死亡内容为主，有时候甚至是大耗流量的死亡现场直播。他每次赶去拍摄，都是在赶往一个个的死亡之地，所以就用了赶死队这个名字。

小编自称见过的死亡多了，他对死亡已经没有感觉了，现在的他变得像一条蠕虫一样缺少悲悯，并且已经丧失了恐惧之心。起初他对死亡多少还是心存敬畏和悲伤的，每次拍摄之后都需好几天的时间才能缓过劲来，毕竟那种不适的画面，不是一个正常人的心理所能够承受的。后来小编不再敬畏和悲伤，也没有了不适之感。一旦听到哪里发生了死亡事件，他甚至会产生一种类似嗜血动物的兴奋，他像一条大白鲨那样嗅着血腥第一时间赶到现场，用最近的距离拍下那些令人无法直视的画面。有时候为了增强效果，他选择一些特殊角度，故意把画面拍得令人反胃，惊恐，尖叫，如噩梦。仿佛不如此，他的拍摄就是失败的，就是毫无意义的。他刻意渲染死者一只脱离了身体的断手，放大用粉笔勾勒出的跳楼者坠地的人形，用近距离的特写去拍一颗被电梯挤爆的人头，那只被挤出眼眶的眼珠子像史前的虫子一样让人又恐惧又恶心。

胡翩翩不停地问小编一些问题，提问题的时候还要回头热切地看一眼后座的小编，我不得不提醒胡翩翩注意安全，否则我们就真的是在赶死了。

路上一只丢魂鸟不时在车子前方飞，白花灰羽的长尾巴醒目地一闪一闪，好像在给我们带路。小编说这真是一个奇怪的现象，每次他赶往那些所谓的死亡之所拍照，都会看见丢魂鸟。

到了镇上，我们在一家丧葬品店买了二姨列出的东西。买经的时候，店主拿出一沓黄纸，黄纸上面写着弥陀经，地藏经什么的，还盖了一枚大大的四方红印。我说我们要真经。店主从刚才拿经的旁边拿了一沓同样盖了四方红印的黄纸出来，说这个是真经，比刚才的贵十倍。小编问他真经假经挨着放在一起，看上去一模一样，弄混了怎么办？店主说不会弄混。小编说万一弄混了呢？又区分不出来。店主说说了不会弄混就不会弄混。小编做了个挥拳头的姿势，他有点想揍店主。

我打电话问二姨，二姨说那就去龙鸣寺买，龙鸣寺的经都是和尚念出来的，和尚念的经肯定是真经。

龙鸣寺在镇上的老桥边，不远。我们踏进寺门的时候，寺庙的钟声刚好轰然响起。那一瞬，我感觉自己凝在了半空，仿佛另一个世界的声音被我听见。

大殿里坐着一位小师父，我问他可有二姨罗列的那些经。小师父不语，取了经放在我们面前。我问多少钱。小师父说随喜。我难住了，不知道随喜是多少。小编说随喜就是随便，给很多也可以，不给也可以。我往功德箱里塞了几张红色的票子。小师父抬眼看了一下，又低下头去。

东西买回来后小编一箱一箱地帮着往院子里搬，都是些纸东西，很轻，没有什么分量。灵堂很快按照二姨的意思装扮起来，大姐躺在一片素白中，风一吹，挽联飘动，白幡飘动，白色的纸花簌簌地响。霎时感觉大姐已经远在另一个地方。

下午两点多的时候，门口突然聚集了一堆人，他们探头探脑地看着什么，好像某个地方正上演着一出好戏。我跑到门口，看见不远处一个人在那里走来走去。他既不走远，也不走近，他只不远不近地绕着大姐家的房子走。

我认出那是高峰。

大姐夫那边的亲戚闻讯奔了出来，有个人手里抄着家伙，嘴里喊着："敲死他！"我见他手里抄的是一把生锈的锄头。大姐家早就不种地了，锄头闲置了十几年，又钝又锈。现在这把又钝又锈的锄头极有可能会从农具变成可以敲死人的凶器，当然，在没有敲死人之前它还算不得凶器。我不知道接下来它会不会变成凶器。我也不知道该怎样去阻止它变成凶器。

围在门口看热闹的人发出嚯嚯的声音。高峰显然感觉到了这边散发出的危险气息，他开始往后退，但他没有逃走，而是退到一个稍远些的地方朝这边张望。大姐夫家的亲戚也并没有追过去。还好，他们看起来没真想要敲死他。

我松了口气，回到大姐灵前，胡灵在哭骂大姐。胡灵说："你爬起来看看吧，就连死了都不给我们顾点面子，你让我们这些儿女怎么做人。"

大姐就在那里躺着，她可能听见了，但她已经僵硬得没办法爬起来了。

胡翩翩让胡灵别骂了，现在要紧的是让高峰赶紧消失。胡灵主张让信找几个人把高峰捆起来关上几天，等丧事办完了再放出来。胡灵找出手机准备打电话。胡翩翩不让打，说这样反而会把事情弄得更难看。说不定会惊动警察。

胡翩翩认为最好的办法是我去跟高峰谈一下，让他赶紧消失，现在这样的情况，他在那里晃来晃去，会出人命也说不定。我不想去，但我又担心那把锄头真的会变成凶器。这不是没有可能的事。

为了避开大家的视线，胡翩翩让小编开车带我过去，在车经过高峰身边的时候示意他上车，当然，车不能停在高峰旁边，要停在大家视线看不见的地方。

我和小编照着胡翩翩的话去做，经过高峰后拐个弯，在大家看不到的地方停下来等他。高峰很快跟过来上了车，他看上去很悲伤。

高峰让我帮他想想办法，怎样才能进去看大姐最后一面。无论如何，他都要看大姐最后一面。不看到大姐，他是不会相信她已经死了。我劝高峰别添乱了，我把胡翩翩的话转达给他听，他不听，反而更加执意要去。小编见状，对高峰说："你要去就去呗，他们怀疑苏梅的死和你有关。正想要报案让警察把你抓起来问个清楚。你自己送上门去也省得他们到处找你。"高峰说："我还怀疑是他们谋害了苏梅呢。"高峰嘴上这样说，最后还是让小编把他拉到村子东边的公交站牌下，他在那里等车回城里，回那个他和大姐租住的地方。"感觉梅在那里等我。”高峰说。

高峰的话让我忍不住抖了一下,小编问我是不是冷。我说我衣服穿少了,人冷得像是掉到了冰窖里一样。高峰听了问大姐身上衣服穿得多不多。我说不多,而且穿的都是以前的旧衣服。我让高峰挑一件大姐喜欢的衣服送来，我不想让大姐穿着她不喜欢的衣服走。我给了高峰我的号码,让他送衣服来的时候不要出现,打我电话我去拿就可以。小编认为还是他去拿比较合适。

高峰把大姐的衣服送来后就没有再出现过。毕竟,被大姐的子女怀疑谋杀并被警察带走审问,并不是一件好玩的事。

小编把大姐的衣服拿来交给我的时候，问我能不能和他聊一聊。他把一部手机递到我面前。我认出那是大姐的手机。小编解释手机是昨晚他帮着把大姐遗物拿去烧的时候偷偷留下的。半夜我打去的电话,正是他接的。他昨晚没怎么睡觉,试了一晚上的密码,也没有能试出一个可以打开手机的数字来。

“指纹锁的设计和体温无关,也就是说,只要把你大姐的手指按在手机上,就能够打开手机,知道里面的内容了。”小编说。

我看见小编脖子上系着一条像是要勒死自己的黑领带。我真想伸出手去紧一紧那条领带。

小编似乎看出了我的意图,他用一只手护住脖子,告诉我去年夏天的一个晚上,他吃夜宵的时候看见有只蠕虫漂浮在碗里,他一口吞了下去。后来他陡然从梦中惊醒,发觉身体软软的,背部失去了脊椎,以致去卫生间撒尿的时候主要靠蠕动。从那时候起他就把自己当一条蠕虫看待了。

“我承认自己是一个没有道德的人。”小编说,“可是,手机里有些内容,对解读你大姐的死也许有用。”

我拿了衣服要走。小编挡住我:“我知道许多你不知道的你大姐的事情。你不关心她,你根本不知道她真实的生活状况。"小编说。

小编的话让我的心抖了一下。他戳到了我的痛处。

"中国大约每三个丈夫和每七个妻子中就有一人出轨，人人都在偷窃生活。心安理得,不露痕迹。你大姐却偏要离婚。"小编说。

"离婚无罪,出轨才是可耻的。问题是,在中国,没有人愿意离婚,大家宁愿一边凑合着,一边暗中出轨。在大家看来,最可怕的不是出轨,而是出轨被发现。这就是每三个丈夫和每七个妻子中就有一人出轨的原因,不满意婚姻,又不离婚,结果只能是出轨。"

为了不让我走开,乖乖地静止在他面前听他说话,他把一只手撑在墙上,像电视剧里流行的"壁咚"。只是这个姿势出现在此处,多少有点荒唐。反正不管他说什么,我都不会去用大姐已经没有了体温的手指去打开手机指纹锁的。

这个晚上我疲惫不堪,却迟迟不能入睡。大姐的手机就放在床头,除了大姐那根已经没有了体温的手指,我不知道还能有什么方法可以打开它。

三姐赶到时已经是第二天晚上，开车去高铁站接三姐的是小编。是胡翩翩让他去的,他已经成了姐妹俩的打杂。

三姐一见到躺在那里的大姐就大哭起来,她想要扑到大姐身上哭。大家赶紧把她拉开,说眼泪不能落到死人身上,否则死人会走不动,去不了那边。三姐听不懂南方人拗口的普通话,她问我他们说啥。我用哈萨克语说你不要哭的那么夸张,看上去像表演一样。三姐听了我的话马上就生气了,说自己是真哭,不是表演。三姐是用普通话说的,而且说得很大声,旁边的人都听见了,他们看着三姐,脸上露出一副说不清的表情。

此时亲戚们都在舅舅家里等着我把三姐带过去商量要不要报案。舅母也在,舅母前两天回娘家去了,听说了大姐的事情后赶了回来。舅母是个多事精,她为自己错过大姐的死遗憾不已。为了弥补上这个遗憾,她马上出动,四处打探,到了晚上这会,她已经比我们任何一个人都有发言权了。她说邻居们传言大姐是被大姐夫和寡妇菊爱合谋害死的。至于如何害死的,邻居们怀疑大姐夫在淋浴器上做了手脚。之前他们家用的是电热式淋浴器,前几天换成了煤气式淋浴器。电热式淋浴器并没有坏,大姐夫却把它换掉了。邻居们认为这里面一定有问题,暗藏了巨大的阴谋也说不定。

舅母一个劲地鼓动大家报案,她反正是不嫌事大。

三姐说如果报案,警察为了查死因就必然要解剖尸体。这是大家之前没有想到的问题。对于这个残忍的画面,亲戚们都不怎么能接受,尤其是二姨,她坚持人去了那边,如果被一刀一刀切割得乱七八糟,念再多的往生咒和弥陀经也没有用的。舅舅说要不等等看,等明天再做决定也不迟,反正还有一天的时间可以考虑。

我想起高峰拿来的那件梅红色的大衣还没有给大姐穿上,就赶过去请帮忙办丧事的几个老女人给穿一下,她们推说人已经僵硬,没法穿了。我给她们每人包了个红包,她们改口说穿是可以穿,就是有点难穿。

几个老女人给大姐穿衣服的时候,我几次想走过去把大姐的手指拿起来按在手机指纹锁上。但自始至终我只是傻呆呆地站着,什么也没有做。

三姐提出晚上要留下来给大姐守灵,可是还不到十二点,三姐就说她瞌睡得不行了。我说守灵是要守到天亮的,三姐说她也想守到天亮,可是实在太冷,简直能把人冻死。以前她一直以为南方的冬天不冷,没想到是这么湿冷湿冷的,还连个暖气都没有。“南方人也真经冻。”三姐说。

指望三姐守灵到天亮显然是不现实的事情，我太了解她了，她干什么事情都是心血来潮，然后又虎头蛇尾。我只能陪她先回去。

路上我和三姐说起浴室里淋浴器的事情，三姐问我有没有查看过淋浴器的排气情况。我不知道淋浴器还需要排气。三姐是学水电工程的，她的脑袋里装着一些男人才懂的东西。三姐说煤气式淋浴器因为煤气燃烧不完全会产生一氧化碳，排气不畅的话一氧化碳会高度聚集，引起洗澡人在短时间内中毒死亡。

我想掉头回去查看一下淋浴器的排气情况，三姐连打哈欠，说明天再看吧，反正还有一天时间，不急。三姐的口气和舅舅如出一辙。

第二天一早，我和三姐来到舅舅家，信已经在舅舅家，他提着光鲜的大礼盒在门口站着。舅舅不收他的礼，也不请他进来。舅母眼睛亮，看见信手里提的都是些高档的礼品，赶紧笑着迎了上去。她让信有事进来说。信还是一副很傲的样子，进来后两手抄在裤子口袋里，下巴上翘，眼睛上翻。我近距离地看了一下他的人中，果然很短。

信是来通知我们明天送葬时辰的。他们还请了道士在家里做道场驱鬼。二姨一听跳起来，骂大姐夫好狠，这么快就急着把大姐的魂魄赶出去。信说做道场只是图个吉利，去去晦气。也是为了让死者安生。二姨说让死者安生要做佛事。做道场不行。

二姨赶去和道士吵架，她扔了道士的宝剑，鸡毛，铜锣，符咒之类的法器。一碗鸡血也被二姨泼了一地，不知道哪个不长眼的人一脚踩上去，走到哪就把一只血脚印带到哪，看上去像恐怖的凶杀现场。

二姨要信去请龙鸣寺的和尚来做佛事给大姐超度。二姨的儿子，我的表哥在澳门赌钱一千万一千万的输，眼睛都不带眨一下，信还是有点顾忌表哥的，他让人按照二姨的意思去请龙鸣寺的和尚来做佛事，二姨要求必须请八个和尚。信觉得八个不够气派，要请就请十六个。龙鸣寺没有这么多和尚，信让他们去别的寺庙找几个来凑数。

很快十六个穿着黄灿灿僧袍的和尚被信从寺庙里接了过来，灵堂里响起宏大的诵经声，那是一种橙色的声音，扩散开来带着柠檬的黄。我霎时感觉自己从身体里飘了出来，飘到一个遥远的，哪里都不是的地方。

我认出敲罄的和尚就是给我经的那个小师父。趁他们休息的时候，我过去找小师父说话，问他们诵的是什么经。小师父也认出了我，说他们诵的就是那天我问他要的那些经。接下来他们会诵心经和大悲咒，晚上放焰口，那是专门安慰鬼魂的，业消莲开，从而往生极乐世界。

小师父打听往生的是我的什么人，我说是我大姐。小师父问是怎么往生的，看着还不到该去的年龄。我告诉小师父大姐是洗澡的时候一氧化碳中毒死的。亲戚们怀疑人是被故意害死的，犹豫要不要报案查个清楚。小师父劝我不用急，凡事都有因果报应。如果大姐真是被害死的，那个谋害她的人，就算逃脱了法律的惩罚，也逃脱不了因果报应。

小师父二十几岁，长着一张清秀的脸，看上去并不是什么高僧。我不知道该不该相信小师父的话。照他的说法，一切皆有因果报应，那么，现世法律的惩罚岂不是多余了。

舅舅给我打电话，让我和三姐到他家去。我们去了，发现昨天还一个劲鼓动舅舅报案的舅母态度大变，她说她刚才去了趟村里的小超市，听人说把电热式淋浴器换成煤气式淋浴器是大姐自己提出来的，大姐洗澡觉得电热式淋浴器的水不够用，所以坚持要换成煤气式的。大姐夫舍不得花这个钱，在小超市里买煤气式淋浴器的时候还骂骂咧咧，跟人抱怨大姐变奢侈了，学坏了，越来越不要脸了。村里的人大多站在大姐夫一边，依照他们的观念，大姐夫跟寡妇私通也罢，让家里的小女工怀孕也罢，在外面艳遇一夜情也罢，之类的事情只要偷偷摸摸暗着来，没有闹开，就理当被原谅。大姐性质不同，大姐是明着来的，明着来就不对了，明着来就属于不要脸。

我对舅母的态度有些怀疑。舅母洗碗的时候我看见她的手腕上戴着一条细细的样子精致的金手链，这条手链有点像胡灵手腕上的那一条，胡灵曾经炫耀手链是从韩国带回来的。其实这种时尚的款式，根本就不适合舅母这个年纪。

至于小姨，报案还是不报案，她专门去白龙桥监狱问了小姨夫的意思，小姨夫因为受贿罪被判了五年。进了监狱后的小姨夫和以前大不一样，他主张还是不要报案的好，世间事，本来就是一笔糊涂账，就算报了案，也不一定就能查出个水落石出来。总之一句话，有证据的事交给警察，没证据的事交给因果报应。

三姐和我今天特意查看了浴室，这种老式的煤气式淋浴器并没有管道排向外面。三姐觉得不好贸然做决定。万一冤枉了人呢？

一开始就主张报案的表姐这两天因为在医院里忙着照顾女儿生产没有来。她已经无暇关心报案的事了。没有了表姐起头，也没有了舅母的鼓动，舅舅显然也没有了报案的热情。

“反正在火化之前我们还有时间考虑。”舅舅说。但听起来，大家其实已经不打算再提报案的事了。

龙鸣寺的和尚们念了一天一夜的经。敲磬的小师父隔一会就有一段单独的诵读，他的诵读熟极而流，有古意的梵音尾调，声音也还算清越，听起来像是从另一个地方传来的。

到了出丧的时辰，十六个穿着黄灿灿僧袍的和尚诵着经把大姐送往那个灰飞烟灭的地方。一时鼓，罄，铙，钹，木鱼各种法器齐鸣，和尚们起身拜忏，额头触地。所有送葬的人，按照辈分位次，在香灯师父的指引下，一个一个上前上香，烧纸，洒酒。轮到我的时候，我最后看了一眼躺在那里的大姐，她脸上的表情是凝固的，被冻住了一般。想到这一世我和她只是短暂的亲人，从我们第一次见面到这最后一面，我们的姐妹缘分就此了断，从此我走我的阳关道，她走她的奈何桥。

信为了这场佛事花了一万多，另外他花三万在龙鸣寺给他的丈母娘立了块牌位。我有时去龙鸣寺给大姐诵念地藏经。大姐的几个儿女一次也没有去过，可能他们觉得出了钱就足够了。

小编事后写了一篇关于大姐死亡的几种可能性的文章发在公众号上，这篇文章给他带来很高的点击率，同时也给他带来了天大的麻烦。胡灵和胡翩翩两姐妹很生气，认为小编文章中有些措辞不妥，有些情节胡编乱造，有损她们家声誉。她们将小编告上法庭，最后的结果是小编撤掉文章和有关图片，发文道歉，赔偿金钱，另带被拘十五日。

从里面出来后的小编关闭了公众号，有一天他来找我，说要去走走。我问他去哪，他说还没有想好，他见过垂直的死亡，见过弯曲的死亡，天天和死亡打交道，他都有些混淆生死了。“其实活着的人只是因为死亡在休假而已。既然这样，不如给自己一个真正的休假。”小编说。

小编问我大姐的手机扔掉了没有，我说没有。他问能不能给他，旅行中闲得无聊，他可以有很多时间去试密码。也许就把手机打开了。

“人都灰飞烟灭了，手机里的内容还重要吗？”我说。但我还是把手机找出来给了他。

小编走的时候对我说:“你说起过的那个特克斯,也许我会去。”

我想不起自己什么时候跟他说过特克斯。

小编真的去了特克斯,他坐在小城的街头给我打电话,说到了那里他才明白了自己为什么会去特克斯这个莫名其妙的地方旅行。这真的是一个莫名其妙的地方呢,他在大热的夏天看见一个穿着羊皮大衣的人,他觉得这个人既像一个乞丐,又像一个圣人,总之他身上有一种接近“圣愚”的东西。后来他发现,在特克斯的大街上,到处都是这样的人。他实在弄不明白特克斯人为什么要在大夏天穿着厚厚的羊皮大衣。

“多奇怪啊。难道他们不怕热吗?”小编感叹着。就在他和我打电话的时候,一匹马冲着他滋了泡尿,呛得他差点窒息过去,他赶忙挂断了电话。

我本想告诉小编特克斯人夏天穿厚厚的羊皮大衣是因为他们认为羊皮大衣可以阻挡太阳晒进去,这样就可以不觉得热。但我觉得就算我说了小编也理解不了特克斯式的思维。他永远不懂,在特克斯有一种比黄金更永久的价值。在特克斯生活的人,他们的脑袋里有着一些和别处人不同想法的怪东西。

小编旅行回来后重新回报社做了记者,有一天他来找我,说他终于打开了大姐的手机,他只是随便试着一串一串的数字,然后就打开了。里面其实没有什么至关重要的东西。这个是我早就料到的。小编说不过手机相册里有一些令人颇感意外的照片,他拿出手机给我看,的确颇感意外,照片里的大姐什么也没有穿,而且照片是在毫无遮拦的窗子前拍的。有一张,大姐赤裸着身体像一只蹲坐在窗口看风景的猫,她的腿悬挂在窗外,左侧屁股微微抬起,呈现出圆满的弧度，肩膀向右倾斜，在天空云朵的映照下闪闪发光。

“女人赤裸着身体坐在窗口，表达了她对这个世界的渴望。她内心里不为人知的秘密，像阴影里的猫，等待着某种事情的发生。窗子唯美，同时暗藏杀机和危险，那危险并非来自窗子的高度，而是来自死亡的深度。”小编说。

还有一张，大姐赤裸身体，仰面躺在窗台上，两条腿高高地跷起来，交叠着搭在窗框边，她的头发垂下去，悬挂在窗子内侧。脸上呈现出来的，是她死亡时所呈现的那种迷醉的表情。

“开放的窗子给人以有限的自由。躺在窗口的身体，会滋生出某种离奇、怪诞的欲望。因为一个女人的身体里，既有生命的种子也有死亡的种子。”小编说。

我不知道其他几个姐姐如果看见了大姐的这些照片会怎么想。在我们的感觉里，大姐就是一个没有多少思想的农村妇女，她应该像其他的农村妇女一样对生活隐忍，对婚姻隐忍，而不是这样的出人意料。我们实在太不了解她了。

过年的时候，下了一场雪，薄薄的雪覆盖着草木，世界仿佛一下子白了头。我想起那年春节特克斯的那场大雪，我很久没有想起特克斯了，也许时间再久一点，我就忘记了那个世界凹坑一样静谧的地方。

我在下雪天决定去山上看看大姐，快到的时候看见雪地上一串新鲜的脚印一直通往大姐的墓地。我希望这些脚印是高峰的。大姐死后他回到了老婆身边，我不认为他这样做有什么不对，但我希望他能够怀念大姐。我希望在这个薄情的世界上还有人深情地活着。

出现在大姐坟前的不是高峰，是胡翩翩。她蹲在雪地里烧纸钱。大姐的墓让我难过了好一阵，那是一座合墓，大姐的骨灰放在左边的墓穴里，右边空着的墓穴，是留给大姐夫的。他们生前是一对并不恩爱的人，很有可能，大姐还是大姐夫谋害死的，死后却得同葬在一起。两个冤家仇人，生死相随，这可能才是最让人悲伤的事情。

我蹲下来和胡翩翩一起烧纸。我对胡翩翩说："也许下一世，我的大姐，当然，那时候她肯定不再是我的大姐了，她在门口泼了一盆水，大姐夫，那时候他也一定不会是我的大姐夫了，他刚好从门前经过，滑了一跤，就摔死在地。如果真有因果报应，肯定就是这样子。

胡翩翩说也许我的大姐，她的妈要纠缠的人是胡灵才对。是胡灵坚持要换淋浴器的。不管她是存心还是不存心，她妈最终是死在淋浴器上的。也许胡灵早就巴不得她妈死掉了，这样就可以扫平她嫁入豪门的障碍。胡灵不是没有可能这样做的。她从小就是一个极其自私的人。

胡翩翩告诉我现在和信在一起的是她而不是胡灵，这真是一个让我惊讶的结果。

不过也没有什么好惊讶的。

黑走马

一个人长时间骑马,穿过漫长的果子沟和飘带一样环绕的盘山路,最后出现在天山山脉隆起的山背上。这是伊犁哈萨克自治州和博尔塔拉蒙古自治州的交界处,巨大的海子湖边,有零星分散的哈萨克族和蒙古族人在山下居住。

骑马人是一个脸色晴朗的中年人,从黑红的脸庞,高原一样突起的颧骨以及肩膀宽阔的身形来看,他应该是一个长期行走在高山地带的游牧人。骑马人也因了这样的外表经常冒充哈萨克族人或蒙古族人。他能说一口流利的哈萨克语,也能说几句颇像那么回事的蒙古语,骗过那些路过的司机,内地来的游客,甚至本地的城里人不是什么难事,而他骗人的目的当然没有什么恶意,仅仅是为了开个玩笑而已,每次看着那些人深信不疑地称呼他哈萨克名"白亥提"或蒙古名"阿拉布坦"的时候,他都会大笑不止,像只偷吃了蜂蜜的棕熊。但有时候他不规整的衣着会暴露他的真实身份——黑亮的皮夹克里穿的不是粗羊毛的高领衫或土里土气的黑坎肩,而是一件有英文单词的警察制服,下身同色的裤子,裤腿胡乱地塞进一双高筒马靴里。突起的腰间可能别着一把枪,但也有可能是一个酒瓶子。这样的衣着多半是他在调查案件的时候为了方便表明身份才穿的,只要拉开黑夹克的拉链，亮出里面的警服，牧民就知道他确实是那个传说中神一样英武的汉族警察田肖夫。多年来他习惯了在警服外面套上皮夹克，不仅仅是为了抵御高山上夜间降临的寒冷，也是为了一个人行走山间时身份不那么显眼。如果像平时一样穿着便服，然后在牧民面前从便服的口袋里掏出警察证，这样做会闹出很多危险的笑话，一次是被哈萨克族人放出的狗咬得满山狂奔，另一次是一个十来岁的小姑娘拿一把猎枪对着他的胸口，虽然那把老式的猎枪其实是坏的，样子笨得可笑，不知道出自哪一辈祖先的手，仅仅是作为孩子们的玩具保留下来而没有丢弃，但小姑娘瞄准的姿势让田肖夫大吃一惊，他扫了一眼枪口，飞快地测算出子弹飞行的轨迹，结果让他冒出一身冷汗——如果真有子弹从那里飞出，不偏不倚击中的正好是他心脏的部位。总之，在他管辖的这片地方，无论是放羊的哈萨克族人，还是牧马的蒙古族人，他们只认警服。而那一年全国刚换了新警服的时候，每一次田肖夫拉开黑夹克的拉链，都会引起牧民的警惕。他得费好大的劲才能让大家相信以后的警察制服都是这种深蓝色的，而不再是深绿色。

实际上这里的哈萨克族人并不是外界想象的那样封闭，一条贯通南北的 312 国道从大山下经过，在火车还没有开通之前，这条公路上每天奔跑着各种运货的大卡车和一辆接一辆的夜班客车，那些双层的卧铺车一般在黄昏时分相互从伊宁和乌鲁木齐两个城市出发，经过一夜的行驶在第二天清晨到达另一个城市。当然，这是在路况好的夏季，如果是冬季就难说了，大雪动不动造成果子沟封山，长龙一样连接的车辆被阻在半路，弄不好要几天的时间才能到达目的地。而在火车开通之后，这条公路冷清了许多，但也从没有间断过车辆和行人。对于沿着这条公路带来的外界的新鲜事，他们并没有太大的兴趣，多数事物是他们不理解也不赞同的，比如在公路上奔跑的汽车，他们坐上去会吐得昏天黑地，那样子让他们想起牲口口吐白沫即将倒地而亡的情景，于是他们惊恐地以为自己就要死了。一旦有幸从车上活着下来，他们宁愿步行几天几夜回到家里也不肯再冒生命危险去坐那个铁皮箱子一样的东西。山上出现了风力发电之后，他们买来了电视机，但由于信号不好，只能看见一些魔鬼的影子在里面晃动，于是电视机被他们认为是不祥的东西丢在了一边，他们依然偏爱那种能装在口袋里的收音机，尤其是里面定时播放的音乐最受欢迎，正挤奶的哈萨老婆子也会放下奶桶，在奶牛欣赏的目光下随着音乐来上一段随性创作的舞蹈。他们对绕过山脉从另一个方向通过的火车只保持了三天的热情，"那不过是更大一些的铁皮箱子。"去看过火车的人回来的时候这样告诉大家。他们骑着马沿着铁轨追赶轰隆轰隆行驶的火车，很快他们中最慢的那匹马也超过了火车头。于是他们在前方停下来耐心地等待，直到火车赶上来了他们才又挥动鞭子开始新一轮的赛跑。这时候他们心里已经很看不起火车了，一边嗷嗷叫着一边向火车头里的司机做出嘲笑的手势。

马最后把田肖夫带到了海子湖边。下午两点半的阳光毫无阻碍地直射水底，透过微微晃动的水面，田肖夫可以看见马和自己的影子清晰地落在水底的石头上，而那些石头也睁着惊恐的眼睛正从下面看着他。离湖岸稍远一点靠近公路的地方，当年勘测队留在三台的空房子歪歪斜斜地矗立在那里，原木三层的红砖平顶楼现在看上去只有一层半的高度。不用说门窗早在勘测队撤离后就已全被扒光，只剩下墙体破败的空架子日日被大风吹着。如果是在夜里，墙体之间会发出呜呜声。前些年海子湖边专门为开发旅游而建的小木屋还没有出现、这所空房子也还没有露出随时倒塌的迹象，一度成为过路人的露宿点。三台地处荒凉，在此停留的都是些长时间开车而困乏不堪的司机、夜间放马躲避寒冷的蒙古族人，偶尔有为拍摄黄昏或清晨的海子风光而滞留的游客，更多的则是盗马贼、流窜犯、进山偷挖贝母的人、偷猎黄羊和大头羊的盗猎者，以及那些在春初和秋末转场的羊群。羊群的主人在湖边搭起简易的帐篷升起烧奶茶的炊烟，而把一大群羊赶进有台阶的楼房。有幸看见过那情景的过路人简直难以相信自己的眼睛，那么一座歪歪倒倒的楼房竟能变魔术一样塞进去那么大一群羊，以致每一层裸露的窗口都挤满了张望的羊头。第二天羊群离开之后，整座楼房布满了厚厚一层羊粪，下次借宿的人就算什么铺盖都没有带，也不必担心冰冷而坚硬的水泥地板会硌痛浑身的骨头，风干的羊粪已经像羊毛地毯一样干燥柔软。田肖夫就曾在这所空房子的羊粪上睡过一夜，为了驱寒，在最冷的黎明前夕他还把羊粪聚拢成一堆，用打火机点燃了取暖。

凶杀案发生之后这所空房子除了田肖夫再不曾有第二个人敢停下来住上一夜，没有人不担心自己会成为另一个死在空房子里的倒霉鬼：脸被撕毁，肠子掏空，连男人的生殖器也被连根拔掉不知去向。所有的过路人宁愿冒黑赶路，前往二台那家肮脏的小旅馆住上一夜，或早早停留在四台，在那个只有一家小饭馆的戈壁滩上一边喝酒一边抽烟，无所事事地浪费掉天黑前的时间。

田肖夫在空房子过夜自然不是没有地方住宿，他跟几座山头的牧民十分熟悉，随便走进一家毡房，主人都会热情招待。田肖夫曾经留宿在一家新婚夫妇的毡房里，他花了几个月时间从盗马贼手里追回一头骆驼，三匹马，两头牛和十几只羊，那本是新郎为订婚送给女方家而准备的彩礼。婚礼那天他作为尊贵的客人坐在崭新的羊毛地毯上，部落里的老人把羊尾巴上最肥腻的肉用刀子切割下来双手递到他面前，他努力咽下去的时候得同时吞下一大口白酒，才能使自己不至于呕吐出来。接下来大家一碗接一碗地给他敬酒，牛高马大的新郎和个头只及其胸部的新娘也端着酒碗站在桌前一首接一首地唱歌，按规矩他们唱一首他就得喝一碗，直到最后他死去一样倒在桌子底下。半夜惊天动地的声音吵醒了他，迷迷糊糊中他觉得那声音听起来像是两匹马在交配,公马在结束的时候还发出一声类似快活而松懈的响鼻。起初他以为自己睡在马棚里,等终于弄明白那声音的可能性和自己身处的地方,他立刻收紧了腹部,尴尬得连呼吸的声音也不敢发出,而只隔了一小会,那样的动静再次大幅度地响起。他惊讶他们全然当他不存在,而他也只能鸵鸟般把头蒙在被子里,希望以这种方式让自己立马消失,隐身,遁地,真的不存在。同时他脑子里浮现出那个大腿粗壮有力的新郎和唱歌时低垂着头满脸羞红的新娘,谁能想到她看上去还算苗条的身段,不可思议地能经得住如此猛烈的撞击而没有散架。自然,那一整夜田肖夫都在咬牙经受着这种声音残酷的折磨,好不容易熬到天亮,他贼一样溜出毡房跳上马背一路狂奔而去,从此再没敢去那座毡房做客。一年后,田肖夫在一个买卖牲口的巴扎上遇见他们,他们无限欢喜地抱着刚出生的儿子给他看,大声嚷嚷着说这个英俊的儿子是他那晚留宿的结果,所以和他长得如此相像,以后也必定和他一样聪明勇敢。田肖夫听了腿一软差点再次逃跑,听他们的口气这个儿子简直就是他的,好像他参与了他们新婚之夜的内容。而天知道他实际上只是个痛苦的旁听者,一点力都没有出过。

事后田肖夫专门去找一个研究伊犁民俗的朋友,把这件荒唐的事说给他听,朋友差点笑死过去。他说:“亏你常常冒充哈萨克族人,却连他们的风俗习惯都不懂。”他羡慕田肖夫能有这样“艳听”的机会。“是这样的,他们认为一个聪明英俊的客人借宿在他们毡房的时候,他们做那种事,生出来的儿子就会像那个人一样聪明英俊。”

十年前田肖夫也并非为了寻找那起凶杀案的蛛丝马迹才睡在三台这所空房子的羊粪上的。他不会愚蠢到把自己置身于一个那样的夜晚,那样的屋内,躺在死者当时所躺的位置,来推理这场毫无头绪的凶杀经过。他是因为和哈萨克族人打赌。那段时间,整个牧区流传着一种可怕的谣言，大家都说那个人是被湖里的水怪所杀，因为不止一个夜间放马的人说自己看见过水怪拖走了在湖边吃草的大畜，有一次是一个牧民来报案说水怪拖走了他的一头骆驼，事后他在湖边发现了骆驼的白骨，他请求派出所的警察去抓水怪。最哭笑不得的一次是一个牧民来到派出所哭丧着脸声称他的孙子不见了，“被湖吃掉了，”他说，“这个湖要把我们的牲口逐个地吃掉。没有牲口吃的时候它就吃我们的脑袋。”田肖夫没有办法让他明白那样的事情是根本不会发生的，他把他拽到三十公里外的清水河子镇，在一家游戏厅里揪出了他的孙子。

但这说明不了什么，凶杀案发生时，所有的哈萨克族人都坚决地认为凶手是水怪，因为谁也不会无端端地杀死一个过路的人，这一带多少年来都没有发生过凶杀案，就算和蒙古族人争抢草场的时候，大家也没有动过真格。

田肖夫毕业于一所著名的警校，虽然没有机会破什么大案，但学过的那些侦破知识不会让他和哈萨克族人一样头脑简单地去想问题。他自然不相信超自然的灵异事件会在他的地界上发生。他也不相信死者是被动物所杀——这一带的确偶有野兽出没，这些年因为禁猎，森林里又开始出现兽类的身影，但它们惧怕那些来来往往的汽车，不敢横穿公路到湖边去喝水，再则山谷里大大小小的溪流瀑布不下一百条，它们完全没有必要冒这个险。而且凡动物杀人只会利用牙齿和爪子，绝不会利用绳索进行捆绑。被害者明显是被杀死之后再受到某些动物的破坏的，应该是一种体形庞大的动物，留下的足迹和齿印足以说明这一点。它帮了凶手一个大忙，使遗留现场一片混乱，唯一有价值的线索是死者嘴里满口的四环素牙以及离头两米远的断手上发现的捆绑的尼龙绳，那是一种很结实的细绳子，捆绑的手法很专业，是练习擒拿格斗时所演示的标准捆绑法，解开绳子之后可以看见死者左手腕上有一个爬虫样的褐色胎记。这自然不会是哈萨克族人和蒙古族人所为，田肖夫熟知他们捆绑牲口的手法。按常理推测，死者双脚上也应该有同样捆绑的绳子，但大腿以下的部位不知去向，只有一只辨不出颜色的旅游鞋遗留在现场。另一只，则是过去了半年多，在经历了一冬大雪的掩埋后，一个叫热伊夏的哈萨丫头把它从藏身的黑暗地洞中拽了出来。热伊夏正是当年拿枪对着田肖夫的哈萨丫头，她和她的名字一样仿佛是热情所生，浑身散发着小动物的气味，放羊的时候她任羊乱跑而自己忙着在山坡上打地鼠。那些皮毛闪亮，不断从各个洞口冒出来的旱獭，在春天阳光好的时候纷纷出洞晒太阳。热伊夏用鞭子刚打下去一个，另一个又从其他洞口冒出来，露出两颗啮齿嘿嘿地笑。这些狡猾的家伙打通了地球的思路，它们在复杂黑暗的窟窿里像是一些有思想的家伙，负有重载似的稳重，它们一露出地面就失去了想象力，只剩下一个出卖自己的大肚皮。野蛮的热伊夏用一把铁锹掘开了这些家伙地底贯通的王国，进行毁灭性地扫荡，在那里面她发现了许多无法解释的东西，其中一样是那只穿着残剩脚掌的鞋子。直到那时人们才相信凶手不是水怪，一直以来他们认定水怪和鱼一样是不可能走到山坡上去的，“离开水太久它会死掉。”他们这样肯定而又毫无根据地认为。

但在那之前，尤其是凶杀案刚发生时，恐惧像瑞香狼毒草的花粉一样在整个牧区飘荡，无论是博尔塔拉那边的蒙古族人还是伊犁这边的哈萨克族人，都不敢再去海子湖边放牧，人们把毡房搬离得远远的，任湖边的嫩草长得又深又密也不去踏足。田肖夫为了消除大家的恐慌，和哈萨克族人打赌，他希望以自己在空房子睡一晚的事实，来向大家证明确实没有什么水怪。当然，独自露宿这样的地方，是需要足够的胆量才可以做到的。多少年过去，田肖夫依然记得那晚睡在空房子里的情景，他先是在湖边让马吃了会草，那时公路上唯一一辆夜行的车子正好从四台方向开来，它像个精疲力竭的怪物从老远的地方就亮着千里眼的灯光，直到半小时后才嘶吼着经过空房子，又过了将近半小时，拐过山口后，车灯才完全消失。之后世界陷入黑暗，白天明媚的海子湖这时候像黑暗之国无限放大的疆土，而那所空房子就阴险地立在那里，如魔鬼开设的旅店般等着他去投宿。田肖夫耐心地等马吃饱了夜草，才向那里走去，这时候又有一辆车从老远的地方亮着灯开来，他借着汽车的灯光在一楼拴好马，踩着厚厚的羊粪蛋子登上楼梯，山上下来的风在黑暗中乱窜，鬼魂一样从一个窗洞钻进又从另一个门洞钻出，然后在墙体上发出撞疼脑袋般的嚎叫。田肖夫铺好皮大衣躺下去，闻着干羊粪和死者遗留的混合气味进入浅睡眠的状态，但很快他就被冻醒了，睁开眼睛的时候他意外地发现四周竟然明晃晃地亮如白昼，月亮不知什么时候像个登山者爬上了雪峰，透过左边的窗洞可以看见月光旅行在肋骨似的水波上，透过房顶的漏洞看见的则是另一个蓝色而低垂的湖。湖的多种可能性从各个方面包围着他，让他产生幻觉，以为自己睡在优美的水波上而不是睡在羊粪蛋子上。出发的时候，几个同事曾告诫他小心水怪，说那是一个会引诱男人的女妖也说不定。作为一个在此地工作多年的人，他知道这个湖的多种传说，水怪是一种，另一种诡秘的说法是这个湖的湖底与巴尔喀什湖是相通的，有一条暗流像秘密通道一直在地底延伸。某年，一艘在此考察的船只在湖心被吸入水底，最后这艘船被发现漂浮在巴尔喀什湖的湖面上。田肖夫觉得如果这个说法是真的，是不是说巴尔喀什湖和他身边的这个湖是两个连体的湖，这就像人类的连体双胞胎一样，这个说法多少有些离谱，曾经在空房子里驻扎过的勘测队给出的说法是这个海拔两千零七十三米、面积四百五十八平方公里的高山冷水湖属封闭型断陷湖，是地壳下沉形成的洼地，由四周高山上的雪水经历百万年慢慢汇聚而成。它更像是时间的湖泊，在这个荒凉无比的地方呈现出墓地般的沉静。但湖并不是人们想象中的圆,从地图上看略呈椭圆。海子应该是哈萨克族人的叫法,蒙古族人则称它为赛里木湖,意思是山脊梁上的湖。清廷在湖的东岸曾经设立过鄂勒著依图博木军台,但军台不曾在这里留下任何的遗迹。这是一个什么也留不住的地方,大风从早刮到晚,所有高出地面的东西,都一律朝向同一个方向。

那天夜里如预想的没有什么水怪出现,也没有野兽出现,但到了半夜的时候,田肖夫听见有敲击窗框的声音,坚定而有节奏。声音响了好一会。后来他发现那声音其实来自屋顶,一只夜鸟正啄开漏洞的空隙想要进入房间。田肖夫奇怪它不走大敞的门窗,却要费劲地搬弄屋顶,这也许就是禽和人类思维方式的不同。后来那只鸟终于进入了房间,它看了一眼田肖夫,犹豫着是不是要换一个地方,但最后它还是决定留下来。田肖夫这时候已经丝毫没有了睡意,他借着月光打量夜鸟的长相,那不是一只猫头鹰,也不是一只老鹰或灰头雁,是一只从来没有见过的鸟,有点像乌鸦,但比乌鸦大好几倍,也比乌鸦黑好几倍。这可能是一只路过的鸟,和所有曾经借宿此地的人一样带着旅途的风尘,头上的羽毛被风吹得很乱,腋下磨破了皮,为了好受一点,它得微张着翅膀。

夜鸟不理会田肖夫猜疑的目光,它竖起耳朵,颇认真地听了漫长的三分钟,仿佛银河的光被它听见。然后它松一口气,缩起脖子准备睡觉。接下来一夜再不曾发生过什么,天快亮的时候,温度越来越低,田肖夫拢起一堆羊粪用打火机点燃取暖,夜鸟也往火堆旁靠了靠,火光映照下,从它偶然睁开的斜视的眼珠,田肖夫看出了它对自己心存的睥睨和藐视。等天完全亮了以后,夜鸟跺跺脚,抖落羽毛上的羊粪,一使劲从一个窗洞飞走了。它离开的时候嘴里咕哝了一声,田肖夫认为那是在跟自己说再见,于是他也说了声再见。

照理这所房子里发生的凶杀案不归田肖夫管,他是二台的派出所所长,二台归伊犁哈萨克自治州,三台归博尔塔拉自治州,不在他的管辖范围之内。但发现凶杀现场的哈萨克族人骑马跑了半天赶到二台派出所向他报案,而不是跑到三台报案。他不得不参与进来,当时他用电话通知了博尔塔拉那边,简短说明了情况,他们让他把报案的哈萨克族人带过去做笔录,于是他就骑上马前往那个“让人忍不住夹紧屁股的地方”,报案的哈萨克族人就是这样说的,他被吓得不轻,把整个事件说得支离破碎。

勘察现场进行得很不顺利,他们搜查了所有的房间,从各个分散的地方捡回尸体的碎块拼凑在一起,想还原回一具人体基本的形状显然是徒劳的,丢失的部分太多,内脏只剩下一截肠子和一部分胃。一名警员戴着手套捂着口罩想把它们塞回敞开的肚腹中,但马上那截肠子又像柔软的爬虫一样恶心地滑了出来,整幢房子里弥漫着死尸浓烈的血腥味和死亡的气息,虽然是夏天,却没有苍蝇出现,这并不奇怪,这个地区就好像是月球的表面,一直以来苍蝇因为无法生存而绝迹。在询问报案人一些问题的时候,发生让人笑破肚皮的事。按笔录惯例警察需要报案人回答他的姓名,性别,并出示证明身份的证件。那个可怜的哈萨克族人已经被他们前面如此多的问题弄得晕头转向,脑袋被驴踢了一样,他把性别和证明身份这两个问题混为了一个问题,在大家严肃的目光下,他费了好大的劲解开裤子撩起衣服转动着方向让大家看,“你们看见的嘛, 我的确是个男的。”大家哄笑起来,一点不顾忌眼下的死亡气氛。田肖夫没有笑,他看了一眼那根俄罗斯红肠一样粗大的生殖器,脑子里悲悯地现出死者不见了的那一根,不知道它正在哪一只野兽的肚腹中被消化和分解,最后作为残渣以基本相同的形状排泄出来。

案件一直未能破获,时隔多年后博尔塔拉那边把它作为一桩悬案高高挂起，死者身首分离，一半的尸身不知去向，可能被野兽吞进了肚子里，也可能被老鹰叼走，谁知道呢？反正大家所能找到的线索是那么少，而杀人者如果如推测的那样是个汉人，有可能早就搭上开往乌鲁木齐的任何一辆过路车，然后坐上火车逃出新疆混入了人海茫茫的内地。他们不是什么神探，更没有狗一样的鼻子能够根据气味一路追踪到今日可能在这明日可能在那的凶手。尽管后来几年全国各地实行了联网，许多多年未破的案件纷纷水落石出，但要破获这样一起荒野之地发生的莫名其妙的凶杀案，多少有些渺茫。

在牧民们消除了对水怪的恐惧后，田肖夫也很快忘记了这个案件。唯一让他偶然想起的是死者左手腕上类似爬虫的褐色胎记以及他口中难看的四环素牙。他在空房子的那一夜也试着想象了凶杀案的无数种可能性，但又无数次地将它们推翻，天亮的时候，他看着那只夜鸟消失在东方山脉之上的一片霞光里，突然想到，行凶者有血有肉，也必定以有血有肉的方式逃跑，那个人沿着夜鸟离开的方向逃往了他所管辖的地界也说不定。对于一个想逃避法律制裁的人来说，还有什么地方比这莽莽苍苍的山脉更理想呢？他在离开之前突发奇想爬上房顶，想瞭望一下笔直伸向远方的柏油公路是如何在阳光下如黑蟒般闪亮地爬行，却意外看见了屋顶水泥板上那个极其丑陋的东西，那根死者的生殖器正蜗牛一样缩在那里。田肖夫想不出它一旦离开人的身体原来是这么一副可怜相。他想起那只夜鸟，明白它发出的声音正是在啄食这根冰冷的海绵体，而当他想起它斜着眼睛看自己的神情，多少年后心里还会升起一股直冲脑门的寒气。那是一个多么冷酷的家伙啊，它一定不是第一次来这里吃夜宵，它也一定知道许多秘密。但它的神情表明了就算它会说人话，它也懒得告诉他。

这一次田肖夫路过空房子的时候发现空房子又比上一次看见

时矮了一大截，按他的估计，不出一年，最多两年，空房子就会彻底倒塌，接下来日复一日的大风会破抹布一样把它一点一点从地面上抹去，人们也将随着空房子的消失而彻底遗忘此处曾发生过一桩谜底未揭的凶杀案。

沿着公路走了一段，田肖夫遇见一辆老式吉普车，车上的四个人正坐在路边休息。经过询问田肖夫得知这是几个鸟类专家，最近几年他们在这一带发现了一些奇怪的鸟，这些鸟一律颜色鲜艳，样子奇特，有一种长尾鸟甚至有着凤凰那样五彩的尾巴，还有一种金黄色的鸟，体形不大，在阳光下飞动的时候金光闪闪，仿佛是从太阳里飞出来的。他们从没有见过这些鸟，怀疑是否因为地球气候发生变化，北冰洋寒冷地带的鸟类往南迁移，又或者这是一些传说中已经灭绝的珍稀鸟类的重现。他们在这一带追踪了好几个月，希望能逮到一只研究一番。但这些鸟精灵一样一闪即逝，使他们的追踪毫无进展。

田肖夫对他们说的鸟不感兴趣，他丢下他们独自沿着公路又往前走了两公里左右，还是没有发现牧民举报的那几个盗猎者。据说他们是几个城里来的游客，开着一辆白色越野车，有人看见他们向怀孕的岩羊开枪，这种行径激起了哈萨克族人的愤怒。在还没有禁猎的时候，他们的祖先就很自觉地遵循着一个约定俗成的规矩，那就是不向任何怀孕的或是哺乳的动物开枪，哪怕那是一头要吃掉他们羊羔的大肚子野狼，他们也只是放空枪吓跑就算了。“这些城里人太野蛮了，连怀孕的野兽也捕杀。”他们跑到派出所这样跟田肖夫说。田肖夫派出一部分人开车环绕海子湖追踪那辆白色越野车，自己则骑上马沿着公路走。

这时候他已经来到了草场的边缘地带，广阔的地势自这里开始向西倾斜，地表毫无过渡地就进入了灰色而干燥的戈壁滩，沙棘、骆驼刺、苦蓬等旱地植物稀稀落落，为了节约水分和适应夏季酷热的生存环境，它们的叶子进化成又硬又厚的针状、棒状、鱼鳞状。光看外表就知道这是些生命力顽强的家伙，简直可以移植到火星上去。田肖夫在荒凉的公路上勒住马抬头看了一眼太阳，发现它像一只长尾红狐正向西天悄悄移动，于是他调转马头往回走，他得快马加鞭赶在这只狐狸进巢之前返回二台。想必那辆绕湖一周的警车还没有按预定路线完成巡查。二台派出所仅有一辆车，多数时间执行任务都得骑马，一是这片区域一个山头连着一个山头，很多地方根本无法开车，更主要的是田肖夫喜欢骑马，他甚至在回城休假的时候也想把马骑回羊毛胡同，那里早就不允许马进入了。那些没有马在胯下的日子他简直觉得自己跟没有了腿一样，百灵让他去哪他都不愿动，连门都不愿意迈出，弄得百灵很是恼火。

“你跟马过去吧。”她说，“你就适合跟牲口待在一起。”

年轻的时候她不是说话刻毒的女人，那时候她又轻盈又快活，在州歌舞团跳舞，后来和田肖夫结婚，生了孩子，苗条的身体膨胀起来，但也不算很胖，只是不再适合跳舞，只能被安排去艺术学校当老师，教那些年轻的姑娘们跳舞。这样的工作对百灵来说是残酷的，她常常对着那些天鹅一样的姑娘们莫名其妙地发火，她罚她们踮起脚尖转几百个圈不许停下来，她会突然袭击，严苛地检查她们的零食，从她们精巧的包包里搜出巧克力葡萄干奶油蛋挞，毫不留情地扔给宿管阿姨，她不许她们谈恋爱，告诫她们就算结了婚也绝不能生孩子。她也知道那些姑娘们恨透了她，给她取了不下十个外号，其中最让她伤心的一个是“悍马”，她听到这个外号后在镜子前站了足足半小时，镜子里的那个人浑身透出的悍然的气质让她绝望透顶。

田肖夫回家的时候她就把所有积压的愤怒一股脑地撒在了他身上，她无理地认为自己今天这样的状态全是田肖夫的过错，他那旺盛的性爱使她一结婚就怀了孕，以致她辉煌的跳舞生涯如此短暂地就结束了。那之前，她的舞蹈几度上电视，甚至有剧组想请她出演一部和舞蹈有关的电影。她总是被鲜花和掌声包围,她的周身永远是舞台上普照的光芒。而所有这一切皆被怀孕所毁,致使她恨透了怀孕。“你的生殖力简直堪比一头公牛。”她以这样的方式开头,从早饭的桌子边开始了一天的控诉。她从五岁时说起,一直说到考进艺术学校,那期间她每一天都在没完没了地压腿,下腰,踮起脚尖转圈,为了练习这些基本功她是如何地吃尽了人间所有的苦头,她从没有向任何人抱怨过。说到底,是她自己喜欢跳舞,她相信自己生来就是个跳舞的料,她在五岁的时候就能踮起脚尖一刻不停地转几百个圈而不感到头晕,七八岁的时候就比大她一岁的姐姐白鸽足足高出了一个头,她的腿像竹子一样长得又快又直,她的脖子像天鹅一样优美柔软。她的手臂只要伸出去就能够着天上的星星,而白鸽矮得连苹果树上的苹果都够不着。百灵唠唠叨叨一个上午述说着这些的时候,田肖夫正充耳不闻地在花园修剪苹果树的枝条,给玫瑰和夜来香浇水,把院子里的杂草拔掉,把几只邻居家移民过来的癞蛤蟆赶到大门外去。田肖夫移动到哪百灵就跟到哪,田肖夫干完活走进厨房开始做饭,百灵就袖着手出现在厨房继续唠叨。吃中午饭的时候她说到了她的母亲,她自豪地认为那是一位天底下最伟大的母亲,为了让她保持手指的柔软,洗碗拖地的活都让白鸽干,从来舍不得让她碰一下抹布和拖把,哪像现在她的一双手又得洗衣服又得做饭,指头粗得和十根胡萝卜一样,以致教学生跳舞的时候都不敢伸出来。她还说到那些年她的母亲如何省下钱花高价请俄罗斯舞蹈教师单独给她上课。而她也从没有让母亲失望过,她所在的歌舞团因她而荣誉不断,她领舞的《黑走马》获自治区金奖,并因此入京在首都的大剧院演出,之后又出国去哈萨克斯坦的各个城市巡演。她为了保持轻盈的体形,从不敢吃任何一种甜食,就连吃饭她都不敢吃饱,像那些难民一样一年到头让自己处于可怜的饥饿状态。

事实的确如她所说,饭桌上她几乎没有动过筷子。平时也基本是这样，田肖夫不在家的时候厨房从来不会冒出人间烟火，实在饿了她就喝几口水，吃半个苹果，啃几口黄瓜。她吃得最多的是减肥药，一度吃到月经紊乱，眼神黯淡，面容憔悴，头发枯黄，甚至几次晕倒，这种危险的减肥方式最后在医生的警告下才不得不停止下来。

下午田肖夫坐到廊檐下修理一台老式收音机，百灵搬个凳子在他对面坐下来，这时候她已经从那群如何不理解她苦心的学生身上说到了田肖夫，她说到他的名字的时候音调陡然提高了许多，像是说到了仇人一样浑身鼓胀着无限的怨气，她说他一天到晚就知道搬弄些哈萨克族人的破东西，简直成了哈萨克族人万能的公仆，就连他们的女人生不下孩子这样的事都要找他，她嘲笑他简直成了他们中的一员而根本无须冒充，因为他从骨子里就和他们一样野蛮，愚钝，不可救药。他笑起来又粗野又放肆满嘴都是牙。他几天不刮胡子，脸上的毛能扎死一只刺猬。他的头发里有一股马尾巴的气味，他的靴子简直跟牛蹄子一样把家里的花园踩得坑坑洼洼。

田肖夫被她这样吵了一天，头昏脑涨，几乎神经错乱，不得不关闭手头特务电台一样发出刺耳噪音的收音机，躲进厨房早早地开始准备晚饭，而百灵自然再次跟进厨房，看见他从冰箱里拿出肉，她怪他存心要让她发胖不能跳舞。一整天的时间就这样在她永不疲惫的抱怨中结束，等到睡觉，两个人并排躺在那里的时候，话题归根结底地回到怀孕这个问题上来，百灵用被子裹紧自己的身体离田肖夫远远的，她说："被你用过的筷子都会怀孕，被你坐过的马桶都会怀孕，你要是抱一下杨树，杨树都能结出果子来。你应该到友谊医院不孕不育科去上班，只要你摸一下那些女人的屁股，所有的问题就都解决了。让你当警察真是浪费人才。"

听到这里忍耐了一天的田肖夫终于开口。"这完全不是事实，"他说，"我拿过筷子，坐过马桶，抱过杨树，可是从来没有摸过任何一个女人的屁股。"

“可是你摸过我的屁股！”百灵气急败坏的声音大得足以让整个羊毛胡同的邻居都听见。当她这样整天粗俗地追着田肖夫骂个不休的时候，谁能相信他们曾经那么地相爱过？他们的恋爱过程就像六月的伊犁河谷充满了薰衣草浪漫的色调，生活在一起时两个人却是这样的驴唇对不上马嘴。这种状况让两个人都很苦恼。只要田肖夫回到家，百灵就会从这个房间追到那个房间，一刻不停地发泄着自己的怨愤，直到第二天早上在他跨出门准备回二台上班的时候，她还不忘追出来大声地喊出那句话来给自己的怒气做一个强有力的结尾：“我一定要跟你离婚！”喊完了这句话她才会把那双叉在不再苗条的腰上的双手放下来，那时候它们松垮垮地低垂着，样子比她自己还要沮丧一百倍。

基于这样的状况，田肖夫在家的时候和在山上判若两人，羊毛胡同的邻居们从来听不见他那经典的大笑，传说他突然爆发的大笑曾让一群马大吃一惊，它们挨了鞭打似的狂奔不止，放马人追了三座山头才把它们追回来。可以说，田肖夫在家是一贯的沉默，他哈萨克族人似的幽默被尽藏了起来。他的神情甚至可以说是忧郁。在城里时他唯一爱去的地方是伊犁河边的果园，黄昏时分，坐落在伊犁河右岸的这座城市颇有点幻想的色彩，玫瑰色的云霞在天空铺展开来，开阔的河滩上低矮的灌木丛开着烟雾似的小花，河边的果园里，劳动了一天的维吾尔族人围坐在苹果树下放声合唱快拍热烈的木卡姆，田肖夫站在果园外长时间地驻足倾听，能感受到夕阳在群山万壑间缓缓西下的情景。

“那是一种什么样的感觉？”努尔阿吉不止一次问田肖夫。

“悲怆。”田肖夫想了想觉得只有这个词最恰当。

田肖夫诗人一样的语言让努尔阿吉摸不着头脑，这个二台派出所的司机是个哈萨克族小伙子，他和二台那辆皮卡车一样经常闲在那里，除了每星期一次出山为大家拉回食物和生活用品，他基本没有什么事情可以做。幸好他有一把不知道从哪弄来的柄很长的冬不拉,他每天坐在值班室没完没了地弹着琴唱着歌。有好几次,他被几位音乐细胞没那么丰富的同事抬出值班室，他们把他的头往下按，强迫他把那把稀奇古怪的冬不拉像吃羊腿一样吃下去。

在皮卡车之前,二台派出所还有一辆警用摩托车,田肖夫能以别人无法相信的车技,沿着弓起的山脊把摩托车一直开到接近雪线的地方。

“就好像在山的肋骨上骑行。”田肖夫说。

他在雪线处鸣响喇叭。声音惊得西伯利亚红松林中各种动物和禽类纷纷探出身影,田肖夫对世界比它们更充满了好奇心,他朝深谷推下一块大石的同时朝着那个方向用力大喊一声,他想知道自己的声音是否比一块石头更快地滚落到谷底。当他爬上一块阳光普照的巨石,抬头看见危峰耸立的冰峰,它闪耀着几百个世纪堆积的寒光,像一座宇宙的宫殿飘浮在那里,田肖夫再也无法抑制地流下了眼泪,除了像狮子那样扯着嗓子大吼大叫,他不知道还能用什么方式来宣泄自己。百灵提出的离婚已经从刚开始的口头用语变成了实际行动,有一次动了真格,在他准备出门去二台上班的时候,她追出来把他拉向另一个方向,那里是办理离婚手续的地方,只要是工作日工作时间大门都大敞着。她在那个大门前发出最后通牒:“你要是不进去你就不是个男人。”

不是男人就不是男人吧,我早就不是男人了。田肖夫这样想着，默默地转身离开,任凭百灵留在那里大喊大叫。

这个女人疯了。百灵听见路过的人这样大声地议论自己。她停下来,惊醒似的站在那里,一只蜜蜂在花坛的玫瑰丛中啃吃着花粉，就在百灵眨一下眼睛的时候它就不见了,只有一个长得像蜜蜂家族的女孩从花坛前经过,她那一掐就断的细腰、娇小收拢的上半身以及与之不相称的臀部和黄色裙子,不能不让人怀疑她就是刚才消失的那只蜜蜂。她看见两个女人坐在那里乞讨,路过的人纷纷扔给她们闪亮的硬币。她的眼泪一下子流了下来,她觉得自己比她们可怜一千倍不止。她毫不掩饰地一路哭着走回羊毛胡同,这时候她的母亲正愁苦地坐在大门口的石榴树下等她。当初她千方百计地阻挠他们结婚,现在却是急急忙忙赶来阻止他们离婚的。

“离婚不能让你回到过去,” 她说,“你瘦不回过去那个样子了。这不是婚姻的错,是遗传。”

“遗传?”百灵失控地叫起来,她才不相信所谓遗传的鬼话,母亲六十多岁了还这么瘦,白鸽简直就跟姑娘时一样苗条,父亲也是那种瘦得像南方竹竿一样的男人,她的家族里几乎没有出现过一个胖子,唯独自己喝凉水都胖,就算她把自己活活饿死了她也是个胖死鬼。

“你不是汉人。”母亲这样平静地告诉她,如果能阻止离婚她宁愿选择让百灵知道那个原本打算隐瞒一辈子的真相:这个一直被她疼爱的女儿是捡来的,从当时包裹的羊毛毯子和身上的衣着来看,她应当是个哈萨克族人。那个民族的遗传基因就是这样,姑娘们都很苗条,一旦生下孩子就莫名其妙地胖起来。

百灵吃惊不小,她傻掉一样,不明白母亲为什么要这样说。从小因为母亲过于偏心自己,以致白鸽时常怀疑自己不是亲生的,现在,事实却刚好相反。

母亲为了让百灵相信她没有在编故事,带她去了叫古兰旦姆的哈萨克族女人家里,古兰旦姆是个胖得出奇的女人,前几年从畜牧局局长的位置上退了休。整个羊毛胡同的人都记得她年轻时的模样,那时她又高又苗条,曾是整个伊宁市小伙子都想追的姑娘,自从和能把牲口扳倒的蒙古族人结婚生下一个女儿后,就不可节制地膨胀起来,连在体校教摔跤的丈夫也不能把她放倒。百灵每天进出胡同,偶尔会和她遇见,每一次百灵都会在心里暗暗惊讶她的胖。

“如果我胖成那样，我情愿去死掉。”百灵这样想。

当年百灵学跳《黑走马》，苦于找不到草原民族粗犷的感觉，她把一支奔放的曲子跳得束手束脚，母亲建议百灵不必被那些专业指导老师们的思想所束缚，可以考虑向民间的哈萨克族舞蹈者请教，也许他们原生态的舞步能给她一些启发。百灵最后想到所能求助的人就是古兰旦姆。这听起来多少有些不可思议，毕竟，那么胖的女人，别说跳舞，就是一举一动想想都够困难了。事实却总是让人大出所料，古兰旦姆跳舞的时候让人觉得轻盈无比，像一只天鹅漂浮在水面。

羊毛胡同的女人们喜欢不定期地聚在一起热闹一下，有时候她们在锡伯族女人家里炖伊犁河大头鱼吃椒蒿、南瓜饺子、花花泡菜，还有锡伯族人独特的烧茄子和烧辣子。有时候是在上海人家里吃糖醋鱼、糯米团子、雪菜炖豆腐。在百灵家里则是吃淡而无味的杭帮菜，喝红糖水一样甜蜜的女儿红。大多数的时间大家为了照顾那些穆斯林邻居们也能参加，聚会地点就放在了回族人马忠义家或是维吾尔族人斯德克老汉家里，马忠义的女人不仅爱干净，还能做出许多美食，晶莹的凉粉、薄得透明的凉皮子、金黄的油果子、诱人的胡辣汤、椒麻鸡以及撒了香菜的面肺子。在斯德克老汉家里又是另一番景象，他有着淡灰色眼珠的大女儿能把一根拉条子拉得和羊毛胡同一样长，另一个女儿做的薄皮包子、皮芽子和碎羊肉的香气弥漫了整个胡同，胡同里的孩子们每闻到香味，就会兴奋地拥到斯德克老汉家门前等待，慈祥的老汉手端托盘挨个给孩子们分发薄皮包子。有时候薄皮包子来不及烤熟，老汉被等不及的孩子们团团围绕，他就只能祈求胡大来帮忙了：“外——外——胡大欸！薄皮包子快点熟啥，娃娃们等不及了嘛。”

如果聚会放在古兰旦姆家，大家为的却不是吃喝，谁都知道古兰旦姆不擅长做吃的，她只会煮一锅羊肉，或者做一大盘抓饭，再配以酸奶子以及一些现成的干果就算是招待大伙了。好在大家对她的懒惰并不计较，从没人奢望一个整天忙于事业能清楚地知道整个伊犁地区牛羊的数量，却不知道天上到底有几个月亮的女人能在饭桌上摆满丰盛的吃食，与吃相比，大家更期待的是看古兰旦姆跳舞——擀毡舞、挤奶舞、拉面舞、绣花舞，只要是哈萨克族的舞蹈，没有她不会跳的。无法想象，这个胖得出奇的女人，旋转、踢腿、扭动腰肢、摆动胯部，灵活无比，她把胸前硕大无比的双乳抖动得跟伊犁河的波浪一样优美。古兰旦姆跳到高潮部分，她会掀掉桌布，轻巧无比地跃上桌子。在女人们尽情狂欢的时候，那位蒙古族的摔跤手冷静地倚靠着门框站在那里观看，他担心古兰旦姆是否会压垮桌子摔倒下去，只有他最清楚这个身躯的实际重量。虽然跳舞给了她片刻的月球上的体重，但她实实在在是站在万有引力的地球上的。

在正式向古兰旦姆请教之前，百灵并没有看到过她的舞蹈，小一辈的人是不允许参加长辈们的聚会的，因为长辈们不愿意让孩子们看见她们放松而没有节制的一面，她们须在孩子们面前保持着长辈的风范。当百灵在母亲的带领下礼貌地拜访古兰旦姆的时候，这位长辈亲热地和百灵行贴面礼，然后以和蔼的语气对百灵的身体状况，睡眠质量，工作是否顺心，生活是否如意，甚至所吃水果，所养鸽子都一一予以问候。最后她们才说到舞蹈。

“黑走马是哈萨克族最具代表性的舞蹈。”古兰旦姆告诉百灵。黑走马的哈萨克语发音是卡拉角勒哈，马是哈萨克族人生活中不可缺少的工具和伙伴，而“黑走马”更是马中尤物，它外形剽悍雄壮，通体黑亮，走时步伐平稳有力，姿势优美，蹄声犹如铿锵的鼓点，人们在跳此舞的时候，仿佛骑在黑走马上。舞蹈中男性的动作模仿黑走马的走、跑、跳、跃等姿态，在全身一张一弛的律动中表现出粗犷剽悍的风格。女性的动作则优美舒展、活泼含蓄，如显示姑娘美丽而自豪的“花儿赞”，窥视恋人的“羞窥”，前俯后仰的“展裙吊花”。

古兰旦姆在自家摆满太阳花盆的院子里展示了一段黑走马，当她庞大的身躯在那些可爱的花盆之间做着大幅度的舞蹈动作时，百灵母亲不由得为那些花盆捏了一把汗，她不得不跟随对方的舞步不停地转动方位，做着随时抢救花盆的准备。好在这样惊险的事情并没有发生，仅仅是古兰旦姆平日在头顶精心盘成的那个庄重的发髻，一束马尾般的头发挣脱出来，随着舞蹈动作狂野不拘地甩动着。

等她停下来，整理松乱发髻的时候，站在一旁观看的百灵却像一匹狂奔了十里地的马一样鼻孔里喷着粗气，她激动得脸都发红了，“明白了，”她喊道，立刻提起裙子模仿古兰旦姆跳了一遍。不得不承认，百灵的确是那种有跳舞天赋的好料子。几个月后，当她捧着奖杯回到羊毛胡同，古兰旦姆立刻张开自己宽阔的胸怀拥抱了她。“你是我们羊毛胡同的黑走马。”她以哈萨克族人的方式代表整个羊毛胡同赞美了百灵。

那时候百灵无论如何也不会想到，三十多年前，正是这个慈爱的长辈去牧区的时候在路边捡到了羊毛毯子里包裹着的自己。那是哈萨克族人转场的季节，大批牲畜一群一群地从山上下来，声势浩大地渡过野马渡河前往夏牧场。远远看去，大地上烟尘升腾。

那一年这些畜群在横渡野马渡河时遭遇了挫折，因为天气热得早，山上融化的雪水涨满了河道，有些羊羔在过河时被大水冲走，只留下母羊在河岸上哀哀的哭泣。河岸上的泥土因为被羊群身上的水弄得湿漉漉的，像打湿的肥皂又软又滑，大牲口一踩上去就滑倒在地，那些驮着毡房撑杆的骆驼挣扎半天也不能重新站起来，人们不得不卸下它身上的重负，费劲地把它拉起来，这样就影响后面畜群的通过。畜牧局的人为了能让畜群安全转场，决定在河的两岸搭一些木板作为栈道。他们到的时候，发现了那个躺在草地上熟睡的女婴，大家惊叹这个小家伙有神灵护佑，庞大的畜群羊咩马嘶万蹄交错，足以震动地壳的大迁移却没能影响到女婴的睡眠。而经过的每一只羊，受到神的鞭打般纷纷避开，以免踩到她身上，就连鲁莽的公牛和迟钝的骆驼也挪开蹄子不往女婴身上落。

“可能是从马背上的摇篮里掉出来的。”后面经过的哈萨克族人说。转场途中哈萨克族人会把孩子绑在马背的摇篮里而自己怀里抱着那些赶不上大队人马的小羊羔，对他们来说羊羔和孩子一样宝贝。

途经此地的有阿里钦部落，有乃蛮部落，有克烈部落，还有几支零散的小部落也会从这里经过。虽然解放后政府按牧业队的形式称呼他们，但他们记不住自己属于什么乡什么大队什么小队，依然习惯用部落的方式来称呼。那些为转场集中在一起的牧民在经过这里之后，就各自分散到了广阔的草原深处，要打探到孩子的出处实在不是一件容易的事，那比找一只羊的主人难多了。

古兰旦姆打开羊毛毯子的时候发现这是一个七八个月大的小丫头，身上穿着缀满亮片的小马夹，头上的花帽饰有漂亮的猫头鹰羽毛，当她醒来饿得大哭的时候，大家不得不逮住一头路过的奶牛让她抓住那对鼓胀的乳房吃个饱，小家伙似乎对这种用餐方式并不陌生，而这在哈萨克族人中也并不奇怪，他们稍大些的孩子经常钻到母牛身下直接把那里的牛奶当饮料来享用。

百灵无法相信这样的事情会发生在自己身上，听上去那就像是一个离奇的传说。谁都知道她从小连牛都不敢靠近，她甚至不愿意喝牛奶，以免身上会沾上牛的气味。

但她不得不重新看待一些一直被她忽视的现象：她足足高出了母亲两个头不止，每当她们母女二人一起从羊毛胡同走过，邻居们会开玩笑说简直就像一只绵羊母亲领着一只骆驼女儿。她比白鸽也高出许多，并且两姐妹的长相相差十万八千里，白鸽小嘴小脸，秀秀气气，她高挑挺拔，高鼻子凹眼睛，脸庞如圆月般盈满。但百灵从没有因为这些怀疑过自己不是母亲亲生的，更不曾听邻居们讲起过自己的来历，一直以来邻居们看着百灵和白鸽一起长大，亲生也好不亲生也好，他们觉得那有什么关系呢？如果不是百灵母亲重提，他们早就忘记了这码事。就连古兰旦姆都记不清自己捡回来的那个丫头是百灵还是白鸽，当时古兰旦姆把小丫头抱来讨要一口奶吃，正给白鸽喂奶的汉族女人丝毫没有犹豫放下怀里的孩子就抱起了这个哇哇大哭的哈萨丫头，虽然最初她并没有打算收养她，连那样的念头都不曾有过，不管怎么说这是一个和自己不同民族的孩子，不能不令人担心她能否真正融入一个生活方式和文化背景都完全不同的家庭。但一个月后民政局的人来到家里准备把百灵抱到一个准备收养孩子的哈萨克族人家里去的时候，汉族女人舍不得了，她说："她吃了我的奶，就是我的孩子，我不能把她送到别人家里去。"

"那是一户什么样的哈萨克族人家呢？"整个事件中百灵只对这个问题感兴趣。

"那是边境地区的牧民。"古兰旦姆说。她有许多亲戚在牧区生活，一直以来那里的牧民们都是定居的，住在带有羊圈的房子里，每年入冬停止放牧后，他们会进城玩几天，顺便买一些生活用品。他们不习惯住招待所，每次来城里都投奔仅仅是沾了点亲戚边的古兰旦姆。那些人一来就是一大帮，带着熏马肠子熏马肉和整只羊腿作为礼物，把古兰旦姆家客厅的地毯挤得满满的。等他们吵吵嚷嚷地离开后，邻居们就会看见古兰旦姆把他们用过的被子枕头羊毛毯子一样一样抱出来放在零下二十多摄氏度的院子里一连冻上个几天几夜。那些日子古兰旦姆最盼望的就是来上一场西伯利亚寒流，好让温度降得更低些。

"没办法，"古兰旦姆向邻居诉苦，"上面有跳蚤，有一次还发现了大得像车轮一样的虱子。只能用这种方法冻死它们。"

百灵终于对自己的胖释然了，等她心平气和下来，她才惊慌地想起田肖夫，想起自己这些年对他的抱怨、伤害，想起那天在大街上他离开时充满悲伤的眼神。她哭了,以前为减肥忍受的百般折磨和痛苦也从不曾让她这样掉过眼泪。当她站在空荡荡的花园,看见玫瑰谢了一地,她想起田肖夫第一次捧着烫人的玫瑰出现在羊毛胡同的情景,那一刻时间似乎停止,红旗大楼上的大钟被魔法卡住,钟摆不再摆动,世界听得见熟透的石榴裂开的声音。

时间再往前,她想起了他们的相识,那一天西伯利亚寒流在伊犁河谷徘徊不前,百灵从乌鲁木齐回伊宁,遇上暴雪,果子沟封道,汽车从三台一直排到二台,在车上冻了一夜的她又冷又饿,为了漂亮她只穿着单薄的羊绒大衣而不像别的乘客穿厚厚的羽绒服,她听说某一年冬天果子沟堵车曾冻死过两个爱美的女人,大家以为她们睡着了,等到下车时才发现那已经是两具僵硬的冰冻美人。她可不想这样可怕的事情也落到自己身上。正当她越来越想睡过去的时候,那个神一样的人出现了,他抓起她使劲晃动,把她拖出车子,拽着她在齐腰的深雪里挣扎,她摔倒多少次,他就把她拉起来多少次,直到她终于再也走不动半步的时候,他脱下自己的大衣铺在雪地上让她坐上去,拉雪毯一样把她拉到了二台派出所生有大火炉的值班室里。

后来她并没有见到他,他一直在公路上指挥几辆铲雪车,几天几夜不曾休息,直至被路两边高高堆起的雪墙埋在里面,又被人扒拉出来。他刚一露出来头来,就对吓坏了的同事说:“没事,我还喘气着呢。”

这些都是她后来听说的。

想到他们的恋爱经过,百灵终于明白母亲所说的遗传,她的骨子里生来就有哈萨克族人的热情和奔放,与白鸽截然不同,白鸽明明深爱着对方,却极力掩饰,装作毫不在乎,甚至眼看错过也不愿先开口,而她绝不会这样。对自己所爱的人,她像玫瑰一样烫人。她无法明白那爱的感觉从何而来,它空降兵一样突然袭击了她,让她心神不宁，辗转反侧，发烧，梦呓，莫名其妙地忧伤。春天还远没有来到，她就听见了伊犁河冰层之下低吼的水流，终于有一日，当北回归线再次南移，太阳靠近地球，副热带高气压带在遥远的海上形成，离去的候鸟从温暖的地带启程飞往返回的路途，冰层在某个夜晚沿着河道蜿蜒开裂，巨大的声响让她从睡梦中猛然坐起，她感觉自己一刻也不能再等下去了，她找出各种借口给田肖夫打电话，去二台看他，让他带她骑马，去雪峰上寻找雪莲。她和他都知道，季节尚早，时间离雪莲开放的夏天还很远，但他们不管那些，他们心里的雪莲已经等不及地开放了。当他们纵马山巅，西伯利亚红松林在两边分开，小径隐秘地伸向深处，零星的残雪在马蹄下发出叹息，她不假思考地伸出手紧紧抱住他，像抱住整个世界。

她又想起他们宣布结婚的时候遭到母亲毫无理由的反对。

"我不会同意你嫁给他的。"一向好说话的母亲固执地说。

"你没这个权力。"百灵也第一次顶撞了母亲。

"这不是权力的问题。他整天在牧区。"

"那又怎么样？"

"不怎么样！反正我不同意，就是不同意。"

后来母亲竟然像个孩子般伤心地大哭起来。

毫无道理嘛，百灵想，没有得知田肖夫在牧区工作之前她不是很喜欢他的吗？她甚至透露过打算把羊毛胡同的院子送给小两口住，而他们老两口住到白鸽那里去。母亲的善变让百灵摸不着头脑，那时候百灵自然不能明白母亲无端紧张的缘由，一直以来凡是和牧区沾边的事她都像躲瘟疫一样唯恐躲避不及，她担心有一天会从那里传来百灵亲生父母的消息，或者是两个上了年纪的哈萨克族夫妇突然出现在羊毛胡同，像拿回一件寄放在这里的东西，理直气壮地把百灵带离她的生活。

"那样子的话还不如让我去死。"母亲边哭边说。

她没头没脑的话让百灵大吃一惊，好在母亲很快就平息下来，并且在没人劝她的情况下主动改变主意，同意了年轻人的婚事。

百灵想到婚后的生活，“我到底是怎么了？”她这样问自己。她带着愧疚的心情回忆了和田肖夫在一起的所有日子，想到每次田肖夫回来，她对他的抱怨，冷言冷语，甚至笑话他跟哈萨克族人一样粗鲁，她就恨不得扇自己一巴掌，还有她裹紧被子的可笑做法，也让她后悔不已，一直以来她因为跳舞忽略了他是个男人，也忽略了自己是个女人，她不可饶恕地忽略了整个世界。想到这些她又忍不住哭起来，她就这样思绪杂乱地想了一夜，她一边睡一边想，断断续续地哭泣，天亮的时候，红尾鸟和蓝羽喜鹊一齐鸣叫，她迫不及待地起床，随便梳洗了一下，就跑去找母亲。

“一切还来得及，”母亲说，“他能够这样长时间的忍耐你，就说明他还爱着你。”

听了母亲的话百灵浮出水面般吐出一口气，她急忙搭上一辆开往二台的车，一路上的风光随着疾驰的车子不断变换，她却心神不定，使所看见的一切皆在耀眼的闪光中浮游，那吐露着迷醉芳香的大片薰衣草，幽暗的蓝和紫仿佛流动的色调，让她感觉自己正在去往年轻的路上。为了不让人看见她止不住的泪水，她不得不把头扭转车窗，假装观望那片梦幻般延伸的花海。当车进入天山，迂回在深长的果子沟，她看见纵深之处，石壁上的狼毒花不时闪现，西伯利亚铁线莲在时光的缝隙里倒悬，前方九十度拐弯的地方突然出现的巨石仿佛世界的心脏矗立在那里，接下来开始变得和缓的山坡上，向阳的地方生长着成片的野山楂树和野苹果树，灌木丛和矮树林则在背阴的地方混杂生长。其间一片稍微开阔的地方，二台派出所值班室蓝白相间的墙壁出现在百灵的视野里。

当百灵惴惴不安地下了车，穿着高跟鞋艰难地爬上山坡，出现在田肖夫的面前时，后者只是像每一次回家见到她时那样，对她说：

“我的胡子刮过了，衬衣领子是干净的，袜子也刚换过。”

听到这样的话百灵抱住他大哭起来，而他什么事都没发生般带着她去哈萨克族人家里做客，日落时他们已经忘记自己进过多少座毡房，喝下了多少碗奶茶，吃下了多少羊羔肉。百灵前所未有地放开肚皮尽情吃喝，她几乎在一天之内就吃下了过去一年的东西。田肖夫喝了一桶的马奶子酒，在百灵挤过木栅栏看一只驯养的野鹿时，他警告她别离得太近，他说：“它会把你踩成一泡烂牛屎。”百灵没有听清，让他再说一遍的时候，他慌张地解释说不是他说的，是整桶的马奶子酒在他的肚子里说话。

他们踏入的最后一座毡房是部族里最年长的玛依努尔家，户籍上她的年龄是一百一十一岁，或许远不止这个数字。据说她在生育年龄时期先后嫁过五个丈夫，也有人说是七个，其中一个是部落头领，头领死后她嫁给他的儿子及其儿子的兄弟和堂兄弟。那时候女人和牲畜都是男人们的财产，是不允许嫁到别的部落别的姓氏家族的。她生下过无数个儿女，她自己也不知道多少个，如今他们分散在各个山脉的坟包里，那些用石头堆砌起来的坟包呈马鞍的形状并且一律朝向东方，就连她的孙子也安息在了那些石头之下，唯独她还无穷尽地活在石头外面。但老人并不是一个人生活，她的重孙们把生下的第一个儿女送回来留在她身边，作为她的亲生儿女长大，他们叫她妈妈，陪着她一起生活。热伊夏就是来到她身边的最小的一个，当年那个脏兮兮的小姑娘已经长大，脸色黑红，胸部饱胀，屁股因常年骑马宽大而厚实。

百灵自第一眼看见那个活化石一样的老人就表现出无法掩饰的惊诧，老人死去般坐在那里，脸上是鳄鱼皮般粗糙的皮肤，头上是芨芨草般飘荡的白发，颈项上则是火鸡脖子般下坠的皮肉，还有那对不转动的死鱼般的眼珠子，都让百灵惊惧不已。她住的毡房里挂满稀奇古怪的东西，弯曲的羊角、遒劲的鹰爪、羊比石、猫头鹰羽毛、粗大的兽骨、某种雄性动物风干的生殖器、大小不一的弯刀——刚好七把，有人据此猜测那是她七个男人用过的物品而不是五个，还有那把曾经瞄准田肖夫脑袋的猎枪也挂在那里，他把它从毡壁上取下来比画了一阵，然后按原样挂回去。

“她有可能是你的曾曾曾祖母。”田肖夫说。

百灵的脑子被这句话电灯一样拉亮。关于她的身世，她像听故事一样听过之后就全然忘在了脑后，她跟田肖夫说起时也是当作玩笑一样颇觉好玩，她并没有认真想过自己和哈萨克族之间到底存在着什么样的联系。说起来她对那个庞大的马背上的民族并不陌生，关于学者们对哈萨克族起源的争论，她也知一二。这些知识是百灵跳黑走马时翻找资料所查，当时她为了深入角色跳好这个哈萨克族舞蹈下了不少功夫，而这个舞蹈也给她带来无尽的荣耀，在领奖台上，大家给了她最高的评价：“简直比真正的哈萨克族人跳得还好。”那时候有谁会料到她就是个真正的哈萨克族人呢？当时连她自己也无法解释是如何通解了那个民族灵魂里奔放的东西，它们像一道光，随着舞蹈进入她的身体，让她在音乐中幻化成了那匹俊美的黑走马。

在玛依努尔的毡房里百灵再次跳起黑走马，马蹄般的舞步惊动了老祖母，她抓住毡房的撑杆站起身来，那石头一样沉重的身躯几乎让整座毡房倒塌，而那肺叶间呼啸的喘息声也大过了毡房外疾走远去的风声。

在这之前老祖母保持着不变的姿势靠坐在那里一整个夏天都没有动过。曾经有几个漫长的冬季她也是这样度过的，直到春天雪化尽了的时候才像冬眠醒来的棕熊一样钻出毡房。有一年草地上的花全开了，连最晚开放的西域白芷都开了，山谷里的瀑布也开始轰响，老祖母还是没有要动一下的迹象，大家以为她睡死了过去，拿来白布盖住她的脸，在毡房前挂起了哀悼的白布条，请来了念经的阿訇，前来吊唁的人甚至唱起了悲伤的挽歌，这时候她却伸出手扯下脸上的白布站起身来。她每次起来后的第一件事是走出毡房看天上的星宿，就算是白天她也能看见那些星星的位置。她擅长星象，她告诉牧民晚上看守畜群可以根据铁橛子星的方位确定换班时间。冬天看见绊马索星出现，可以将畜群赶进棚圈，并在三只山羊星淡出时，起身给马喂夜草。杀毛驴星最亮的时节，是剪羊毛的时节，如果两颗红色的星开始挨近，就应该让羊群交配，母羊怀孕。她把天狼星叫作苏木比列，此星出，黎明凉爽，水变冷，对牲畜有害的虫子即将死去，那时候人们开始打草，准备过冬的牛粪。她把划过头顶的星叫作尾巴星，尾巴星落进水里，雨多，落在干燥的地方，风多，落在石头上，气候炎热。秋天看见尾巴星，这时节植物的根不再往下生长。茎秆开始结出果实，人们可以宰羊熏肉，准备去往冬牧场。

这次也不例外，老祖母径直走到毡房外盯着天穹上粗盐粒一样闪烁的星星，“它们好好地坐在自己的位置上，它们没有移动过一寸。”老祖母的声音含混不清地在喉咙里滚动，需热伊夏的翻译大家才能听明白。

热伊夏担心老祖母正在去往死亡的路上，以前她只是在冬季才会出现冬眠般长睡的现象，最近几年，连天气最好的夏季也能随时进入休眠，而且次数越来越频繁。

观察过星星，老祖母蹒跚地走到长条木桌边盘腿坐下开始吃东西，她喝下了一大罐奶子，吃下一根熏马肠子，一盘拉条子和半碟油馓子，还有几块窝窝馕，最后就着热羊肉汤撕扯着一只羊腿，吃完这些她还要吃的时候，一个进入毡房的人阻止了她。“不能再吃了，你会像吃多了苞谷的牛一样撑死自己的。”他夺下她手里的食物，帮她擦干净糊了一脸的羊油，塞给她一块酸奶疙瘩让她当零食啃着。然后，他把右手放在心坎按哈萨克族人的礼俗向田肖夫问好，等他开始吃东西，田肖夫发现他的饮食习惯极其简单，他不喝酒，不吃肉，连奶茶也不喝，只喝加了盐巴的清茶。通过交谈田肖夫得知他叫白亥提，是按还子习俗来到老祖母家的又一个儿子。

“我也叫白亥提。”田肖夫用诙谐的语调想和他开个玩笑，可是对方没有做出任何响应，这让田肖夫受挫般无趣。

“从哪来的呢？”田肖夫问他。

“阿勒泰，阿勒班部落。”他说话的时候没有看他，他谁也不看，眼睛盯着食物，生怕它们跑了似的。但他吃得并不快，甚至有点难以下咽的感觉。

当田肖夫告诉他自己经常来玛依努尔家，可是从没有看见过他，也没有听热伊夏说起过他，这时候他停止了进食，表情僵硬地望着田肖夫。

“经常在山上，在牲口棚那边。”他说。他很快吃完东西，穿上一件光板的羊皮大衣出门看守牲口去了。

田肖夫注意到他的语速极快，喉音下沉，明显是本地乃蛮部落的口音而不是阿勒泰地区阿勒班部落的口音。带着这样的一丝疑问，他回到派出所的木板床上沉沉睡去，半夜醒来的时候脑子里却灵光一闪，他肯定见过真格白亥提，白亥提上翘的胡须、刀形的脸以及掘墓人的气质在哈萨克族人中非常独特，“他不像个幽默开朗的哈萨克族人”，田肖夫为自己这个凭空的想法吓了一跳，并整夜被其困扰，烤饼一样翻来翻去无法入睡。床板因此嘎吱地响个不停，有一块床板明显地翘了起来。被他吵醒的百灵怀疑他是否因为自己的到来而神经错乱，她认为就算真的见过那个白亥提也很正常，牧民每天在山上赶着羊四处移动，遇见他们并不是什么难事，就像抬头遇见一朵云一样简单。至于不像哈萨克族人，“我也不像哈萨克族人，而你也不像汉人”。这个夜晚百灵把裹紧的被子打开了一条缝隙，这条缝隙足以让整个世界幸福地进入。当田肖夫调侃自己娶了个哈萨老婆子时，百灵用跳黑走马的疯狂节奏对他又踢又咬，田肖夫使出浑身本领才制服她,那简直像一场搏斗,床板也许就是那时候被弄松动的。

几天之后田肖夫又一次骑马穿过果子沟出现在三台海子边,这一次他远远看见一只山羊在空房子的阳台上欣赏落日。他下马沿着湖走了一段,然后在一丛马兰草上盘腿坐下。巨大的海子湖在他眼皮底下蓝光起伏,有那么一霎,他以为整个世界只剩下这枚蓝色而庞大的肺叶在呼吸,他甚至看见自己的胸部和湖面一样广阔地起伏,舒展,宛若运动健将。天快黑的时候,湖更像是一个幻影,田肖夫看见它的一部分的时候,它的另一部分正在一点一点失去模糊的边界,融入暗蓝而低垂的天穹。

回到派出所,田肖夫从户籍系统里调出本地六十多个名叫白亥提的人,可是根据电脑上的照片,没有一个是玛依努尔家的白亥提。

"看上去这里所有的哈萨克族男人都叫白亥提。"田肖夫叹一口气。他经常被他们的名字弄晕,哈萨克族人取名没有一点章法和格式,孩子生下来,父亲第一眼看见什么就取名什么。如果在转场的途中,就取经过的地名。有更偷懒的,就叫父亲或兄长的名字,比如父亲叫白亥提,大儿子就叫大白亥提,二儿子就叫中白亥提,小儿子就叫小白亥提。如果家里还有男孩,那就叫小小白亥提。有时候一家六七个白亥提,你根本无法分清楚谁是谁。这就跟外国人的查理一样,可以从查理一世一直到查理六世查理七世。户籍管理一直是三台派出所头痛的大问题。

百灵已经迷恋上了毡房里的生活,她和热伊夏一起挤奶、打馕,把羊赶进羊圈,给牛接生,去松林里捡蘑菇,拾烧奶茶的爬地松,她任牛粪渣和草屑沾满自己时髦漂亮的裙子,整天忙得像个真正的哈萨老婆子一样。

"这里到处摸不到灰尘。"她这样惊喜地告诉田肖夫。这种时候田肖夫觉得自己有义务提醒她别把一切美化了,尤其小心脚下别踩着了那泡稀牛屎。

晚上大家捻羊毛线织毛袜子的时候百灵纠缠玛依努尔讲那些“瞎编的故事”。百灵就是这样认为的,因为那些故事实在离奇,当她听完忍不住问老祖母“这是真的吗?”的时候,这个老祖母就狡黠地转动那对没有光泽的眼珠子不予回答。她实在是太老了,老到连眼下发生的事情都无法弄清楚是真是假,有好几次,她以为自己已经埋在了石头下,于是她不吃不喝,等着腐烂。但每次她都发现自己像一张老牛皮一样结实,不但没有烂掉,反而更坚硬。

“如果把我丢在野地里,熊都啃不动我,老鹰都啄不动我。”她说。

老祖母担心有一天人们会把她活埋,有些时候她除了可察觉的心跳外,没有显露任何生命迹象,谁也不知道她的意识在什么地方游历,等她醒来,看清楚周围的一切,她会庆幸自己没有被拉去埋掉。她要热伊夏保证,一定要确定她真正断气之后才可以把她放进石头垒起的坟墓里。

“我会拿把砍刀先砍断你的脖子再下葬,那样一定万无一失。”热伊夏说。

老祖母大吃一惊,用手紧紧护住自己的脖子。

两个年轻女人强忍住笑。现在百灵已经学会在睡前喝一碗热奶子,那种不兑水不脱脂的纯奶子和每天不加节制的吃东西并没有使她更胖,反而使她心情愉快,睡眠良好,连脸色也光鲜了起来。老祖母每天吃下的食物比百灵多十倍不止,但她几乎不用上厕所,最长的一次是七天。她时常说出让百灵大吃一惊的话。羊跑丢了,百灵跑遍了山头找不到,她告诉百灵不用找,“它们在那里。”她用一根手指指着天上一团蓬松的云。

“它们是怎么到那里去的呢?”百灵逗她。

“爬山。”老祖母说。

顺着她的手指百灵果然看见一群羊像一团出窍的灵魂，正轻飘飘地越过夏季山脉的雪线，向着虚幻的冰雪带飘移。

百灵没法知道这些淡泊的月光一样的羊群到底要走到哪里去。她和老祖母一起坐在弓起的山脊上，看着它们越走越远，越走越缥缈，最后它们终于走到了天上，成为一团蓬松的云朵悬浮在她们的头上。

“那些羊是我们家的。”看了半天之后老祖母肯定地说。她家的每一只羊左耳朵上都有烙印，是用烧红的火钳烫出来的，形状是部落姓氏的符号。如果仔细辨认，不难发现天空有一部分的云朵的确隐约显示着这样的符号。老祖母叮嘱热伊夏，等家里的羊群有一天从天上返回，一定要剪掉它们轻飘飘的羊毛。一群羊的思想太高，终究是一件让人大伤脑筋的事情。

在老祖母的身边百灵还遇见过更离奇的事情，她和老祖母在草地上散步的时候，看见一个包着头巾的女人，她穿着一身与夏季不相符的牛屎黄的粗毛呢裙子从草地那一边走来，她的步子和手臂步调一致得令人发笑，就是说她迈左腿的时候摆动的是左臂，迈右腿的时候同样摆动着右臂。这样她走动的姿势就显得十分奇怪，臀部有些夸张地扭动，还有她胸部的乳房，饱胀得简直能把衣服撑破。等她走到跟前，百灵飞快地在脑子里计算了一下，如果用自己的身高做参照物，对方足足高出她两个头不止。百灵从来没有见过这么高大的女人，她的高大和健硕简直令她感到惊惧，还有她身体散发出的奶香，让人怀疑她是用牛奶浸泡过的。平心而论，她长得不算差，只是两只眼睛间的距离相隔远了点，看上去像秉性多疑的食草动物。

看见百灵和老祖母，她并没有按礼俗打招呼，只是犹疑地站在她们面前，嘴里嚼口香糖似的一直嚼个不停，后来她的喉咙里发出咕嘟一声响，百灵惊诧她竟然把咀嚼的口香糖咽进了胃里。接下来，她又把什么东西从胃里吐到嘴里，继续刚才的咀嚼和吞咽。

老祖母走过去帮她把松开的头巾重新系好，拍拍她的屁股，她就慢腾腾地走了。

“那是阿扎提家的奶牛。”老祖母说，“给她包头巾的时候我摸到她头顶上鼓着两个硬硬的包。”

百灵因此差点摔一跤从山坡上滚下去。

等百灵心情平复下来，细想想觉得也不是没有可能，她见过阿扎提家的奶牛，那头体形高大的黄色奶牛每天早晚两次被主人挤奶，其余的时间，不是在满心忧伤地找自己的小牛犊，就是在找那头和她交配过的公牛。百灵一想到她头顶上鼓着的两个硬硬的包，就不免替她伤感，世界曾给予一头牛短暂的爱情，却不允许它长出幻想的犄角。

同样，世界也不允许我长出天鹅的翅膀，百灵这样想着，看见老祖母又一次陷入一动不动的状态，她生了锈般坐在那里，仿佛生活在一个无人的时代里，她的世界牢不可破，孤寂无伴。

两个月后，百灵第二次进入果子沟的时候，正是大雁排着人字形队伍向南方飞去的秋凉季节，她看见玛依努尔嘴角拖延的口水，证明她还活着。一向开朗的热伊夏面露忧伤，她即将出嫁到远方，新郎是邻国哈萨克斯坦的一户牧主，他们本属同一个部落，现在分属两个国家。

晚上热伊夏一边准备着自己的嫁妆，一边唱着苏尔，那是一首哭别的嫁歌：

我的新房将安置在什么地方？苏尔苏尔

那里像不像这里水草丰旺？苏尔苏尔

我就要离开生我养我的阿吾尔，去那生疏的地方，苏尔苏尔

但愿来世托生男子汉，终生守在父老身旁，苏尔苏尔

这个心地单纯的哈萨姑娘曾为突然降临的爱情左右为难,那个远道而来寻访祖辈的邻国亲戚走的时候带走了她的心,让她终日魂不守舍,神思恍惚。她总是不高兴,像个诗人一样避开所有的人站在悬崖边吹风。夜里她也不睡觉,睁着一双亮得吓人的眼睛,一直醒到天亮。当她莫名其妙把小牛痛打一顿,把狗一脚踢开,把羊赶得满山乱跑,又突然蹲下身去哭泣的时候,百灵轻抚着她黑亮的头发鼓励她去追寻自己的爱情,热伊夏叹着气说出了自己的担忧,不是她不够勇敢,实在是丢不下老祖母。最近几年政府颁布了保护草场的文件,并按文件逐步分批安置牧民,在山下给他们盖好崭新的房屋,给他们分配松软的土地,派农业技术员教他们耕种的本领,希望他们从此安定下来不再过游牧的生活。但许多人下山后很快又跑回了山上,他们不知道怎么使用农具,不知道怎么除草,不知道怎么施肥,不知道按节气浇灌,秋天维吾尔族人大丰收的时候,哈萨克族人收回的粮食却连播种下去的种子都收不回来。这真是一个让政府大为头痛的问题,更头痛的是老祖母这样的人,她表现出石头一样的顽固,“我哪都不去,我得死在这。”她说。

“问题是我总也不死。”每一年老祖母都对不断来劝她下山定居的工作人员深感愧疚，她说她怎么也料不到死是这么困难的事情,从很多年前开始她就在等着死神像夜晚一样降临到身上,可是天亮的时候又总是失望地发现自己还活着。她不知道该拿自己怎么办。有一次她想到吃狼毒草,那种开黄花的瑞香狼毒草毒性最大,能够使人断肠,除了羊,别的牲口碰都不敢碰。于是她像羊一样吃了很多,结果她既没有断肠,也没有口吐白沫,连一点中毒的迹象都没有,只是肚子里气体很多,不停地放屁。哈萨克族是一个有精神洁癖的民族,他们从来不在自己的住所里放屁,老祖母腿脚慢,还没来

得及跑出毡房，声音就已经响雷一样砸响在脚后跟上了，以致热伊夏抱怨整个毡房的空气都稀薄了，“恐龙就是被自己的屁熏死最后灭绝的。”热伊夏说。

在热伊夏还没有拿定主意的时候，哈萨克斯坦那边的亲戚又出现了，他和她一样饱受着相思之苦，喝奶茶的时候忘记放盐，出门的时候穿错鞋子，遇见熟人叫错了名字。后来他觉得自己再也不能这样稀里糊涂地等下去了，于是带着定亲的彩礼，突然出现在思念的人面前。热伊夏幸福得几乎晕倒，她马上答应了求婚，并很快定下婚期。当她满心欢喜准备着嫁妆的时候，心里却担忧着自己嫁到邻国后老祖母再无人陪伴，因为山上上学不便，这些年再没有亲戚们愿意把自己的孩子送上山来，新一代的哈萨克族人正在放弃传统的生活方式走向人口聚集的城镇，他们在那里过着体面而文明的生活，穿西装，用手机打电话，使用瀑布一样轰响的抽水马桶。他们也不再骑马，而是骑着很“拉风”的摩托车。也许过不了几年，人们将再也看不见牲畜转场的宏大场面，它将随着游牧部落的消失而消失。

百灵安慰热伊夏在她出嫁之后还有白亥提会留下来照顾老祖母，她曾经问过他是否会和别的牧民一起下山，他回答说他将永远留在山上。热伊夏听了不置可否，她称赞白亥提是个老实的好人，她恳求百灵答应帮白亥提办一张临时边境出入证，在她出嫁的那天白亥提将随送亲队伍一直把她送到夫家，可是他没有户口和身份证，不能按正常手续办出入证件。

“他的户口还在阿勒泰那边。”热伊夏说，“去那边办理太远，时间来不及。”

“让他送到边境就止步吧。”百灵说。

“他是我哥哥，我的婚礼上如果没有娘家人，会被笑话的。”热伊夏坚持自己的想法。

百灵跟田肖夫说起这件事的时候他没有说好也没有说不好，他在一个大白天突然出现在白亥提看护的牲口棚前，当他在阳光下清晰地看见白亥提嘴里的四环素牙以及挽起衣袖的手腕上那块褐色的爬虫样的胎记，他以为自己遇见了一个熟悉的鬼。接下来他在心里暗暗估量了一下他的身高：一米七八。当年专家们推算出那个死者的身高也正是一米七八。

这太让人惊骇了。

在两个人漫不经心的聊天过程中田肖夫出其不意用汉语向白亥提说了句什么，白亥提毫不提防同样用汉语回应了他。接下来两个人同时愣怔在那里，陷入长时间的沉默。那样子，就好像两只在山林里不期而遇的野兽，互相对峙着，既不进攻，也不逃跑。

最后白亥提先松懈下来，他摘掉头上的毡帽，露出难看的四环素牙朝田肖夫笑起来。“我是汉‘银’。”他说。听得出他带着浓重的胶东半岛的口音，把“人”说成了“银”。

这时候一只美丽的鸟从西伯利亚红松林上一闪而过，两个人的头如向日葵花盘同时转动着，追随着鸟飞行的路线直至它消失。

“那是一只岩雷鸟。”白亥提肯定地说，为了让田肖夫明白那到底是一种如何稀罕的鸟，他把他拉到玛依努尔的毡房，找出纸笔三下两下画出一只鸟来。“就是这样的，腹部灰色，背上有褐色的横斑，”他说，“但也不总是这样，它的羽毛会随着季节变化，冬天跟雪地一样白，别的季节则配合着冻原地区植被的颜色。”

两个人于是就这只岩雷鸟开始了话题。

“它一点不怕寒冷。”白亥提告诉田肖夫，“这种鸟喜欢在雪地里睡觉，平时吃灌木枝，有时也剥取地衣和冰原蕨类为食。”

“样子看上去有点像山鹑。”田肖夫端详着纸上的鸟。

“那是我画得不好，你看见的，它的身体比山鹑大多了，但许多人以为它就是亚洲山鹑。连一些鸟类专家都这样认为。”他说。

他还谈到另一种鸟，它们在阿勒泰布满金矿的山上觅食，有时候会吞下一些带有金子的碎石子，所以常常被人们捕杀，以便取出鸟素子里的金沙去卖钱。他说他一直没有弄清楚那种鸟真正的学名，只知道当地人叫它“呱啦鸡”。叫声很响亮，会飞，但飞不高。他在那里当兵的时候，寒冷的阿尔泰山脉除了偶尔飞过的鸟，再见不到别的活物，他就以研究这些鸟打发时间，他把它们画下来，再按照图形在下山的时候去电脑上查找资料。来到这里后他依旧保持着观察鸟的习惯，有时候他也会想办法逮住这些鸟，给它们涂上五彩的颜色，比如把一只乌鸦涂成火红的颜色，把黑颈鹤涂成蓝色，把灰头雁涂成苔绿色和紫色，把百灵鸟涂成金黄色，把红嘴蓝鹊长长的尾巴涂成传说中凤凰的色彩。当田肖夫问他一般会把什么鸟涂成黑色时，他答：“鹞子。”那种鸟羽毛有褐色花纹，身型比鹰略小，但比鹰凶猛一百倍，也比鹰灵活一百倍，它的飞行速度极快，一般的鸟雀都逃不过它的捕食。“把它涂成黑色后，它看上去更具有死亡的味道。”他说。

想到那些鸟类专家追踪多年而又不得其解，答案原来却是如此简单，田肖夫大笑起来。

后来田肖夫说到他的牙齿，“连本地的动物都不会长出你那样难看的四环素牙。”他说。

“这是一种病。”白亥提告诉田肖夫在他生长的老家，人人都长这样的牙齿。他当兵时追一个阿勒泰的姑娘就是因这满口难看的四环素牙而遭到了拒绝。

在他们谈论这些的时候，玛依努尔醒了过来，她翕动鼻孔嗅了嗅周边的空气，准确地沿着气味的方向抓到了酒瓶，把酒全倒进了自己的嘴里。等她出门看过星星，返回桌边坐下的时候，田肖夫变戏法似的从腰间又摸出了一瓶酒。两个男人已经谈到了关键性的问题。白亥提说到他那个孪生兄弟，从小他和孪生兄弟脑子里想的东西一模一样，行为也大相径庭，有时对某件事物的看法甚至不差分毫。他们两个感情好得就像一个人，就连初恋那样重大的事情，也不曾让他们产生丝毫裂痕，他们同时喜欢上了村里一个大辫子女孩，为了两个人的兄弟情他们又同时放弃。但他当兵之后一切都变了，起初那个孪生兄弟仿佛丢了魂一样整日不知所措，后来他开始偷鸡、摸狗、盗窃、打架、赌博、嫖娼。等他当兵结束回到山东老家，孪生兄弟已经无可救药地成了一个坏到底的流氓。为了让他离开深陷其中的环境，换一个地方重新开始，他带他来到曾经当兵的地方，在那里他们和另外几个复员军人一起挖金子。他们干得很辛苦，在山上吃尽了苦头，有时像野人一样住在地洞里，不过也挖到了一些金子，但现在那些金子都沉在海子湖深深的水底无人再能打捞上来，不用说，那是他扔进去的。他离开之前还捆绑住了孪生兄弟的手脚。他原本想杀死他，可是下不了手。

"那就像杀死自己一样。"他说。

"这太不可信了，"田肖夫说，"如何证明你只是把他捆绑在那里而没有杀死他？"

"不用证明，傻子都知道是棕熊吃了他的兄弟。"一直耳聋一样埋头吃东西的老祖母突然开口说话，她肯定地说棕熊是有头脑的野兽，"棕熊从不碰死去的东西。"

"另外那些挖金子的人呢？"田肖夫盯着白亥提的眼睛。

白亥提说他们也想过要杀人灭口，把他们推下悬崖，或者让他们吃毒蘑菇，反正在那样的荒山野地里都是轻而易举的事情。那段时间他莫名其妙地被孪生兄弟邪恶的意念所控制，他把他拉向那个地狱一样黑暗的方向，而他想把他拉回来，拉到阳光底下。这就像一个人在脑子里做激烈的拔河游戏一样，因为他们的意念几乎是相通的，有时候邪恶的孪生兄弟的意念占上风，有时候他的意念占上风，当他们终于要动手的时候，他看见高寒的山林中众鸟飞过，它们的羽毛是那么漂亮，那一刻他的兄弟也抬起头来认真地看着那些美丽的翅膀，这不奇怪，他们总是在同一时刻做同样的事情，他流下泪水的时候他的孪生兄弟也流下了泪水，最后他们决定放弃杀人而只是偷偷带走大家辛苦挖来的金子远走高飞。但这样做的结果后患无穷，因为怕被追杀，他们不敢回老家，也不敢在任何一个地方定居下来。他们到处流窜，先是去了南疆的喀什、和田、阿克苏、库尔勒，也去了东疆的善鄯、哈密，眼看就要出新疆的地界，他们又再次返回，鬼使神差地往北疆的路上走。当他们一路来到伊宁，发现边境就在眼前，邻国的村庄清楚可见，孪生兄弟动了越境的念头。当然，这个念头在孪生兄弟还没有说出口的时候他就感应到了，这令他内心倍感煎熬，他想把此念一挥而散，就像一头牛晃动尾巴赶走一只苍蝇那样，但是，他的孪生兄弟却像一堆散发臭气的狗屎招引着那只绿头苍蝇嗡嗡嗡地乱转，转得他头都大了。

白亥提说这一路上他的意念好像不为自己所有，他按照孪生兄弟的想法去做所有的事情，他们在长途汽车上跟别人抢座位打得头破血流，在肮脏的小饭馆里偷走店主的牛肉干和零钱，有时候他做这些的时候体侧会被突然刺了一刀一样让他停下来，那时候他自己的意念突然闪现，正一点一点返回到他的脑子里，于是他第一次用拳头暴打了他的孪生兄弟，他几乎把他打死，“那感觉就像是在打自己一样痛快。”

后来发生的事情再简单不过，他经常暴打他的孪生兄弟，他也猛烈地回打他，两个人总是鼻青脸肿，面目可憎地出现在一个个陌生的地方。他们的形象常常引起警察的怀疑和盘查，于是他们不得不往偏远的地方走，不知不觉来到了边境，在他们侦察好地段，准备在一个荒凉的山口假装放羊人越境时，他却突然止步，拼了命地把他的孪生兄弟往相反的方向拉，那就像拽扯一头不听人话的牲口一样几乎耗尽了他浑身的力气。一路上他不敢有丝毫松懈，生怕自己被孪生兄弟拽着往回走，当他们跌跌撞撞穿过果子沟和飘带一样环绕的盘山公路，出现在天山山脉隆起的山脊上，看见那深蓝的海子湖突然出现在眼前时，他们以为自己走到了天上，冷冽的风吹走了地面上熟悉的一切，包括前方的道路、村庄，他们想要去往的城市和国家。而当他们站在海子湖边，用清水洗净自己的脸，他们无端端地就感到呼吸困难，仿佛失去了赖以生存的氧气。于是他们在湖边的空房子里停留下来。

面对湖的时候他们的内心是纯净的，一座湖成了他们虚构的圆生岸，它在夜晚吞没时间，在早晨吞没太阳，在黄昏吞没宇宙，那一刻世界呈现出末日般的沉静。白亥提时常独自坐在湖边，他看见爱情、梦想、远方。看见四百五十八平方公里的海子孤寂无比，而他比一座湖更孤寂。天黑下来的时候一只鹞子在暗下来的湖面低低地盘旋，后来它突然翻了个身，仿佛在冰面滑了一跤，仿佛湖面是一块巨大的从不融化的冰，又蓝又脆，无法呼吸。它还没有被打破的蓝色孤独，和他一样找不到流出去的豁口。

鹞子消失之后，他孤独地从湖边返回空房子，看见他的孪生兄弟正坐在满地羊粪上展示着那些金子，那一刻孪生兄弟的脸上浮现着丑陋而迷醉的微笑。他仿佛看见了自己的另一副嘴脸，他站在那里，用一副厌恶的表情足足看了五分钟，然后拿起绳索三两下把孪生兄弟捆绑了起来，孪生兄弟以为这不过是又一次莫名其妙的打斗的开始，并没有怎样用力去反抗，他骂骂咧咧地警告对方，一旦绳子解开，他就会揍扁他，“有本事你永远别把绳子解开。”他这样喊叫着。他哪里知道捆绑他的人那一刻多么希望他像恶魔一样死掉。如果真有一个装魔鬼的罐子，他一定会像那个渔夫一样把他塞进去封死瓶口然后扔进海子湖让他永世不得出来。

“事情就是这样。”白亥提站起身来，穿上羊皮大衣。从上一次见到田肖夫起，他就在等着这一刻。

当得知田肖夫要带走白亥提，老祖母急了，“你不能带走他，”她说，"胡大允许我们犯错，也允许我们改正。"她还有更重要的理由，那就是他走了谁来给她这个老婆子下葬，她已经闻到了自己身上酸腐的死亡气味，她早就等得不耐烦啦，在她断气的时候她可不想没有一个亲人在身边。白亥提答应过她，会在她的墓石上用刀子刻满星星。

热伊夏反应更激烈，她拿出那把猎枪再次瞄准田肖夫："我要带他到哈萨克斯坦去。"

但白亥提并不想按她的计划逃往另一个国家，"要去早就去了。"他说。他走过去按哈萨克族人的礼俗拥抱了老祖母，他肯定地告诉她，在她的墓石上一定会有石刻的星星出现，然后他拿走热伊夏的枪，像兄长一样长时间地拥抱她。

两个男人走出毡房的时候，看见那冷得动人的高山气候正沿着垂直的海拔下降人间，为了抵御寒冷，他们各自竖起了大衣的毛领子。

"你不懂他们，这是一个英雄式的民族。在这些起伏的山脉间，总是隐藏着一些悲壮的东西。"事后田肖夫对百灵这样说道。对于自己的祖先，百灵还无法更深更远地进入他们的过去，但她无可逃脱地将和他们一起面对未来。

几天之后山上下了第一场雪，海子湖边变成了一个遍野干草的荒凉世界。深蓝的湖这时候还没有结冰，但云的影子落到湖面仿佛站不住脚，哧溜一下就滑跑了。一群鸟也急速地飞过，看上去是借助了吹来的风力才消失得那么快的。这是田肖夫见过的最为不真实的一次飞翔。这时候湖边所有的牲畜都不再进食，甚至不再反刍。牛、羊、骆驼、马都呆呆地聚集在湖岸，默不出声地进行着一场庄严的告别仪式。清晨五点半，牲畜开始有序撤离，湖边变得空空荡荡，仿佛这里已是空无一物的世界尽头。田肖夫知道，随着西伯利亚寒流大面积地经过，三台海子很快就要下一场罕见的大雪，在这之前，哈萨克族人将去往山脉那边的冬窝子，蒙古族人则去往高原上的博尔塔拉。在这之后，海子封冻，大雪封山，这里所有的生存和生命都将告一段落。

城南哀歌

三十年前，十八岁的怀珠在母亲的汤药里加了一勺老鼠药，毒死了母亲。怀珠被判死刑，行刑的那一天，一辆破卡车载着她经过城南往麻竹岭驶去。看着她长大的邻居站在路边观望。怀珠还没有长熟的身体被麻绳捆绑得像个粽子，卡车经过她家的时候，她挣着扭过脖子，哀哀地喊“阿妈救我呀阿妈救我。”几个上了年纪的阿婆先软了心肠，感叹怀珠到底还是个不懂事的孩子，不知道死是怎么回事。

董怀珠无法看见自己出生以前的那个城南，六月闷热，梅雨绵长，栀子花白成一场灾难，十八岁的少女被卡车拉着游街，最后枪毙在麻竹岭。麻竹岭在古代就是个行刑的场地，被处死的人大多无人收尸，就那么抛尸荒野。几百年下来，野鬼聚集。怀珠那个在酱油厂当技术员的父亲会给她收尸，虽然失去妻子让他痛苦，虽然失去妻子是女儿造成的，相比之下，失去女儿更让他崩溃。他一度想把罪揽到自己身上，他想替女儿去死，可是被母亲的死相吓傻的怀珠嘴捂都捂不住，就算是脑子有问题的阿昌阿吉，也从她的乱喊乱叫里听明白了是怎么回事，邻居们作惊恐状，围在怀珠家门口大声议论，这些议论刮风一样传得满天都是。公安局几乎没费什么力就破了这个案子。从破案到执行死刑，仅用了六十一天。

那一天城南的这位父亲勾着腰驼着背，拉着一辆从酱油厂借来的板车，跟在卡车后面往麻竹岭去收尸。出了城，卡车跑得快起来，一路扬起尘土。板车被落在后面。上坡路越走越陡，越走越绝望，板车像一具棺材，越拉越沉。父亲走不动了，不想走了，坐在半坡哭泣，把眼泪和鼻涕往路边的草叶上擦。卡车很快就返了回来，还是一路扬起尘土，只是车斗里空了。卡车经过父亲身边时停了一下，司机从车窗伸出手，指指天。那意思是叫父亲赶快去收尸，天要下雨了。父亲茫然地看着司机，又顺着那根手指看看天。“哦，明白了，”他说，“沿着这条路一直走，就可以走到天上去。”

走到天上是不可能的。父亲走到岭尖，并没有看见女儿的尸首。只有一件熟悉的衣裳高挂在树杈上，一个少女曾赋予它会呼吸的生命，给它一个附体的肉身，带着它鲜活地四处走动。现在衣裳如同招魂幡，在风中左右飘荡，肉身却不知所踪。

父亲长久地呆立树下，从上午站到下午，从下午站到天之将黑。这位可怜的父亲，谁说他还活着？他的周遭，到处是艰难的魂魄，地下野鬼亦不认识他。后来林间刮起一阵阴风，将衣裳吹上了天。“衣裳，我的衣裳。”他看见女儿追着衣裳奔跑，她借助风力，一直追到了天上去。

那个阴郁的暮晚一直将雨未雨，空气潮湿，云层低到额头，父亲站在孤独的岭尖，扯开喉咙，唱了一段《辕门斩子》，他仰着脖子，把歌声送上去，送上去，就像松树，把松针送上去。唱完之后，他吐出一口气，像一个刚从阴间返回的人，疲惫又迟缓地四处打量。他看见他的板车孤零零地等在那里，等着和他一起返回万家灯火的人间。他叹一口气，又叹一口气，一步一步走向板车。走近了，看见板车上多了一个死婴，婴儿被一块布包裹着，脸上有血迹，看样子刚出娘胎没多久。世间也有这样狠心的父母，好歹是自己生出的儿女，也该挖个坑埋一下，怎么忍心让他小小的魂就那么游荡着，连个归宿都没有。父亲唉声叹气，俯下身，抱起死婴，准备寻个地方埋了。但随即吓了一跳，婴儿是软的，热的，小小的鼻孔微微翕动。仔细看，是个女婴，包裹里有一张纸条，写着婴儿的出生日期和时辰，算一算，差不多正是怀珠被枪毙的那个时间。父亲的眼泪一时汹涌而出，他认定这女婴必是怀珠转世，借了别人的肚腹回来找他，与他重续未曾了断的父女缘分。

父亲用原本拉尸首的板车拉着女婴回到城南，他把她当怀珠来养，穿怀珠穿过的衣服，用怀珠用过的东西，睡怀珠睡过的床，就连名字，也还是叫怀珠。但邻居们不愿意这样叫，怀珠怀珠，感觉像叫一个死去的鬼，多瘆人。如果天天这样叫，会把怀珠的鬼魂叫回来的，鬼魂回来了就很难送走，日日在楼道里跟着你，在枇杷树下等着你，在窗子上看着你，更有可能，会附身在女婴身上，你抱女婴，就等于抱着一个鬼，会越抱越重越抱越沉，最后女婴会石头一样压得你喘不过气。为了杜绝这种可怕事情的发生，也为了区分这个怀珠和那个怀珠，邻居们在这个怀珠前面加上了姓，董怀珠，这样听着感觉就是在叫一个全新的人了。虽然那个怀珠也姓董，学名其实也叫董怀珠，但因为大家平时只叫她怀珠，叫习惯了，就感觉她和那个姓毫不相干。事实上也是如此，如果她真是董家人，和董家有缘分，就不会早早地被收走。

邻居们按照自己的想法解释通了这个名字，并不敢去跟董父明说，说了就是提醒他，这个怀珠不是那个怀珠。面对这个可怜的人，谁也做不出这样残忍的事。但邻居们有智慧，他们故意地，大声地，一遍遍叫董怀珠。董怀珠，阿婆抱抱。董怀珠，阿公给糖吃。城南的阿公阿婆多，这个叫董怀珠，那个叫董怀珠，叫得多了，董父也自然地跟着邻居们叫董怀珠。邻居们也猜测过董怀珠的来历，许是老天可怜董父亲人尽失，而谁家又正好有孩子不能养，冥冥之中，上天就安排了这一切。一般来说，那些做父母的，就算是丢弃孩子，也不会往麻竹岭丢，除非存了心不想让孩子活命。但从纸条上看，又不像。既然认真写下了孩子的出生日期，就是想孩子能够被人收养，平平安安地活到老死。

许多事情，不是人能解释清楚的。那些前因后果，也不是人能看见的。人只能看见眼前，看见眼前这匆忙人世，草木新绿，转眼又枯黄，悲哀反复着色，无常永不可言说。好在万物都怀抱着一颗怜悯之心。三十年过去，父亲成了老父亲，背驼了，牙缺了，走在路上，做梦一样摇晃着一头茫茫白发。起初他一直假装女儿还活着，后来，他开始固执地相信，这个怀珠，就是那个怀珠。再后来，他把两个怀珠彻底混淆成了一个。

对一座城来说，三十年算个屁。三十年过去城南还是城南，城北还是城北，城南城北之间的江水还是日夜奔走，好像有什么急事。依董怀珠看其实也没什么急事。能有什么急事呢？这世界除了流水，一切都是慢吞吞的，公交车慢吞吞的，赶车的人慢吞吞的，阿昌阿吉一前一后相扶着走得慢吞吞的，阿婆坐在楼下剥毛豆慢吞吞的，潮湿的空气慢吞吞的，风从一棵树刮到另一棵树慢吞吞的，就连快递也是慢吞吞的，说好三天到的包裹，总是要晚那么一两天。老城改造更是慢吞吞的，改造了那么多年，也没能改造到城南来，狭窄的巷子还是狭窄的巷子，会掉毛毛球的梧桐树还是掉着毛毛球，弄得每个秋天整个城南都是很痒的样子。而对于一个人，三十年就老了，眼睛里的桃花谢了，眉梢的柳叶倒挂下来，黑夜一样的头发露出白天一样的秃顶。

这是人们想象中的徐平君。自从怀珠被执行枪决后，城南就没有人再看见过他，至于他去了哪里，人们想象不出。他不可能去别的星球，但他给人一种早已不在地球上了的感觉。一般来说，一个人就算死了，去了地球内部，不再在地球表面上晃荡，好歹也会留下点来过此地的标记。而徐平君和怀珠的尸首一起消失殆尽。在董怀珠看来，死是一个隧道，隧道的正常入口是火葬场的焚化炉，怀珠不曾经过这个入口，她一定走了另外的秘密通道。比如，一个蛇洞。也有可能是鼠洞或者更小更隐蔽的蟋蟀的洞孔，只消容得下灵魂艰难地穿过就可以了。这应该是两个私奔者最好的路径。

董怀珠不知道麻竹岭是在哪一年由行刑场改成火葬场的，她到火葬场上班的时候火葬场就在麻竹岭了。通往那里的土路，又白又硬，斜着身子横穿荒山野岭。碎碎的小白花如亡灵的遗骨般沿途撒落。草尖上拼命招手的塑料袋灵幡一样飘动。路边几间倒塌的房屋，残垣断瓦，荒草蔓延，看上去是另一种亡灵。董怀珠是一个胆大的人。在火葬场上班的人都胆大。她每天开车上下班，有时候空无一人的路上，会突然出现一个招手搭车的人。董怀珠无一例外地会停下车捎他们一程。凭着经验，董怀珠知道如果不停车，眨眼这个人会诡异地再次出现在前面不远的地方向她招手。搭车的人往往在一片菜地附近下车，几间茅草和雨布结构的棚屋分散其间，既无烟火，也无狗吠，看上去不像是人住的地方。再往前一两里，就是十字路口，环城公路贯穿东西，大货车呼啸而过。向南延伸的那一条路，即是通往城里的大路，孔雀开屏状的路灯一盏一盏分列两旁。绿化带中的羽衣甘蓝散发出紫色的暖意，董怀珠每次穿过十字路口进入这条阳关大道，都有一种重回人间的感觉。

最近这个十字路口装上了红绿灯，不知什么原因，红绿灯经常坏，有时候全是红灯，四个方向的车全停在那里傻等。有时候又全是绿灯，四个方向的车同时开，挤成一团，喇叭乱鸣。董怀珠以为，这红绿灯装比不装更糟糕。没装以前，这里时常出车祸。横死的人就近拉到火葬场，有时候人还是热的，血还在滴答，临到举行哀悼仪式了，又在众目睽睽下活了过来，再手忙脚乱地往医院送。装了红绿灯，这里照样出车祸，车祸不及从前惨烈，多是刮擦，人也伤得不重，还能爬起来打架。结果是一部分被送到医院抢救，另一部分被送到火葬场火化。被刀子捅伤了内脏，几乎没有死而复生的可能，就算是阎王想开后门放他回来，也找不到合适的理由。

董怀珠在火葬场是个主持葬礼的工作人员，白衣黑裙，素颜素面，在一堆纸做的花圈和挽联中间，配合着缓慢的哀乐，用世界上最悲痛的声音送死者上路。死者进入隧道后去了哪里，董怀珠不知道。她不可能跟进去看个究竟。表面看，董怀珠跟那些火化尸体的、看守尸房的、给死人穿衣化妆的工作人员有所不同，但其实也没有什么不同。都是和死人打交道，都是满身阴气，出门就撞见鬼。

董怀珠撞见“鬼”的日子是个黄道吉日，黄历上写着宜出行，宜婚娶，宜造屋修田，宜祭祀，宜赴任，宜安葬，宜求嗣，总之，是个万事皆宜的日子。这一天火葬场火化的人特别多，各个厅都排满了。有户人家一天安排了两场丧事，上午一场，下午一场。上午是家里的老祖母，下午是一只青蛙。老祖母死的日子比较凶，死在了重丧日。按照迷信的说法，老祖母死后这家中必定还要接着再死一个人，还要再办一次丧事。为了破重丧之说，这家人会按照风水先生的指点，请来一只青蛙，代替那个未知的死者，认真地再举行一场葬礼。

这是个冬天将过春天未到的时节，春江的水还没有暖，青蛙也还没有开始蹦跶。这家人挖地三尺，几乎挖到地狱里去，也没能挖出一只冬眠的青蛙来，他们不得不去更南的地方弄青蛙，为此一辆宝马白天连着黑夜地跑，几乎跑得轮胎冒烟，总算赶在葬礼举行前到达了火葬场。

死者虽然是一只青蛙，但葬礼每个程序必须认真进行，大家哭的也极认真，似乎死去的，真的是他们某个割心挖肺的至亲的人。

董怀珠主持葬礼的时候，看见木盒子里的青蛙鼓着眼睛瞪着她，一直瞪，一直瞪。青蛙似乎很生气，还有点忧伤和无奈。这也不能怪它，作为一只青蛙，它本该有它自己的死法，被蛇吃掉，或者被别的什么吃掉，在一根光滑的肠道里完成灵魂的穿越。运气好的，也许可以在冬眠的时候直接睡死过去。这只青蛙却倒霉无比，被穿上寿衣，戴上寿帽，以人的方式死去，最终成为一个无比冤枉的替死鬼。

考虑到体面，这家人在选用青蛙棺材的时候大费脑筋，骨灰盒对一只青蛙来说显然过大，一小撮灰，放在空荡荡的骨灰盒里，轻轻一晃就变成烟尘飘走了，下葬的时候等同于在葬一个空盒子，不吉利。最后，他们找了一个装佛珠的盒子，佛珠不知为何材料，几万元一串，也算是昂贵了，装佛珠的盒子自然不会很差，散发着淡淡的檀香味，大小也合适。用这样的盒子当棺材，算是青蛙的福气，据说佛珠在一个有名的寺庙里开过光。青蛙的骨灰装在这盒子里，某种意义上就有了超度的意思，也许青蛙下一世可以不再为青蛙，而是转世为人，做了青蛙王子也说不定。

青蛙却不是这样想的。它突然大叫起来，气囊鼓动，肚皮起伏，并且一使劲跳出盒子，噗地落在地上。众人惊叫着七手八脚去捉，哪里捉得到，青蛙只消稍一运气，后腿一蹬，就跳出三丈远，再一运气，再一蹬后腿，又是三丈。接连几次，就跳出大厅，落入绿化带不见了踪影。它显然知道出路在什么地方，也显然比蟾蜍轻功要好，这是大家始料未及的。葬礼立刻乱了套，有人埋怨盒子太小，让青蛙轻易就跳了出去。有人因为恐惧，大哭起来，怎么能不哭呢？青蛙逃走了，接下来他们中的某一个人，将可能成为第二场葬礼上真正的死者，这是一件多么可怕的事情。

青蛙没了，风水先生自有应急法术，他根据每个亲属的属相及生辰八字，嘴里念念有词地掐算一番，最后鸡毛令箭指在了老祖母女儿身上。其他人立刻松了口气。这个女儿，生来就是老祖母的冤家，从没有让老祖母省过心，几次把老祖母气得死去活来。活着时，女儿是老祖母的讨债人，死后，老祖母成了女儿的讨债鬼，看上去很公平。

“阿妈救救我呀阿妈救我。”女儿已经五十来岁，这时候张大嘴巴哭得像个孩子。她的兄长有点烦躁，说：“现在想到阿妈救命了。”

能救命的只有风水先生。风水先生收下女儿塞过的红包，叫人取来一把剪刀，贴着耳根剪了她的头发。然后上香，烧纸钱，念咒作法一番，最后将头发烧了，尽取发灰，装入木盒，着人拿去葬了。

这叫割发代首，风水先生说。

葬礼至此圆满结束。众人放心离去，董怀珠回到办公室，换了衣服，洗了手，等下班，已经天晚。她走到车跟前，突然听见青蛙叫，叫声难听，不是呱呱呱，而是啊啊啊，像一个魂魄在那里喊。董怀珠找了一圈，没有找到青蛙。

车子开到十字路口，董怀珠发现红绿灯又坏了，三种颜色正霓虹灯一样快速地变换着。红黄绿，红黄绿，红黄绿，像一道符咒，绕得人不敢睁眼。董怀珠揉揉眼睛，左右看看，无车，无人，连个鬼影也没有，踩大油门准备过去。一个人却突然出现在车前面，刹车显然已经不可能，董怀珠眼看着这个人像飞行器一样飞起来，然后落下去。

时间在这里停顿了几秒钟，随后群星继续飘移，地球继续转动。

董怀珠处事有着惊人的冷静，她先打 120，再打 122，然后下车察看被撞人的情况。

地面什么也没有。

救护车和警车到后，董怀珠说不清被撞的人去了哪里，她有点恍惚，怀疑自己是否撞到过人，也许只是看花了眼，甚或幻觉。

“这不可能”，警察说。警察在她的车头发现了新鲜的撞击痕迹，这足以证明她的车刚撞到过什么。

大家围绕车子展开地毯式搜索，范围百米，但毫无所获。

“我可能撞上了一个鬼。”董怀珠说，“他突然出现在车前面，就好像是从地下冒出来的。”

医生听了一脸惊悚,钻进救护车一溜烟跑了。警察不信鬼,他认为地面没有发现血迹,也许那个人根本没有受伤,自己爬起来走掉了也说不定。

为了证实这个推理的正确性,警察拉上董怀珠回去看监控。监控里的确有一个人影突然出现,这人身上的灰白长衫看上去空空荡荡,感觉不是穿在身上,而是挂在衣架上,风几乎把他吹得飘起来。撞上董怀珠的车后,他像一件衣服斜着飞起来,再扁平地落在几丈远的地面。之后,视频里再没有看见他的人影出现。

"可能化成一摊水渗到地下去了。"董怀珠说。

警察极力睁大眼睛,盯着视频想要看个究竟,可是因为天暗,因为距离监控远,因为地面是一片模糊的灰白,颜色刚好与那人的衣衫接近,而且,一根树枝隐约挡住了地面的情况,他看得眼珠子都鼓出来了,也没看出什么名堂来。

毕竟是警察,终于还是发现了可疑之处:"这人的衣服很奇怪,现在没人穿这种长衫了吧?"

董怀珠说:"火化前很多死人穿这样的衣服。"

警察面露惊惧地转脸看向董怀珠。眼前这个女人,眼睛大而空灵,她看着屏幕,目光仿佛从屏幕穿透过去,看着一个他所不知道的地方,而不是停留在屏幕表面。

之后的几天,董怀珠下班经过十字路口,都要在撞人的地方停留一会,有几次她走进路边的荒野,看见风从远处汹涌而来,踩着矮树林的枝条哗哗地走,仿佛有一条看不见的河流从半空流过,带走了人间芦荻纷飞,黄叶翻卷。

有一天董怀珠沿着荒草中的小径走出去很远,头顶的云团,是凉的,白的,软的,地球逃逸出去的魂魄般聚拢在那里。她想伸出手摸摸它们。

往回走的路上董怀珠听见身后有窸窸窣窣的声响，转过头看，什么也没有。这样的声音跟了她一路。她不理会，管它是什么呢？在她的世界里，一向是遇花赏花，遇佛拜佛，遇见妖魔鬼怪，也能以礼相待，各自相安无事。

董怀珠走到停车的地方，看见一个人两手抄在口袋里歪着头长时间地察看她的车牌号。他看得很仔细，像是要看出什么名堂来。

被撞的人终于出现了，董怀珠想。但她随即否定。而他抬起头来，看见董怀珠一声不吭地站在那里，吓得几乎跳起来："你走路跟鬼一样连脚步声都没有。"他说。然后两手乱摸，摸出手机，让董怀珠看他微信里的朋友圈，大家都在转发火葬场美女主持开车撞飞路人，被撞人落地诡异消失的新闻。新闻图片里有警察勘察现场的图片，董怀珠的车显示其中。

董怀珠不上网，这个世界发生的许多事她都不知道。她看见少年微信的名字是张家公子。这位张家公子自称去菜地看一个亲戚，来的时候搭的是出租车，跟司机说好回去也坐他的车，可是在这里左等右等，什么都没有等到。张家公子想搭董怀珠的车回城。

董怀珠没有拒绝。

张家公子一坐进车里，董怀珠立刻闻到一股浓香，说不上是什么香，有点臭，有点头晕，有点想呕吐。"你到底是什么？"董怀珠警觉地盯着张家公子，雪亮的眼睛想要看穿他，看出他的原形来。

"我和你同类。"张家公子说。

董怀珠迷惘了一下，很快反应过来。"不可能。知道我是什么吗？我一半属于那边，一半属于这边……"董怀珠捂住嘴巴不往下说。

张家公子眨巴着狭长的眼睛看着她："我以为我和你是同类，你是殡仪馆丧礼主持，我是酒店婚礼主持。都是主持，多少算个同类吧？"

董怀珠说不出两人能不能算同类，半江瑟瑟半江红，她在瑟瑟，他在红，简直就是两个世界两重天。

张家公子不见董怀珠说话，以为她怀疑自己身份，说："我没有骗你，不信，你闻闻，刚婚礼上被伴娘喷了一身的外国香水。"他把身子凑过去让董怀珠闻，后者立刻把头闪开："这么难闻也叫香水，还以为是你释放的臊气。"

张家公子面露尴尬，说："以前倒是有点狐臭，做激光手术去掉了。"

张家公子家住城北，要下车的时候他想付车费给董怀珠，董怀珠不要，张家公子再三道谢，半个人已经钻出车外，又伸进头来："我认识那个被你撞的人。"

董怀珠看着他，看了漫长的半分钟："你们两个，联合起来碰瓷？"

"没那回事。"张家公子说被撞的是个和尚，那天他们两个刚巧遇见，张家公子见他走路飘飘的，僧袍上满是泥，以为他喝醉了酒摔了跤，他却说酒是喝了，跤却不是自己摔的，是被车撞的，好在无损，只弄脏了袍子，所以也没有找开车的理论，爬起来自己走了。

董怀珠一把抓住张家公子："带我去找他。"

张家公子不想去，但也没有执意下车，在他的指点下，车出了城，往西开，绕过几个村庄，进入一条田间土路，又沿着面积巨大的太平水库走了十几分钟，傍水的山脚出现一座破旧的寺庙，黄色墙壁在落日余晖中显得斑驳零落，庙顶上的瓦是残缺的，被揭了鳞片的鱼一样让人感觉疼痛。董怀珠走下车，嗅到潮湿的水的气息，落叶的气息，香火的气息，经卷的气息。进入寺门，还闻到了酒的气息。董怀珠嗅着鼻子，沿着气味走，果然在禅房后边发现了一堆空酒瓶子。空酒瓶子被摞在一起，堆成一座佛塔的形状，正被金色斜阳映照得熠熠生辉，整座破败的寺庙因此空灵而通透。

“和尚法号达照，一个人住在这隐云寺里，安静时念经，悲苦时喝酒，每日醉醺醺地不知所踪。”张家公子跟在后面，他显然熟门熟路。

寺里不见和尚。殿内也无菩萨，只供了一尊三尺多高的木刻佛像，那尊佛盘腿而坐，慈眉善目，目光却像能看透一个人的五脏六腑般。董怀珠畏缩着不敢进殿。张家公子进殿后立刻收敛了嬉皮笑脸，恭恭敬敬上香，磕头。董怀珠四下张望，见一扇窗户朝南打开，一树梅花在那厢开着，梅树苍老，梅花艳红，看上去像是几根骨头上渗出的血。

张家公子对达照和尚知道的并不多，说不出和尚是何方人士，姓甚名谁，只知道他曾去过印度，在印度的菩提树下面壁九年，也在普明禅寺敲过钟，因为喝酒，被赶出寺门。来到这座隐云寺后，依旧不改喝酒的毛病，和尚也知自己算不得一个好的出家人，他预言自己总有一日，会在杯中丧了命。好在这寺庙是村里建的，清规戒律，不十分在意。村人时常请达照和尚去喝酒，而他除了喝酒，从不沾肉，就是看见肉，于他也是一种天大的折磨，似乎那肉是他身上的，别人咬一口，他就疼一下。因此人人都知道他是个怕疼的和尚，有人割稻割破了手，他疼得紧闭眼睛不敢看。别人钓鱼，他捂住自己的嘴，好像鱼钩不是钩在鱼的嘴上，而是钩在他的唇上。就连别人撇一根树枝，他也在那里吸冷气，在他，那咔嚓一声，分明是树的骨头折断时发出的声音，想必树一定疼得发抖。他不仅怕疼，也怕死，不是怕自己死，是怕看见别人死，新坟旧坟，处处堪怜，江山落木，和尚落泪。哪怕是一条狗死了，一只鸡死了，一只虫子死了，他也会悲伤很久。他为它们念经超度，戒酒三天。大家以为，他天生就该是个和尚，心如此软，但他又不喜欢约束，散漫得像个日本浪人。远游，醉酒，吐纳无度，时常连回寺庙的路都找不到，就醉卧稻田，或者抱树而眠。有一回掉进水里，索性睡在水里，半浮半沉，晨起村人发现后拿网来捞，捞上来见他一起一伏地打着呼噜，知他还活着。不喝酒的时候，达照和尚也算个安静的人，在佛前打坐，念经。人们更多看见的，是他站立寺前看山，看水，看云，一副宁静致远的样子。仿佛他一个人就看尽了山林和落日的光阴。本来这寺庙还有两个和尚，后来因为修水库，附近村民都迁往了别处，这里连人烟都没有了，哪里还有香火，和尚先后离开，一个去了别的寺庙，一个还了俗，最终只剩下他，庙成了荒庙，野庙。他成了野和尚，闲云野鹤，有时在庙里，有时不在庙里。

董怀珠寻达照和尚不遇，心中不甘，打算坐等。张家公子出了寺门，沿着水岸走来走去，他指着一片水域，告诉董怀珠自己曾住在那里。董怀珠有点惊讶，“水里？”她用眼睛问他。“是，水里。”他也用狭长的眼睛回答她。董怀珠嗅嗅鼻子，感觉张家公子不像是从水里出来的，这一片水域，又大又亮，也不像是有水鬼回荡的地方。就是有，在这个有佛看见的地方要想拖个人下水，找个替身，也是不可能的。

“如果怀念，可以回去看看。”董怀珠说。

“怎么回？”张家公子伤感起来，他记得有一条古驿道，刚好从他家门前经过。那应该是一条宋代就有的路，他以前从学校回家，走的就是那条路。他家东边有井，西边有松，稻草垛蓬松地悬挂在树干上，有一年大水漫上来，冲走了稻草，那些稻草成了救命稻草，鸡站在上面乱叫，猫也蹲在上面，湿淋淋的像只水老鼠。又一年，也是水漫上来，他睡的竹席随水漂走，在水面上铺展得像一张波斯飞毯。每次，水降下去之后，房子都会重新露出来，风一吹，太阳一晒，照样住人。扩建水库之后，那里彻底成了一片汪洋。房子永远沉在了水下，再也不会露出来。村子成了水下村落。古驿道像一条蛇钻进了水底。

董怀珠看见水里的月亮一晃一晃，正被水鬼推着一点一点浮出水面，她问张家公子可认识这水里淹死的人，张家公子答他只听说这水里淹死过一个六十多岁的老伯，一个二十多岁的后生，还有一个年纪不大的学生。董怀珠说："他们都投生去了，这水里现在只有一个长头发的女人。"

张家公子一下子蹦开几丈远，跳功远比那只青蛙好。

董怀珠赶紧捂住自己的嘴。她知道自己一开口说话，就会吓着人。邻居们自小就用异样的眼光看她，阿昌阿吉见董父抱着董怀珠走过，就往人后躲，眼睛里满是惊恐，仿佛有一个死魂灵被他们看见。都说天生残疾的人，老天给他缺陷的同时，也会给他某一样常人所不具备的特异功能，比如，眼睛瞎的人耳朵特别尖，聋子呢，嗅觉就会特别的灵敏。而脑子不灵光的人，也许能看见一般人看不见的东西。想到这些，邻居们会觉得后背凉飕飕的。他们重又谈论起董怀珠的来历，据说难产而死的女人，大人没气了，肚子里的孩子有可能还活着，这样的人葬入坟墓，往往会把肚子里的婴儿生出来，然后想办法把婴儿送回阳间。董怀珠也许就是死人产下的婴儿，要不，怎么会出现在那样的地方。这种猜疑阴森森的，带着地下的寒气。

起初还有孩子和董怀珠一起玩，他们在楼下院子里的枇杷树下用小铲子挖泥巴，大人问他们挖什么，别的孩子答挖蚯蚓，挖蜗牛，挖蚂蚁，董怀珠答："挖人。"大人拉起自己的孩子就走。几个迷信的老人认为枇杷树本来就是最易招鬼的树，不如砍掉，但最终没有人动手去砍。

董怀珠上学后，坐在后排靠墙的座位，下课时间从不起来走动。她整日像一张挂在墙上的照片那样沉默不语，她没有朋友，只有一个如影随形的死去的人附在她身上。这些年，董父一直在董怀珠的房间里挂着怀珠的照片，董怀珠长到几岁，他就挂怀珠几岁时的照片。董怀珠就是照着墙上怀珠的照片长大的，她拿着照片上的脸使劲往自己脸上长，她以她的眼神和表情长大，以她的胖瘦长大，甚至以一张照片上的人一贯的沉默长大。而墙上的怀珠，每一张照片，都以一道幽灵的目光，从不同角度紧盯着现世的董怀珠。

十八岁之后，怀珠的生命就此停顿，照片上的脸不再发生变化，董怀珠一度很迷惘，她不知道自己接下去该长成什么样。董怀珠也想过要长回自己的原样，却无从知道自己原本该是什么样。自己的原生和原貌，已经被一个死去的人所覆盖。

没人能体会董怀珠切身的感受，一直以来，董怀珠觉得自己的身体里住着一个死去的人，这个人从婴儿开始，借她的身体又重新长了一遍。而她本人，被挤了出去，在身体之外的什么地方四处游荡。她是一个被鬼压住了身子的人，任凭怎么挣扎，都不能冲破，回到自身。

有时候董怀珠和怀珠会不期而遇，在灯光暗淡的楼梯拐角，在枇杷树下，在老旧的和平桥头。城南是那么小，那么旧，她们在城南的每一条路上都有可能狭路相逢。她看着她，她也看着她，隔着三十年的空气。她们两个像现世的姐妹，董怀珠多想伸出手去抱抱怀珠，摸摸她死去的脸，发出久别重逢的哭声。有时候她又觉得她们两个像隔世的仇人，她有点恨她，而她的眼睛里有死人的冰冷，搅起她体内的寒气。

上大学后，董怀珠离开城南去了一个全新的环境，离开了那些照片，董怀珠变得开朗起来，大三的时候甚至有了一个男朋友，周末两个人坐着火车去旅行，一路看风景看落日。半夜时分火车经过一个小站停了下来，那是在旷野，董怀珠从男朋友的肩膀上抬起头来，看见白色的石碑上写着黑色的站名，董怀珠说："石碑看上去像墓碑，火车有棺材的外形，乘客在午夜时分有一张死者的面孔。"男朋友立刻从睡意蒙眬中吓醒，他被她说出的话吓着已经不是第一次了。

大学毕业后，董怀珠去男朋友所在的城市见他父母，男朋友母亲执意要买东西送给董怀珠当见面礼。男朋友母亲看中了一条项链，要董怀珠试戴一下，董怀珠躲着往后退，说："项链这么粗，戴着像索命鬼套在脖子上的锁链。"男朋友母亲愣了一下，丢一条蛇一样丢下项链。男朋友母亲看上一件黑风衣，她认为董怀珠寡言少语，皮肤又白，这件风衣很适合她的气质，董怀珠坚决不肯试穿，男朋友母亲再三催促，董怀珠急了，说："黑风衣看上去像一个空荡荡的亡灵，正等着人把它穿在身上，好有一个附身的肉体带着它四处走动。"

在男朋友母亲发出尖叫之前，董怀珠赶紧捂住了自己的嘴巴，她怕自己会说出更恐怖的话来。但是男朋友母亲已经不打算给她买任何东西了，原本计划帮董怀珠安排工作的事情，也不再提起。董怀珠回家后，男朋友和她联系日渐减少，打电话，也闪烁其词，支支吾吾，最后语焉不详地提出分手。董怀珠问原因，男朋友不隐瞒，实话相告那是他母亲的意思，他母亲觉得他这个女朋友像一只乌鸦一样让人感到不祥。不开口说话的时候看上去还蛮可以，一开口说话，简直能把人吓出心脏病。男朋友母亲心脏不好，为了避免被吓死，男朋友只能这样了。

这样就这样吧，董怀珠又能怎么样呢？每一次，她都想捂住嘴不让那些话从喉咙里冒出来，但是她关不住它们，咬紧牙齿也关不住。她只能将它们放出来，像放出一群龇牙咧嘴的小鬼，吓跑了身边的每一个人。男朋友离她而去不算什么，整个活色生香的世界离她而去也不算什么。陌路相逢的张家公子离她而去，跑到远远的寺庙台阶上坐着，似乎那里可以处于佛的保护之下，这更不算什么，董怀珠早就习以为常。她淡定地看着水里的月亮，这时候月亮已经被水鬼推到了水面，像一朵荷花浮在那里。她要等的和尚却迟迟不见人影，她不知道该不该继续等下去。

“天黑了，回去吧。”张家公子远远地催促。

“跑得了和尚跑不了庙。初一不在，十五肯定在。”张家公子喊。

好吧，她想。等到了和尚又如何？

董怀珠后来又去了一次隐云寺，她说不清为什么要去。下班走出火葬场，她便处于孤单之中，人间处处笑语喧哗，只是她不想同他们说话。她站在老旧的和平桥，看见春天又一次重来，她看不见的地方，空茫的宇宙中，那些星球正缓慢转动，从一个转动到另一个。它们擦肩而过的时候带起了风。董怀珠像一头无视时空法则的鹿，扬起头，迎着风向嗅着鼻子，她在空气中闻到了寺庙的味道，她循着气味一路而去，出城，西行五十里，隐云寺依山傍水地出现在那里，寺庙黄色的墙壁和翘起的檐角，影子静静地落在水中，好似水中也有一座隐云寺。

寺门依旧开着，寺里也依旧空着，木雕佛像的身上，落了厚厚的灰。禅房外那树梅花早已开尽，只是树下多了几个空酒瓶子，显然和尚曾经回来过。

董怀珠等到日暮，依旧是空等，依旧是怅然而归。临上车的时候，她回头看一眼寺庙，一只灰羽毛的鸟打坐在墙头，那鸟一动不动，好像这么多年，它一直是这样隔着清冷的暮色打坐在那里的。

张家公子倒是见到过两回，一次是他的一个亲戚去世，想要董怀珠主持葬礼。那一天有一个领导也要火化，领导的告别仪式隆重而盛大，颂扬的哀悼词足有二十页，他们指定要董怀珠主持，塞给董怀珠一个厚厚的红包。董怀珠厌恶这些人身上散发出的气息，他们个个长得很相似，都有一张过于肥胖的宽脸，脸上两条粗粗的眉毛拧在一起，像两根严厉的铁条，他们的脖子也一律短而粗，像被谁当头一掌拍进了肚子里，以至于肚子都鼓了出来。当他们朝董怀珠走过来，董怀珠怀疑他们穿在名牌裤子里的两条腿长着长长的毛，而他们套在锃亮的真皮皮鞋里的脚，会不会属分瓣的偶蹄目。董怀珠不由自主地往后退，她不接他们递过来的红包，借口死者属相与自己的属相相冲，她不宜主持这位领导的葬礼，转身去了张家公子亲戚的告别厅。

董怀珠原本也不想答应张家公子，这个张家公子，也一样让她浑身不舒服。即便是到火葬场，身上也散发着浓郁而不合时宜的香水味，他的头发上永远保持着隔夜婚宴发胶打理成的造型，脸上是喜庆的余烬。不管从哪个方位看，张家公子浑身上下与火葬场都是格格不入的，领带过分鲜艳，皮鞋尖而锃亮，他来到火葬场，如同悲剧之中掺杂了荒诞的喜剧。

事后张家公子说，这个亲戚是个八竿子打不着的亲戚，告别仪式他可以来，也可以不来。他其实很害怕这样的地方，到处阴森森的，空气里飘荡着尸体烧焦的味道。他只是好奇，想来看看这葬礼主持跟婚礼主持有什么不同。

再一次，是张家公子邀请董怀珠去看他主持婚礼。婚礼排场很大，光伴郎伴娘就几十个，伴郎都穿西装打领带，伴娘都穿纱裙头戴花环，不知道的人以为是举行集体婚礼。张家公子站在耀眼的水晶灯和鲜花之中，鲜亮得有些过分，他的声音也夸张得有些过分，一张嘴，就吐出一大串甜蜜的词语，像一支玩具手枪吐出漂亮的肥皂泡。新郎和新娘穿的却是与伴郎伴娘不相配的中式婚服，他们站在那里的样子让董怀珠联想到告别大厅里摆放于灵柩前的那一对金童玉女。在进行到新人拜天地的时候，一个女人上前夺过张家公子手里的话筒，大家以为她有话要祝福，但是，她只是朝话筒重重吹了口气，似乎想确定话筒的音响效果好不好，然后，咧开嘴对着话筒放声大哭起来。她的肺活量是如此大，嘴巴也大，哭声以美声唱法的方式从腹腔发出，经过胸腔、声带，最后从大张的嘴巴里爆发出来，一声比一声长，一声比一声高，那气势和帕瓦罗蒂站在悉尼歌剧院唱《我的太阳》不相上下。大家有些莫名其妙，谁也弄不清这个女人是谁，为什么要站在这里哭，她哭得如此不节制，哭的原因又是什么？张家公子去抢话筒，她转过宽宽的后背，像一堵墙那样很轻易地就挡住了伸过来的胳膊。又上来几个人，帮张家公子一起抢，大家四面夹攻，许多手一起伸向话筒。女人为了守住话筒，索性趴在地上，一边用身子死死压住话筒，一边把嘴凑到话筒上继续大哭。仿佛她来到婚礼现场，就是为了要让婚礼有一个倒霉的哭的开场。

女人最后连着话筒一起被抬出了婚宴大厅。她的身份始终无法确定，有人说是新郎的前妻，有人说是新郎的母亲，从年纪上看，前妻的可能性比较大。

新娘把一肚子的气撒到张家公子身上，恨恨的，挓挲着双手，端起一杯酒泼到张家公子脸上。

张家公子被酒辣得睁不开眼，他捂住眼睛，蹲下身去。董怀珠本不想过去，看见这种情况，犹豫了一阵，还是绕过一张张桌子，走过去扶起张家公子往外走。新娘挡住去路，气得满头金钗乱颤，手臂上的一串金手镯也在那里愤怒得叮当作响。董怀珠想，这么多金箍将她箍住，如一个被施了咒的人，这样的人注定不会好命。新娘对着董怀珠喊："不许走，我的婚礼还没有完。"董怀珠说："我是火葬场主持葬礼的，要不，我替他帮你把婚礼主持完。"新娘一听，立刻尖叫着闪开身子。

董怀珠扶着张家公子出了酒店，张家公子无法睁眼，要求去董怀珠家里洗把脸，用清水冲洗一下眼睛。董怀珠无法拒绝，调转车头往城南开。城南停留在过去，她住的那幢楼，也停留在过去，楼梯又窄又陡，楼道里昏暗的灯泡，像一只恍惚的鬼眼。张家公子洗了脸，稍微能睁开眼睛，他眯眼看一下四周，立刻跳起来，他看见这边一个董怀珠，那边一个董怀珠，左边一个，右边一个，中间还站着一个。有的董怀珠是半个身子，有的只有一个头，有的正面，有的侧面。一群董怀珠，叠影一样在他的眼睛里交替出现。他想夺门而逃，却不知道门在哪，脑袋不停地撞在墙上。他恨自己不是崂山道士，可以穿墙而过。

“转身，走两步，再往右走三步，就是门。”其中的一个董怀珠说。

张家公子努力确定声音是哪一个董怀珠发出的，他冲过去抓住她，使劲摇晃。

“肯定是我的眼睛醉了。”张家公子说，“你不可能是鬼。你的手是热的。”为了确定，他又摸了摸董怀珠的手。那只手顺势把他推出门。随着一声门响，张家公子打了个战，清醒过来，狂奔而去。事后他怎么也想不起他慌张走过的那些拐弯抹角的楼道，他只记得他经过的每一层楼的每一扇门上都挂着八卦，贴着钟馗，或者是在门的上方悬着红布条，剪刀，尺子，镜子。这些都是驱鬼的法器。而那幢被爬山虎覆盖的楼房，在黑夜里看上去像是聊斋里废弃的住宅。张家公子怀疑自己去了一个不曾存在的地方，而那个会分身的女人，他真的不能确定她是什么。

董怀珠知道张家公子从此不会再来找她。不来就不来吧，这个衣着鲜亮的人，他所处的喧闹，和她所处的冷寂天差地别，他注定和自己不会是同类。自己属于哪一类，董怀珠并不清楚。董父去世后，她取下了怀珠所有的照片，在挂照片的地方，挂上了一面面镜子，现在她看见的全是自己，每天她看着若干个自己，看着一大群自己，她却不知道该从哪一个下手，找回那个真正的董怀珠。

和男朋友分手后，董怀珠差不多有一年的时间从早到晚在充满了怀珠照片的房间里无所事事。那些照片大多是黑白照，从满月到百天到周岁一直到十八岁，几乎挂满了房间的四面墙壁。其中有张彩色照片，应该是怀珠十六七岁时候照的，那时候彩照技术不好，彩照上的色彩过于夸张，眉太黑，唇太红，脸太白，看上去整张脸就是一个化好妆的死人脸。这些不同年龄的怀珠，在空间狭小的房间里用死人的方式欺负她，她们碰撞她，绊倒她，拉扯她的头发，把她挤成一张饼，再拽扯成一根面条，睡觉的时候她们掐她，捂住她的鼻子让她喘不过气。她们的这些伎俩董怀珠并不害怕，她只是生气，她不打算让出房间逃到外面去。外面邻居们的目光比墙上怀珠的目光更让她喘不过气，尤其是阿昌阿吉，这一对智障的孪生兄弟当年看见怀珠母亲的死相吓得乱喊乱叫，他们是那次毒杀案的证人，是城南永远的证人，每次看见董怀珠，阿昌阿吉都毫不掩饰地露出夸张的恐惧，他们含混不清地指着她喊："拉到麻竹岭枪毙，拉到麻竹岭枪毙。"被他们这样喊的多了，董怀珠起了去麻竹岭看看的念头。怀珠的生命在麻竹岭结束，自己的生命在麻竹岭开始，麻竹岭算是一个生与死的交接点。

那时候麻竹岭已经成了火葬场，又粗又黑的烟囱站立在那里，像个不说话的魔鬼。大片墓地俨然是一座城堡，整齐排列的墓碑是一扇扇门。而麻竹岭脚下流过的那条河流，如同大地上一道闪闪发亮的伤口，它把麻竹岭与世界清楚地分割开来。

董怀珠游览花园一样把火葬场游览了一遍，当她最后站在突兀的岭尖，她已不可能找到当年平板车停留的具体位置。在那里她遇见一个跟在她身后上山的陌生女人，女人瘦得像鬼，一阵风把她的长丝巾吹上天，如同寒烟飘逝。这是一个癌症晚期的女人，上天提前抽走了她身体里的阳气。她告诉董怀珠她还有一个月好活，所以提前来麻竹岭看看自己今后要住的地方。"不过是搬一次家而已，别的都好说，就是有些担心换了新地方会失眠。"即将成为亡灵的女人说出的话让董怀珠心里一片迷惘，她站在山顶，看见流水还有最后一截愁肠，落日还有满天灰烬，自己还有漫长的人生不知所往。董怀珠叹一口气，又叹一口气，往回走的时候心里突然闪过请陌生女人带话给怀珠的念头，那么多话，隔着厚厚的大气层无法传递，这个女人就要去那边了，她会遇见怀珠也说不定。但董怀珠不知道该对怀珠说什么好。真的,说什么好呢?置之死地而后生,怀珠把自己置于死地,留给她的生却是生也如死,甚至生不如死。

后来董怀珠更加确信,自己原本就不属于城南,她每天吹着那里的风,被那里的太阳明晃晃地照着,但一切仿佛梦境,她的脚从来没有落到过实处。她注定要在麻竹岭这样的地方才能够找回自己。当陌生女人叫住她,说想请她帮忙写一篇悼词的时候,她答应了下来。这是一个一生悲苦的女人,没有什么亲人,所以得提前安排好自己身后所有的事。她没有钱买向阳的墓地,只能在山脚终日不见阳光的地方买下一个位置稍好一点的。她的遗像、寿衣、纸钱都是自己准备的,存放在殡仪馆。她的花圈是向殡仪馆租用的,灵柩旁摆放的也只能是廉价的塑料花,葬礼和火化的费用她已经交付清楚,收据认真保存着。最后,只剩下哀悼词,她担心自己死后连一篇像样的悼词都没有,她请求董怀珠帮她写得好一点,尽可能把她不圆满的一生写得圆满一点,听上去不至于那么悲凄。

哀悼词有不悲凄的吗?董怀珠想不出不悲凄的哀悼词是怎么样的。但她还是问殡仪馆的人借来纸和笔,伏在一块准备刻上死人名字的墓碑上,按照陌生女人的要求写起来。写好后,陌生女人请她读一遍,陌生女人眼睛不好,无法看清楚字。董怀珠不忍拒绝。她的声音低沉,回荡,仿佛来自深深的地狱。殡仪馆的几个人走过来站着听,他们认为有着这样嗓音的人不做葬礼主持简直是浪费。殡仪馆原有的两个葬礼主持,总是把握不好悲伤的程度,一个过于夸张,显得极其虚假,另一个,无论脸上的表情怎么悲伤,声音都悲伤不起来,听上去甚至有点喜气洋洋的味道,弄得死者亲属非常不满,前几天还因此挨了悲愤的家属一顿暴打。殡仪馆的人建议董怀珠可以试试这个工作,不单是嗓音,董怀珠整个人看上去都像是用一种悲伤的材料制成的,“再没有人比你更适合这个工作了。”他们说。

董怀珠没有理由不答应。

董怀珠主持的第一场葬礼是两条腿。两条腿因为车祸截肢。本来这样的腿，作为医疗垃圾处理就可以了，但腿的主人不同意，他认为他的腿先于他的人死去，如果将腿丢弃了，等他死后就不再是一具全尸，他就有可能成为一个无腿的残疾鬼，所以他必须给他的两条腿一个不可或缺的葬礼，然后将两条腿的骨灰寄存于殡仪馆，等若干年他死后，腿的骨灰就可以和身体的骨灰合葬在一起，重新组合成一个完整的人。

董怀珠不知道腿的哀悼词该怎么写，回去问董父，那时候董父已经退休，沉醉于婺剧。董父翻出戏文里诸葛亮哭周瑜的那一段，模仿唱词写了五六页长的哀悼词交给董怀珠。哀悼词中用了大量的呜呼、痛哉、岂不、悲兮等感叹词，结尾部分更是悲痛，用上了冥冥灭灭、生死永诀。董怀珠念哀悼词的时候，听见腿主人大哭之声不绝于耳，事后他握着董怀珠的手，感叹人生最大的痛，莫过于一部分身体死了，一部分身体还活着，一部分身体成了鬼，一部分身体是人。他从此活生生地被劈成了两半，他不知道他的魂该跟着上半身走还是该跟着下半身走。

这么复杂的问题董怀珠回答不了，她自己尚且时常为此所困，她又该去问谁呢？她不可能去问董父，这个可怜的人，退休后看着还挺精神，实则脑子里一片混沌，只有说到婺剧的时候他的思路才是通畅的。他成天在家里唱《火烧子都》《三请梨花》《白罗衫》，有时候也唱《黄金印》《讨饭国舅》《狸猫换太子》，但从不见他唱《辕门斩子》，《辕门斩子》是婺剧里面最经典的剧目，热爱婺剧的人都不会跳过这一出。也许那一年董父站在麻竹岭的岭尖上，已经把他一辈子的《辕门斩子》都唱完了。董父喜欢婺剧团一个花脸的唱腔，那个花脸有时演曹操，有时演关公。他演的关公最好，红脸，面如满月，却不留情。关公在戏台上使一把青龙偃月刀，刀锋闪过，清辉洒下，被杀死的曹兵像鸟屎一样纷纷落地。董父成了他的铁杆戏迷，哪里有他的戏董父就赶到哪里看，几十里的乡下，董父骑一辆旧自行车，车后座捆着衣服、雨伞和被褥。戏班子装载服装道具的大卡车在乡间道路上开得摇摇晃晃，一路扬起尘土，董父摇晃着一头白发骑着自行车跟在后面拼命蹬。这场面，跟他当年拉着板车追着枪毙怀珠的大卡车跑多少有点相似，但他似乎全然忘记了那心碎的一幕，他毫无伤感地把一辆破自行车骑得飞快，快到要飞起来，快到就要追上前面的那辆大卡车。他越骑越高兴，越骑越有劲，越骑越轻盈。最后，他借助风力，把自行车骑到了天上。

董父的葬礼是董怀珠亲自主持的，她是亲属，也是主持人，告别大厅里冷冷清清，除了几个请来的哭丧人，再没有别人。哭丧人训练有素，一次次跪下，磕头，大声号哭。董父躺在一圈鲜花中，摔伤的头骨像一个凹陷进去的乒乓球。化妆师没有办法让这个头颅看上去更完整一些。

董父离世后，董怀珠起了摘下墙上照片的念头。她一边摘，一边怅惘，一个人，用自己多么不情愿的方式度过了这么多年，接下来的余生，她不知道该怎么去度过。就连眼下摘下的照片，她也不知道该放在哪里好。她翻箱倒柜，想找个合适的地方，最后在一个铁皮小盒子里翻到一本塑料皮的日记本，铁皮盒子是年代久远的饼干盒子，日记本看上去也是年代久远的日记本，董怀珠想把照片夹到日记本里。她打开日记本的瞬间，看见一张照片赫然其间。照片上的少年头发很长，面庞清瘦，有一双漂亮而空洞的眼睛。照片是黑白照，有点发黄，翻过来看，背面有几个小字：徐平君。

原来你在这里。董怀珠在心里轻说。

她不是不知道徐平君。她早就听邻居们议论过这个名字。当然，他们议论徐平君的时候一定会连带着说到怀珠。他们感叹打死自己也想不到怀珠会干出这样的事来，在他们眼里，怀珠实在是一个过分听话的孩子，在母亲的呵斥声中长大，这样不许，那样不许。怀珠下楼玩一小会，不到十分钟，准能听见她母亲从五楼窗口探出头大声喊她回去。怀珠去取牛奶，上楼的时候摔了一跤，打碎了奶瓶，站在那里不敢回家，天黑了也不敢回。怀珠衣服上的扣子在玩耍的时候丢了一枚，母亲让她去找回来，她就一直找一直找，找到天黑还在那里找，下雨了还在那里找，看得邻居们都觉心疼。那是一个多么胆小而顺从的女孩子，谁相信她只因母亲把她关在家里，不许她见徐平君，她就往母亲的汤药里下了毒。

说到徐平君，邻居们是有争论的。年纪大的，对这个孩子没有什么好印象，长头发马鬃一样遮住眼睛，脸苍白得就好像是刚从监狱里放出来的劳改犯，上学的时候经常逃课，坐在江边尖着嘴吹口哨，江边有垂钓者，他就往水里一块接一块地扔石头，害得钓鱼人半天钓不上一条鱼，最后只能愤愤离开。待到高中毕业，正式工作安排不上，临时工作又不肯干，整日手抄在口袋里从城南晃荡到城北，再从城北晃悠到城南，半夜了还在大街上像个贼一样游荡着，怪吓人的。最可恶的是，那个孩子有偷窃的毛病，他净偷些与吃有关的东西。那个时候，吃食极其宝贵，手表厂张师傅家买了几只螃蟹，也只有张师傅家舍得买那样奢侈的吃食，张师傅炫耀般养在水池里，要等过节了才吃，却被那小子偷去，张师傅找上门，不论祖父怎么打，他都不肯开口道歉。这样的人，早晚是要害人的，果然就害了怀珠。

另一些人不这样看，他们认为徐平君怎么也够不上二流子这个称呼。徐平君其实也没有干过什么二流子干的事，城南人都知道他的父母在大城市工作，却不知道什么原因，他们把徐平君送回来跟着祖父一起生活，祖父“文革”时受过刺激，整日生活在杯弓蛇影和风声鹤唳之中，这样一个老人带大的孩子难免孤僻，如果不是偷东西，城南人几乎遗忘了他的存在，就像他的父母遗忘了他一样。说起来，也是一个身世可怜的人。他的偷盗基本上是可以被原谅的。他偷张师傅的螃蟹,是拿去放进了河里,他偷姜阿姨从水里辛苦摸回来的螺蛳,也是拿去倒回了江里,就是他打人的那一次,现在想想,面条厂的谢司机被打也是报应,他从乡下弄条狗回来,吊在枇杷树上杀了吃肉,杀的时候狗的惨叫哀嚎整个城南都听得见。徐平君用弹弓打破了谢司机的脑袋,因此被抓进去关了几天,那时候进过里面的人都被称作二流子,现在看来,那一点事算得了什么。

在董怀珠的心里,徐平君是抽象的,她对他无爱也无恨。她不懂怀珠何以因为他就毒杀了自己的母亲。董怀珠从来没有看到过怀珠母亲的照片,想必在董父的心里,他是怨这个女人的吧。董父一直保留着女儿的遗物,是否可以说,怀珠即使杀母,即使被天下所有人骂,董父却是原谅她的。董怀珠原以为那本日记会告诉她些什么,但从头翻到尾,除了前面几页写着一些和枇杷树有关的文字,其余皆空白,董怀珠很失望。一棵枇杷树意味着什么?也许,那是一棵被怀珠和徐平君共同关注过的树。这两个人,井水与河水相犯,犯下了一生的错,而后一个赴死,一个消失,最后留下自己成了那个待罪的人。

董怀珠把徐平君的照片放回日记本里,合上铁盒。既然他在黑暗密封的铁盒里藏匿了三十年,那就让他继续藏匿下去吧。不知道他的祖父,那个可怜的老人,是否知道孙子的下落。这些年老人一直颤颤巍巍地活着,越来越老,有九十多岁了吧,他出门买米,一次只买一点点,自己提着,拄着拐杖,走几步,歇一歇。有时候是扶着墙,出门买一把青菜,一块豆腐,走不动了就在路边坐一坐,然后艰难地站起来继续走。董怀珠不知道为什么他的儿子不把他接走。也许他的儿子已先于他死去,就算没有死去,大家也习惯了他儿子的不出现。

老人和董怀珠同住一幢楼,董怀珠在最东边的楼道,他住最西边的楼道,董怀珠从来不往这幢楼的西边走,她怕看见老人,就像阿昌阿吉怕看见她。董怀珠也说不清楚自己为什么怕,怕什么。徐平君的消失,是怀珠的错,不是她的错,和她一毛钱关系也没有。但邻居们不这样想,他们始终认为,怀珠和董怀珠之间,一定有着隐秘的关联,她的错就是她的错,她的罪即是她的罪。董怀珠心里,西边的楼道成了一个无法破解的困境,一个她永不踏足的禁地。直到有一天,她晾晒在阳台上的衣裳被风吹下去,落在楼的西边,她不得不硬着头皮走过去捡。经过老人一楼拐角的房间时,她慌张地看了一眼,那个背阴的房间里没有一丝动静,让人怀疑里面是否有人居住。等她捡了衣裳往回走的时候,忍不住又看了一眼,这一次她看见紧闭的窗子有一扇玻璃是裂开的,裂缝很长,闪电一样分出细叉,看上去像是一道被雷劈开的地狱的裂缝。

之后,董怀珠又有几次假装路过西边楼道,她暗暗观察一楼的那扇窗户,透过碎裂的玻璃,可以看见一盆已经死去很久的植物一直摆在里面的窗台上,这让她担心住在里面的人是否还活着。她说不上自己为什么要担心,并且一连几天地担心着。直到有一天,她看见老人摸索着走到街口买烧饼,烧饼两元一个,他只买那些烤焦的,五毛钱就可以买两个。董怀珠心里发酸,骤然间涌起一股亲人般的感觉,董家和徐家,现在只剩下了他和她。他们各自孤苦伶仃地活着,找不到可以相依为命的人。有一刻,董怀珠有一种冲动,想走过去,扶一把老人,但是她的脚钉子一样钉在那里动不了,“那应该是怀珠做的,而不是我。”她在心里喊。她必须把怀珠和董怀珠区分开来,她必须把自身从一个死人身上分离出来,把一个人的命,从另一个人的命里抽出来。

董怀珠最后决定烧掉怀珠的照片。她不打算随便烧掉,她要给照片一个葬礼,似乎只有这样,怀珠才算彻底死去。她们两个,从此才能她过她的独木桥,她走她的阳关道。

董怀珠把照片带到火葬场, 她下车的时候听见青蛙的叫声,这里那里，此起彼伏。这时节大地湿润，植物暗结珠胎，昆虫大肆繁殖。青蛙躁动地叫个不停并不奇怪，只是欢乐的叫声中有一只青蛙叫得苍凉又疲惫，不是呱呱呱，而是啊啊啊，像一个魂魄在那里喊。董怀珠循着声音找去，在一处雨水存积的水洼里，没有看见青蛙，却看见一些蝌蚪，这些蝌蚪已经长出了四肢，但尾巴还没有脱落，身体的颜色也还没有变绿，看上去像一些恶念的怪胎，正等着投生。董怀珠打个冷战，手里的一沓照片掉在地上，她正要蹲下去捡，背后蹿过来一股风，呼地一下把照片吹上了天，然后撒纸钱一样抛洒下来。照片落在这里那里，像一个人灵魂的碎片，飘得到处都是。有几张蹿上了矮灌木，有几张在草尖上，董怀珠感觉一定不是风把照片吹起来的，而是它们自己在飞奔。若干个怀珠，在阳光中四散逃亡。董怀珠追着照片跑，她伸出手，眼看就要抓着了，照片又一下子跑起来，她追几步，照片就跑几步，然后不远不近地等在那里。每一个怀珠脸上都是嘲弄的表情。

照片最后像一群收押的犯人被一张不少地找了回来，董怀珠把照片置于告别大厅的灵柩中，灵柩被鲜花装扮着，十分好看。她按着仪式，一项一项认真地往下进行，哀悼词只有寥寥几句，她实在不知道该怎样去写。念完哀悼词，董怀珠绕着灵柩转了一圈又一圈，仿佛每一圈都是一天，每一圈都是一生。董怀珠最后把照片焚烧成灰，带回去埋在了楼下的枇杷树下。挖坑的时候，她想起那一年，她拿着小铲子在树下轻轻地挖，埋进泥土里的枇杷籽最后变成了一群四处爬动的蚂蚁。又一年，树上的枇杷金黄，变成星星从她头顶成群飞过。再一年，一只看不见的鸟在树上叫着空灵，一颗枇杷掉下来砸在她头上，像是谁从什么地方伸出手打了她一下。到了这一年，曾经犯下世间最大的恶、最美的恶的那个人，从此可以落地成灰，安心做鬼。合体的两个人，从此瓦解，此一半对彼一半再无挂碍。

董怀珠一铲一铲压实了土，又用脚踩了一遍，等她抬起身，看见阿昌阿吉站在那里表情怪异地看着她。“埋死人了,埋死人了。”他们一边喊一边惊恐地后退。

董怀珠确信，他们的眼睛真的能看见一些平常人看不见的东西。

董怀珠回到房间，感觉没有照片的房间突然变得那么空荡,她从厨房走到客厅,从客厅走到卧室,从卧室走到卫生间,现在整个世界只剩下了她自己。她想到铁盒子里的徐平君,想必他也是孤单的。她打开铁盒子,把他取出来,放在桌子上,他在那里看着她,目光仿佛永恒的幻象,在流淌的雾里,在窗外透进的月光里,带着栀子花的芬芳,目不转睛地看着她,看着她,让她有了一种荆棘刺心的痛。

董怀珠在一个下雨的夜里梦见了怀珠,怀珠打着一把伞,伞沿滴着水,一滴接连一滴,快速地往下落。董怀珠只看见伞下一件栀子花连缀而成的衣裳,衣裳飘荡着潮湿的幽香,从一个房间流动到另一个房间,最后香气聚拢在徐平君的照片前,窗户是开着的,一阵风吹进来,怀珠就散了。董怀珠醒过来的时候有点恍惚,她怀疑不是梦,只是自己的一些幻觉。白天她在麻竹岭的路上捎了个搭车的人,那人打着伞,伞沿滴滴答答滴着雨水,上车的时候这人没有坐副驾驶座,而是坐到了后面,她进入车内后,董怀珠闻到一股栀子花的香,还有一股什么东西发霉了的味道。董怀珠想打开车窗透透车里的气,可是自动车窗蹊跷地卡住了,怎么摁都没反应。等车开到红绿灯,董怀珠停下来等红灯,红灯很长,一秒一秒慢慢地跳,董怀珠奇怪这人为什么过了那片菜地还不下车,她忍不住回头看,后面却是空的,没有人,连个鬼影子都没有,只有一把栀子花扔在车座上。可能在等红灯的时候下车了吧,董怀珠想。也有可能,那个人根本就不是人。董怀珠把栀子花抓在手里,栀子花湿嗒嗒的,在滴水,这是把还没有全开的栀子花,香气包含在嘴里,一丝丝地往外吐。董怀珠想把栀子花扔了,想想又没扔,她把花带回来,养在盛满清水的瓶子里，瓶子放在徐平君的照片前。从她躺的位置刚好可以看见那把花，睡觉前她曾一直盯着那里看，催眠一样，看出幻觉来也说不定。

雨下了将近一个月。这一年的黄梅雨天不仅是早梅，也是一个绵绵不绝的长梅。按正常天气，芒种后的第一个丙日才算入梅。芒种前入梅是不多的，而且按照往年的经验，早梅一般都是空梅，雨下得不会多，雨期也不会长。但眼下这雨的阵势，好像地球再次回到天漏了的那个洪荒年代，如果没有一位补天的人出现，小暑后第一个未日出梅已是不可能。人们的心情被雨弄得很糟糕，前几天洗过的衣服晾在那里到现在还能拧出水来，厨房的梅干菜，就算是封在坛子里，也变成了湿的软的，大米开始发霉，柜子里的衣服长出了水藻一样的印迹。空气潮湿得可以养活金鱼，就连睡梦里，也是天潮潮地潮潮的，找不到一块干的地方。房子里面尚且如此，外面的世界就可想而知了，没有一样东西不是浸泡在水里的，城外的田野成了沼泽地，泥土变得肿胀，住在地下的虫类以及蜥蜴和蛇，不断像鱼那样吐出气泡。田间土路上的烂泥巴，又软又稀，一脚踩下去，就深陷到脚腕，怎么挣扎也拔不出来，好像那脚被地下的一双手死死拽住了。

城里的状况也好不到哪去，街路上水积成河，汽车开过的时候像一条鲸鱼那样喷起高高的水花。江河里的水位一日比一日高涨，几乎要漫出河岸。城南处在这个城市地势最低的南边，又是老城，每年的黄梅大，大家都提心吊胆地担心被水淹。这一年黄梅雨天刚开始的时候，人们就预感到了什么，早早清理好了排水沟，为了更好地排水，街面上的窨井盖也全都掀开，周围拉起一圈绳子，以防行人不小心掉进去。董怀珠每次经过这些窨井洞，都忍不住走近了往里看，其实没什么可看的，倒是能听到一些从来没有听到过的声音，似有一群什么东西在那里嘁嘁喳喳交谈，间或突然响起一声细细的尖叫。从声音判断，这些东西气息微弱，它们交谈一阵就会喘息一阵。

和董怀珠一样对窨井洞感兴趣的是阿昌阿吉，但他们从来不敢走近了看，只远远地盯着洞口，嘴里发出嚯嚯的声音。

雨下到第四十三天的时候，城南人的眼睛因为整日看雨都变得悲凉起来。无论大家怎么努力，水不仅没有排下去，反而越来越多，后来水竟然从窨井洞里冒出来。天上把水排到人间，人间把水排到地狱，地狱装不下了，就只能大口大口吐出来。人们简直有些绝望了，他们不得不在水里走来走去，切肤感受到来自地下的刺骨和阴冷。刚开始人们还努力卷起裤腿，后来水越来越深，只能把裤子脱掉，把东西顶在头上，像只河马或者鳄鱼那样才可以生存下来。

有人怀疑董怀珠在入梅的那一天在枇杷树下埋下了什么，才导致雨水绵延，让城南遭受如此的灾难。这个自小就身份可疑如今又在火葬场上班的人，总是带着一身湿冷的阴气，像是刚从地下上来。她的头发又留得那么长，长发飘飘的，掉了魂一样。每次她从邻居们身边走过去，他们都会回转头，朝身后吐三口唾沫，用力跺三下脚，以除晦气。这幢楼里的每家住户，都在门口挂了八卦，贴了钟馗，即便这样他们犹觉不够安全，每个人又在脖子上戴了护身符，或者在手腕上系一根红绳子，红绳子上穿几颗辟邪的玉石。若是谁家有人生病，久治不好，比如小孩发烧，啼哭不止，人们自然而然就会想到董怀珠身上去，有迷信的人家请来道士做法场，道士在董怀珠的门口又跳又唱，喷火、画符、洒鸡毛血，把一面锣敲得咣咣响，董怀珠不知道发生了什么事，开门出来看，道士挥舞着剑当头劈下来，董怀珠呆立原地，任由他一柄剑挥来挥去，任由他做法，任由他念咒，任由他收了她的魂扬长而去。

董怀珠不知道这世上可有她容身的地方。她站在窗口，听见楼下的人敲锣一样在那里咣咣咣地砍枇杷树。这棵树终究没有逃过被砍的命运。她想下去为枇杷树分辩，却不知道该怎样说话。在火葬场她是声音沉缓的葬礼主持，在城南，她却是一个失语的人，她从来不开口说话。她知道人们忌讳听见她的声音，他们认为发自她喉咙里的声音,能招魂一样把人引进火葬场。尤其是她喊他们名字的时候,他们从来不敢答应。

董怀珠有些难过,城南有她,似乎是一种罪。可是除了城南,她又该去哪里安置自己?她想到那座如她一样孤立世外的隐云寺,不知太平水库的水会不会水漫金山淹了寺庙,那尊木刻的佛像呢?会不会和城南的众生一样在水里沉浮着。董怀珠决定去看看。

董怀珠冒雨开车,一路上雨刮器快速地刮着挡风玻璃,但还是不能看清楚哪里是路哪里是水。她只能根据路边的树木做出判断,这样才不至于将车开到路外边去。等开到太平水库,整个地球一片汪洋,董怀珠恨自己开的不是一条船,不能乘风破浪地渡过去。她进不得,退不得,只能坐在车里听天由命。如果水再涨上来,那就随波逐流而去吧。俗世有太多的悲凉和无奈,能用一种意外的方式做一次了结,也未尝不好。

等待中董怀珠听见似有什么声音隐隐传来,她摇下车窗,竖起耳朵听了颇为漫长的三分钟,仿佛隐云寺的光被她听见,那缥缈的诵经声正通过扩音器越过茫茫水面,一波一波朝她涌来,董怀珠心中一阵悲欣交集,转头看雨,雨已经越来越小,几乎停住,抬头看天,一丝阳光正从厚厚的云层开裂处钻出来,先是一道缝隙,那缝隙越来越大,越来越宽,像一道缓缓打开的天门,终于,太阳钻了出来,水徐徐退下去,道路显露出来,大地上所有事物,都像被水洗过一样,一片光亮。

董怀珠循着诵经声来到隐云寺,看见了达照和尚,他在那厢坐着,睁一只眼闭一只眼,假装看不见她。她一只脚跨进寺门,另一只脚却不敢随意落步。似乎自己一进门就会原形毕露。她呆站在那里,不知道自己该往左还是往右,该跪下还是站着。她只觉得那个闭目打坐的人,有十万法身,有指点迷津的手,有一身的青衫收拢了她眼中的烟色。

良久，达照和尚抬起头，缓缓看她一眼，董怀珠几乎要惊叫出声，她明明看见，是桌上那张照片上的眼睛，穿过三十年的时空，空空地看了她一眼。霎时她被施了定身术，眼前花影疏狂，水流湍急，栀子花无法阻挡的白一瓣一瓣打开，打得疼痛，痛到叫不出声。

后来董怀珠一次又一次，怀揣照片去向达照和尚索要答案，和尚答，你找错人了。

董怀珠不信。

一个人，什么都会变，但眼睛是不会变的。就算死了也不会变。达照和尚的脸依旧清瘦，是一副颓唐之玉将崩的样子，眼睛也依旧空洞，虚虚地看过来，好似看见你在那里，又好似看不见。和照片里那个眼中无物的人，是一样的。

不逍遥，就喝酒。董怀珠每次去隐云寺，都带上酒，和达照和尚对坐着喝。达照和尚酒量出奇大，怎么喝也不见醉。喝酒的时候他不谈往事，也不谈未来。对命无言时，就抬头仰观宇宙。有时候被董怀珠问得急了，达照和尚索性飘然起身，去风里转转。和尚一双芒鞋，每一次抬脚，都小心落步，怕踩了虫蚁。路边看见一只将死的甲虫，许多条腿挣扎着，他蹲下来，轻念往生咒，好生送它上路。而虫子在和尚的助念下，很快安静下来，一动不动。董怀珠惊讶人虫两道，虫界的修持，竟然也能求得与人界的沟通。

董怀珠跟在达照和尚身后，有几分醉意，有几分清醒，想起前尘往事，好似自己都曾一一经历，不由得泪流满面。黄梅雨天过后的山上，开遍了栀子花。和尚一朵一朵低头闻过去，每一朵都不漏掉。醉眼中董怀珠看见怀珠死去多年的骨殖，正通过栀子花要死要活地白回到人间。她咬紧牙齿，但还是忍不住对着和尚的背影喊出了声："一个死去的人会开花，没有什么大不了的，你要是抱着我，我也能开出花来。"和尚不回头，也不停顿。对于他，一个了断尘缘的出家人，青春和红颜可以两相辜负，然后两忘。董怀珠却不甘心，她不明白自己为什么不甘心，是为怀珠丢失的那条命，还是为自己不知所往的人生。如果说怀珠是火中取栗的猴子，那么，她就是那只水中捞月的猴子。她明明知道错了，却还要固执地把上一世的错继续纠缠下去。仿佛这个已经做了和尚的人，就是为了让她怅惘而生，就是为了让她绝望而生。

董怀珠问："你如何就忍心不回城南看看。"

达照和尚答非所问："雨期刚过，虫蚁繁殖，恐外出误蹈，伤害了生灵，所以只在寺中结夏安居。三个月之后，秋之将至，才可以解夏远游。"

董怀珠又问："你如何就不记得了那棵枇杷树？"

达照和尚答："请回吧，请回吧。"

董怀珠抱着酒瓶，绕着和尚转了一圈又一圈，她想这样无休止地转下去，每一圈当是一天，每一圈当是一生，她要蜘蛛吐丝般将这个人团团缠绕住。他的照片在铁盒子里藏匿了三十年，他的人休想藏匿下去，不论是沉浮天涯，还是零落海角，她都已经把他找了回来。他从此不能置之事外，不能让她一个人孤独地咬牙承担下去。一圈一圈的旋转中，董怀珠看见天上的栀子花落下来，月光落下来，和尚打坐在那里，念一会经，催促几句："请回吧，请回吧。"董怀珠任性地回道："云在青天酒在瓶。今晚不回瓶里，去云上。"可是等她云中酒醒，和尚已不知所踪。

说了要结夏安居的，如何就不算数？董怀珠捂着胸口，仿佛那里插着荆棘。

没有和尚的隐云寺，只剩下白云空悠悠。这些软绵绵的东西，和她一样不知所往。她的人生，就是一场不知所往的人生，她出走的魂魄，始终在麻竹岭飘荡，在城南衰败的楼体间飘荡，在栀子花要死要活的白里飘荡。她酒醒后的脑袋，似乎也脱离了身体，在隐云寺中悬浮着四处飘荡，她想走出去，却迎头碰壁，撞在了嘎吱作响的门框上。她想扶着墙，大哭一场，但是她哭不出来，在火葬场天天听哭声，她已经分辨不出哭算不算是一种表达悲伤的方式。最后她在一个蒲团上软软地跪下去，破了瓦的寺顶，一束阳光穿透天窗般的漏洞落在董怀珠身上，刚好将她圆满地罩住，那尊木刻的佛像，在佛龛中用雕刻出来的眼睛，无限慈悲地看着她，看着她，看着她。仿佛有火焰把她烧成灰烬，仿佛流水刹那间把她收走，她不由把身子俯下去，俯得低低的，将额头贴在冰凉的地面。这时候，她的眼泪终于流了出来，先是一滴一滴，后来是涓涓地流，汹涌地流，浩浩地流，她的心里，似有一座崩溃了堤坝的太平水库，储存了整个梅雨天的泪水，要在这一刻全部倾泻而出。

后来董怀珠一直相信，那个叫做张家公子的人，他的短暂出现似乎正是为了引导着她来到隐云寺，冥冥之中，她一次一次寻找的那个人，在转身离开的时候，留下一道佛光，让她顿悟般明白，忍辱负重，难道不是一种最高的修行？她从此降伏下来，每天站在告别大厅，站在生死门前，送走一个一个死因各异的死者，她耳中听见的不再是地狱的哀号和阴风黑雨，而是接引的仙乐缥缈在天际。

黄梅雨天结束后，城南仿佛大病初愈。墙根残留着被水浸泡的印迹，敞开的窨井洞散发出令人窒息的腐烂气息，蘑菇从一些没有铺过水泥的地面长了出来，好像那些死去的人顺势钻出了地面。人们忙着翻晒衣物被褥，打开门窗通风除霉，他们自己也站在阳光下，想要把身上久积的霉味晒除。然而这样的好日子没有几天，雨水重又来临，且比之前来得大来得猛。雨水倾盆而降的同时，伴随着隆隆的雷声。起初人们以为不过是雷阵雨，下一阵，就停了，小暑已过，接下来，天气该进入炎炎夏季。然而，令人们惊慌的是，雨并没有停下来的意思，而是一天接一天，下到第三天的时候，有老人站在门口一边长时间地看天一边唉声叹气："小暑一声雷，倒转做重梅。几十年不遇的鬼天气啊。”这时候人们才愁苦起来,知道是重梅开始了。

重梅天持续了一个多星期,但带来的灾难远胜过前面所有的梅天。先是整个城市的水都集中到低洼的城南,掀开的窨井洞像大张嘴巴的怪物,不歇气地吸食着雨水,周围形成一个魔鬼眼睛般的大漩涡,谁脚上一只滑脱的鞋子被吸了进去,一把扫帚被吸了进去,一只不知道危险的鸭子为了追一包孩子掉落的零食,离窨井洞越来越近,最后连同那包零食一起被吸了进去。后来江里的水漫过江岸往城南涌,江里的鱼也哗哗地跟着涌了进来,在一座座楼房间游来游去,人们不顾大雨出来抓鱼,会游泳的一个猛子扎下去,浮出水面的时候,手里抓着一条鱼,头上缠着女人的丝袜和水藻。不会游泳的,套一个救生圈,两只手在水里划拉来划拉去,也能划拉到一条鱼。阿昌阿吉跟着凑热闹,不管谁捞上鱼,都会获得他们夸张的欢呼。这一对孪生兄弟,头发早就白了,声音还是三岁孩童的声音。大家都在兴奋地忙着捞鱼,谁也没有注意到灾难悄悄游到了他们身边。等人们听见他们发出娃娃鱼一样的哭声时,他们正被漩涡旋转着,一圈一圈,从外沿旋转到中心,然后被快速地吸进了窨井洞。人们来不及相救,只来得及看见这一对孪生兄弟被吸进去的时候是紧紧抱在一起的,如他们出娘胎时的样子。当年正是因为他们死死抱在一起,才导致难产缺氧,造成了他们的弱智。现在他们以来到人世的相同姿势离开人世,也算是一种圆满。

大水从城南退去之后,整个世界是一副劫后余生的景象。楼房墙壁爬山虎的藤蔓中挂着一条条闪亮的死鱼,风把浓浓的腥臭散布得到处都是,死鸡来不及清理,烂在淤泥之中。停在街边的汽车大水来临之时像玩具那样漂浮了起来,现在它们落回到了陆地上,但是几乎已经报废。董怀珠庆幸自己有先见之明,把车停在了高高的麻竹岭上而未曾遭到丝毫损失。只是这个大水退去后的早晨她得早早出门,步行去麻竹岭上班。从城南到火葬场,要走两个多小时,董怀珠出门的时候天还没有亮透，她穿上平底鞋，戴上口罩，以遮挡住不断呛入口鼻的令人呕吐的腐臭气息。从五楼下到三楼的时候，她听见墙体发出短暂而奇怪的声音，那就像是有人被砌在了墙壁里因不堪挤压而发出的声音。从三楼下到一楼，声音又响了一次，董怀珠停住脚听了一会，却再没有听到什么。一楼拐角处湿乎乎的，董怀珠踩到了几个蜒蚰，差点滑一跤。出了楼道，又差点踩到一条蜈蚣，没走几步，又是一条蜈蚣。董怀珠站住了看，一条一条的蜈蚣，从她面前爬过去。她循着蜈蚣爬来的方向，看见楼房的墙体上攀爬着一条巨大无比的蜈蚣，董怀珠惊讶地张大嘴巴，她揉揉眼睛，又揉揉眼睛，她看清楚那是一道裂缝，从楼底一直延伸到楼顶。一只接一只的蜈蚣正是从墙体的裂缝中爬出来的。

董怀珠惊出一身冷汗，她想撒腿跑开，只顾自己逃命，可是，整个人被点了穴般动弹不得。她想大声呼喊，她的喉咙却发不出一丝声音。她不知道该不该喊醒城南，这个想把她吐骨头一样吐出去的城南，让她体会了太多的寒凉，这滋味太苦太苦。她双手抱着头蹲下去，她感觉头痛欲裂，似乎她的头颅骨也要裂开一条缝，爬出一条一条的蜈蚣来。

董怀珠在那里蹲了漫长的三分钟，蹲累了，她换个姿势跪下去，膝盖着地的一霎，达照和尚的诵经声在耳边响起，那诵经声越来越响，越来越宏大，最后整个宇宙都充满了慈悲的诵经声，而木雕佛像悲悯的眼神正穿越茫茫水面，看着她，看着她，看着她。

良久，董怀珠抬起头，面朝天，喊出了声。

几分钟后，楼里的人像蜈蚣一样，一个接连一个慌张跑出。董怀珠爬起身，向最西边的楼道跑去，一楼拐角那扇门，被她一遍遍拍响。

不会是世界尽头

董母和董父第一次闹离婚，是在董怀珠六岁的时候。董母想随大舅舅一家移民澳大利亚，董父不愿去，董母威胁说如果董父坚持留下，结果只能去法院。董父以一贯的沉默应对。董母得不到回应，恨恨地挓挲着双手，“那啥，我可不想一辈子生活在乱糟糟的羊毛胡同。”董母说。她气鼓鼓地开始着手移民的种种事宜，然后打算把羊毛胡同的房子卖了，一人一半。就连儿女，董母也擅自做好了分配，姐姐董怀玉和弟弟董怀南随她去澳大利亚，独把中间的董怀珠留给董父。

那时候移民是一件极其重大的事情，比登月容易不到哪去。大舅舅一家是因为大舅母有直系亲属在澳大利亚，所以有理由申请移民。大舅舅出国后，大舅舅的兄弟姐妹也一个一个地出了国，连带着董母也起了出国的念头。董母和大舅舅不是亲姐弟，只是因为关系好而姐弟相称，不属于直系亲属，所以没有被批准，这给患上乐观病的董母极大的打击，很长一段时间，董母和斯德克老汉家养的那群鹅一样恶狠狠地高叫着，她把移民失败的原因毫无道理地归咎于董父。直到后来她生气得一连几天吃不下饭，再也没有力气叫嚷，羊毛胡同才重新安静下来。但董母从此扁平的肚子鼓了出来，在董怀珠看来,那是被气鼓的。

生气使人发胖。这是董怀珠从董母身上得出的真理。董母每生气一次,肚子就会鼓出来一些,整个人的尺寸,也会相应地增大一码。这样,随着生气次数的增多,董母日益鼓胀起来,她被肚子里的怨气撑得满满的,已然包藏了悍然的气势。有几次她特别生气的时候,董怀珠担心她是否会像个危险的气球啪的一声爆掉。

没人明白董母为什么总是有那么多横生的怨气,她和那群坏脾气的鹅差不多,能嘎嘎嘎地高叫一整天。她抱怨左边的邻居竟然在院子里养羊,右边那家更是稀奇,在苹果树下拴了一头毛驴,毛驴动不动就昂昂昂悲愤地大叫,“他们简直把羊毛胡同当成了乡下。”董母抱怨最多的是这个城市的其他街道都已经禁止马车进入,羊毛胡同却对马车敞开怀抱,这些马车一辆接一辆从巷口喧闹地进入,拉车的马随时随地排泄的马粪和马尿让整个胡同从头到尾飘荡着浓浓的牲口的臊臭味。胡同也因为留下无数马蹄铁的伤痕变得坑坑洼洼,“那啥,不知道的人还以为自己是走在月球上呢。”董母夸张地说。

董母对自己的工作也是抱怨连天。董母在伊犁亚麻厂上班,那个年代亚麻并不是热销的商品,远没有的确良、毛布、平绒、条绒这些东西受人欢迎。亚麻厂只是将收进来的亚麻进行粗加工,沤麻脱胶,除去木质和杂质,留下的短麻,也就是二粗麻,一部分运往内地,一部分留下来被董母这些女职工加工成亚麻地毯。亚麻地毯在新疆不怎么受欢迎,大家喜欢的是色彩鲜艳的羊毛地毯,所以亚麻厂生产最多的产品其实是麻袋,那种用来装麦子和苞米的粗口袋,每到秋天收割季节,就会有大量需求。那时候旱田山上金黄的麦子沿着斜斜的地势一直铺展到天上去,割麦子的大型机器康拜因从这一头割到天上,要半天时间,从天上再割回来,太阳就从后边沉落下去了。康拜因一边把麦子卷起来吃进去，一边吐出麦粒和麦草，像消化良好的外星人。麦粒用麻袋接住，一袋一袋，捆扎好，扔在麦茬很长的麦地里，看上去像是康拜因一路拉出的粪便。董母每天干的工作，就是在机器前哐当哐当地生产这些麻袋片。她称它们是木乃伊身上的裹尸布。不是吗？电视里那些出土的木乃伊，大多是穿着这种粗麻布片的。

董父所干的工作，稍微要诗意一些，他是农科所的技术员，每天给瓜果蔬菜授粉，嫁接，有时候也要干一些浇水施肥的活，肥是牧场拉来的羊粪，臭烘烘的，董母嘲笑董父所干的工作其实和农民差不多。说得好听了是技术员，说得不好听了，是拿工资的农民。董父不在意这些，他和董母刚好相反，对生活从不抱怨，也不过分较真。从实验田回来，肩头扛一根大黄瓜，那黄瓜在他的培育下长得一尺多长，姐弟三个分着吃都吃不完。通往农科所的那条路，路两边是整排的海棠果树，秋天海棠果熟了，落在地上，金灿灿的一片，董父捡一些回家，熬成果酱、摊成果丹皮留作冬天孩子们的零食。果丹皮晾晒在院子里，散发出酸酸甜甜的味道，董母抱怨自家无处不散发着这样的穷酸味，她羡慕羊毛胡同麦妈家的生活，麦妈的丈夫在果子沟林场当场长，每次回来，带回来的是整只羊腿、呱啦鸡和山上的野蘑菇，有时候还带回狍子和蜂蜜。麦妈家厨房飘出来的味道都是极富营养的，光闻着都能滋养人。而董父，从来只会给她丢面子，下雨天他把装种子的麻袋剪一个口，套在身上，腰间扎一束芨芨草，当雨衣穿回家，全然不顾羊毛胡同的人怎么看。他也不在乎董母怎么看，不用说，等他推开家门，董母立刻鹅一样高叫起来：“那啥，我还以为是从土里挖出来的木乃伊呢。如果麻袋片子再烂一点，多几个破洞，你就可以去博物馆展览了。”

出国事件引发的离婚，虽然最后不了了之，却给这个家庭带来了阴影。从此离婚这个词就像一个藏在地板下的鬼，隔一段时间，就要钻出来显形一下。董怀珠考上大学的那一年，应该是最严重的一次，董母和董父差不多有半年多的时间互不说话。姐弟三个眼看着董母的块头变得越来越大，吃饭的时候她的肚子像怀孕的人那样几乎抵到了饭桌。董父则在沉默中缓慢而忧伤地往另一个方向发展，他不出声地走路，不出声地吃饭，不出声地坐在暗影里，像见不到阳光的植物毫无生气地活着。董父那一年开始喝很浓的茶，用一个大茶缸泡着廉价的粗砖茶，颜色黑乎乎的，董怀珠偷着喝一口，毒药一样苦。那一次董父和假期回家的董怀珠谈起想与董母离婚，但又不忍儿女从此分散，没有了一个完整的家。那是董父此生唯一一次在女儿面前落泪，由述说到唏嘘，最后哽咽。董父的眼神，悲凉，辛酸，又含着慈爱。董怀珠多年后想起来依旧是荆棘刺心般的心痛。她恨自己当时为什么不大声说出心里真实的想法，她其实是多么想鼓励父亲离婚。

董怀玉不这样想：“没有哪个儿女像你这样希望自己父母离婚。真不知道你是怎么想的。”

董怀玉技校毕业后进了董母的亚麻厂，那时候亚麻厂从内地引进新机器，开始尝试生产亚麻布料，因为技术落后，生产出来的布料基本堆积在仓库，职工拿不到工资，每月只能领到一匹匹的亚麻布，于是家里从窗帘到桌布床单以及身上的衣裤裙子，全是亚麻质地的。多年后，当亚麻成为一种时尚，亚麻厂的人才发现原来自己已经提前时尚了很多年。但那时候，董怀玉回家，和董母就亚麻厂的抱怨可以说上半天。她继承了董母抱怨的性格，从自己的单眼皮到脚上难看的大脚骨，无一不抱怨。有了工作后开始抱怨工作，有了丈夫，就接着抱怨丈夫。董怀珠每天浸泡在董母和董怀玉的抱怨里，生怕自己也染上了抱怨的恶习。大学毕业后她留在了南方，她想远远地躲开这些毒素。

董怀珠在电视台工作，负责农业方面的节目，每天不是在田间和农民对话，就是在山上和果农做访谈。看见和董父年纪相仿又木讷沉默的人，董怀珠会心生亲切，他们和自己的父亲多么像啊。

董怀珠每年回家两次，一次在探亲假期间，一次在春节。她一直没有结婚，也谈过几个男朋友，有一个是电视台同事，一起做节目，谈不上有多喜欢，也谈不上有多不喜欢，属于日久生情。情到了一定程度，酝酿着更进一步的时候，董怀珠说什么也不肯让男朋友更进一步。男朋友平日衣冠楚楚，可是一旦脱了衣服，简直让人不敢目视。皮肉白嫩胜过女人，浑身又光滑像鲶鱼一样，连汗毛都不长一根。这样的男人也太让人受不了，董怀珠为了不让自己起鸡皮疙瘩，只好中途弃之。另一个，已经谈婚论嫁了，董怀珠去男朋友家，发现自己未来的婆婆是一个非常喜欢抱怨的人。其实未来婆婆也没有那么爱抱怨，至少没有董母爱抱怨，董母抱怨的都是些重大的事情，未来婆婆抱怨的是些鸡毛蒜皮的小事。董怀珠陪未来婆婆买青菜，婆婆说今天青菜怎么这么贵呀，再贵下去青菜都要吃不起了。买鲈鱼，婆婆说这鲈鱼也太大了吧，一顿吃不完，浪费。董怀珠记得前一天买鲈鱼，未来婆婆抱怨鲈鱼小了，她说的是“这么小的鲈鱼，一家人怎么够吃呀，一人一筷子就剩下鱼刺了。”虽然未来婆婆这样说的时候面带微笑，没有多少抱怨成分在里面，但在董怀珠听来这就是抱怨。她对抱怨有种药物过敏般的无法忍受。权衡再三，董怀珠决定不要这样的婆婆。自然，连带着男朋友也不能要了。分手的时候多少有点忍痛割爱，但她没办法爱屋及乌。

董怀珠每次回伊宁，会去几个要好的同学家走走，小林同学是其中一个。小林同学上学的时候长着一张雀斑脸，看上去像个鸟蛋，后来花很多钱美容美掉了。一次小林同学向董怀珠说起苏力坦，苏力坦在董怀珠的作业本里写过“董怀珠我爱你”。当时董怀珠不知是何人所写，事过多年，同学聚会，苏力坦自己说了出来。同学聚会的时候董怀珠并不在场。那时候董怀珠已经在南方工作。董怀珠是高三的时候才从理科班换到这个文科班的，班里大多男生都不是很熟悉，她记得班里的男生中有两个维吾尔族男生，两个锡伯族男生，还有一个哈萨克族的。她不知道苏力坦是他们中的哪一个。小林同学提醒说是那个哈萨克族，跑步跑得飞快，几乎可以追得上一匹乌孙马，后来被伊犁体校招去，毕业后又考进了防暴队，现在在某派出所当警察。小林同学提议去找苏力坦，大家一起去夜市坐坐，吃烤肉，喝格瓦斯。董怀珠觉得没什么意思，不想去。

如果不是董父脑干出血病危，董怀珠可能永远不会想到要找苏力坦。苏力坦既不是上帝，也非医生，不能救董父于生死，找他能有什么用呢？只有董怀珠清楚，在董父抢救的那几天，她是多么需要一个人来告诉她该怎么办。

董怀珠没有问小林同学，而是打 114 查苏力坦的电话，然后从一个片区的派出所问到另一个片区，终于在斯大林街派出所把苏力坦找了出来。不用说，苏力坦对董怀珠的突然出现感到惊讶，但董怀珠没有心情和他惊讶，她问了苏力坦一个他根本回答不了的问题："我是不是，就要没有父亲了？"

苏力坦在电话那边沉默半天，然后，他说："一块牛粪烧不开一壶茶。这是我们哈萨克族人的谚语。"

董怀珠拿着电话一片茫然。自从接到董父病危的消息，她的脑子就坏掉了，和董父的脑子一样，在某个关键部位被戛然卡住。她费了好大的劲，也没有弄明白苏力坦在说什么。

苏力坦很快就来到了医院，他出现在董怀珠面前的时候，董怀珠正瞪大眼睛看着阿医生检查董父是否还有自主呼吸。阿医生不姓阿，这个维吾尔族医生名字叫阿迪力，姓玉素普，汉族病人按汉人的方法称呼他阿医生。阿医生戴着蓝色口罩和帽子，整张脸只露出两只眼睛。当这两只眼睛看向董怀珠的时候,眼睛里散发出的信息让董怀珠绝望。

“不可能。”董怀珠在心里大喊。

阿医生好像听到了董怀珠的喊声，他把手里的药棉撕得更薄，再一次放在插管口:“你自己看,棉花没有被吹动。如果有自主呼吸,棉花会飘起来的。”

一辆救护车从大街上疾驰着开进医院,董怀珠耳朵里灌满了呼啸的声音。过了好久,她才能听见阿医生说话。

“如果现在把呼吸机撤了,几分钟之后,你父亲……”阿医生没有往下说,他站了一会,带着几个实习医生走出了病房。

阿医生走后，他没有说完的话尾巴并没有跟着他一起出去,而是蛇一样停留在病房,散发出冷血动物腥冷的气味。

董怀珠在这种气味中长久地呆立，后来阳光陡然破云而出,照得她一惊,她一抬头,看见了苏力坦,这个穿深色带帽衫的高个子在门口的逆光下看起来实在阴森,有那么一刻,董怀珠以为是死神要来带走父亲。这些天,她分明感觉到死神就在医院的走廊踯躅。中午死神会停顿在楼梯拐角打瞌睡，黄昏则壁虎一样紧贴在天花板上，夜半的时候会啪嗒掉落下来，出现在病房门口抻长了脖子朝里窥视。这时候是大白天,死神穿着带帽衫一声不吭地站在那里,令董怀珠一阵战栗。她惊慌地看向父亲,她无法判断躺在那里的父亲是否还算活着,正如阿医生所说,董父只是依赖呼吸机维持着生命体征,如果在古代,脑死亡之后,呼吸系统失去指挥,很快,一切都会停止。

等苏力坦开口说话,董怀珠从声音听出是苏力坦。电话里苏力坦的声音羊毛毡子一样厚实。虽然彼此的面目被十多年的时光阻隔着,但“董怀珠我爱你”这几个字,像开锁的暗语和密码,足以打开生锈的岁月之门，一下子将两个人置于同一个时空。

董怀珠无助地站在两个世界的阴影里，苏力坦不知道该如何安慰和劝说。这个离他两米远的女人，脸白得耀眼，悲伤在她的皮肤上闪闪发亮。

那天董怀珠半夜守在病房，午夜时分的病房，像一个不出声的梦境。她叫了几声父亲，父亲无知无觉，直挺挺地躺在床上。董怀珠怀疑父亲的魂魄其实已经去了别的什么地方，这让董怀珠难过至极。董怀珠给苏力坦打电话，电话一接通，董怀珠说："我心里难过，忍不住给你打电话。"

苏力坦说："我不关机，正是怕你难过的时候打不通我的电话。"

至此，董怀珠号啕出声。

董怀珠明白，除了作业本里那句"董怀珠我爱你"，苏力坦和她在时光的交替里没有任何交集，她不应该这样突兀地打扰他。只是她翻遍了手机里的号码，找不到一个可以述说悲伤的人，她太害怕父亲消失了，她不知道某个时刻，父亲也许就会摆脱这种不生不死的状态，像一个真正的死者回归到亡灵。而她极力想把父亲带回到活人中间来。没有了父亲，仿佛世上她就再没有了别的亲人。不是吗？在她六岁的时候，母亲已经把她撇下了，母亲选择带走董怀玉和董怀南，而她和父亲被留了下来，相依为命。

"最后，你母亲，不是没有……"苏力坦显然嘴笨，不会安慰人。

"那只是因为没有去成澳大利亚。"董怀珠说。在董怀珠心里，董母做出这个决定的时候，即已和她断了母女情分。不是吗？那时候她才六岁，她怎么想也想不明白为什么母亲单单不要她。她不是最大的，也不是最小的，她居于中间，不聪明也不笨，性格既有母亲的遗传也有父亲的遗传，只是长相，她像父亲更多一些。多少年来她一直猜测这也许就是母亲留下她的原因。母亲不想看见她，就像不想看见父亲。

董怀珠对苏力坦说起这些，依旧耿耿于怀。她认为在六岁的那一年，自己其实就是个没有母亲的孩子了，从此她只有父亲。所以无论如何，她不能让死神带走父亲。

为此董怀珠想尽了办法，给父亲播放他爱听的婺剧，抓着父亲的手一遍遍大声地喊父亲，许多昏迷的病人就是这样被喊回来的。苏力坦担心董怀珠的嗓子会喊出血来，但他没有办法阻止她。董怀珠让苏力坦开车带她去大佛寺磕头烧香，去伊犁河边放生鱼和鸽子。苏力坦不懂董怀珠这样做能帮上董父什么忙。这个从南方回来的女人，带着那个区域难以解释的星相图和丘陵一样起伏的身体，突然出现在他面前，让他无所适从又无法袖手旁观。

董怀珠对自己的行为不做任何解释，她在心里固执地相信，她救了鱼和鸽子一命，冥冥之中，它们也会用另一种方式救父亲一命。董怀珠甚至在病房的门上贴上钟馗的画像，病床的上方也悬着用红布条捆绑在一起的剪刀、尺子和镜子，这是南方农村驱鬼的法器。她相信这些东西能让死神不敢靠近父亲。只是这些东西同时也让医生和护士大吃一惊，他们要求董怀珠把这些稀奇古怪的东西取下来扔掉。这里是医院，不是大行巫术的地方。如果这些东西管用，那还要医院干什么。

董怀珠不听，只要能救回父亲，再愚蠢的方法，她也打算一试。

有一天苏力坦看见董怀珠给自己戴上了一副纸做的枷锁跪在董父床前，一跪就是半天。苏力坦不知道她这是要干什么，他想拉她起来，可是她固执地不肯，最后甚至发起火来。她说："我只是想和老天爷做交易，请求老天从我的命里减去十年，二十年，加到父亲的命里。"

也许是董怀珠的悲伤打动了上苍，第五天，董父有了自主呼吸。

在这之前，阿医生已经不止一次宣布董父处于脑死亡状态，希望家属能够早做准备。一般来说，在自主呼吸停止后人工维持呼吸达二十四小时以上时，医生就开始检测是否处于脑死亡状态。而对董父的观测已近一百小时。这期间董父一直无自主呼吸，用笔触碰董父的脚板和手心，也无反应，一切都证明董父神经系统的反射已经消失。

现在董父突然有了自主呼吸，这在以往的病例中是少有的，至少阿医生没有遇到过。这让他有点不知所措。他看着董怀珠过分乐观的脸，有点不忍心告诉她接下来要面对的，是一些比死更残酷的事。

没有自主呼吸，从喉咙伸入的插管最多只能再插两天。两天之后，为了避免感染，插管就得拔出，呼吸机就得撤离。这意味着董父将从病房转移到太平间。

有了自主呼吸，事情就变得艰难而复杂。插管拔出后，在喉咙部位切一个小口，插上氧气管，董父可以依靠自己的呼吸活下来，但——那无疑是在延长死亡的痛苦。对于病人亲属来说，也不会是一件轻松的事，无底洞的医疗费，病人毫无希望的受罪，亲属从最初的不舍到绝望厌弃。最残酷的是，那时候不是亲属想要终止就可以终止的，中国目前还没有对病人实行安乐死的法律。医生更无权下医嘱拔掉氧气管。在古代，生死由天，该早上死的人，绝不可能拖到晚上。一切由老天说了算。现在的医疗却可以逆行天意，一个本应该死去的人依赖医疗器械，可以继续活下去。

气管切口切还是不切，阿医生让亲属自己做决定。

董怀南不想做任何决定。

董怀南是董家的儿子，医生送来的家属决定书应该由他来签字。如果选择切，然后看着父亲慢慢熬死，那滋味，实在痛。如果不切，他的名字一签下去，父亲插管拔出，很快就会死去。对于董怀南这样一个人来说，不可能绷得住。“那就好像是我亲手杀死了父亲。以后想起来我都会想要拿刀把自己的手剁掉。”董怀南说。

董母和董怀玉选择不切。她们做什么都是那么的一致。

董母自董父送进医院后，每天来病房一趟，坐不到十分钟就走人，似乎她只是来看看董父是不是已经死了。

董怀玉选择不切的理由让董怀珠生气得想掐死她。董怀玉认为在父亲身上动刀子切一个口，结果不过是多维持一段时间的生命而已，最终被死神带走的时候，父亲身上的切口也许会让他在另一个世界也一直疼痛着。她不想父亲做一个疼痛的鬼。她想父亲在那边能够完整。

这些天董怀玉基本没有时间在医院看护父亲，她忙着准备寿衣纸钱骨灰盒，包括寿鞋的式样、大小、颜色、穿上是否合适舒服，她挑选得极其认真。从布料到价格无一不斤斤计较一番。殡仪馆那边，她也打听过了，葬礼的程序，哀悼词，该通知的朋友、羊毛胡同的邻居、董父单位的老同事，一个也不能漏掉，还有墓地，不能临时慌手慌脚让参加葬礼的人看笑话。董怀玉是家里的老大，操心多，做事稳重而冷静。她已经做好了父亲死亡的一切准备。

只有董怀珠一人选择切，只要父亲还有呼吸，父亲就在。她这样想。

四个人，二比一。少数服从多数。

董怀玉要签字的时候，董怀珠抓起纸从窗子扔了出去。她看着白纸被高楼的风呼地一下吹得没了踪影，心里一阵轻松，仿佛大风吹走了死神。

“你们不想管父亲，我一个人管，我做不到看着父亲还有呼吸却眼睁睁地看着他死。”一连几天没有吃东西的董怀珠开始大口吃饭，她要让自己壮实一点，以便有足够的体力来担负起照顾父亲的重任。

其间大舅舅从澳大利亚回来了。

以往大舅舅回来的时候，董怀珠大多不在伊犁。有一次刚好在，但她不想见大舅舅，提前回南方去了。她对六岁时父母的那场离婚耿耿于怀。在她看来离婚是大舅舅引起的，如果他不去澳大利亚，董母也不会心生向往。并且大舅舅每回来一次，都会勾起董母对澳大利亚的又一次心生向往。这让董怀珠有种新仇旧恨的感觉。

不是吗？在大舅舅的描述下，董母简直把澳大利亚当成了理想国，在那个国家，人老了病了，政府会负责养老看病，连护工都是国家请的。大舅母的父亲就是这样，生活不能够自理之后，他们把他送进养老院，平时只需去养老院看看老人就行，不用负担任何费用。

“如果那时候我们也去澳大利亚，你们父亲现在，就不会这样拖累你们了。”董母的想法让董怀珠生气至极，她真希望这个大舅舅从此以后别再回国，在澳大利亚生活了许多年，大舅舅已然变成了一个“香蕉人”，他除了皮肤还是黄色，脑子里全是澳大利亚白种人的理念。大舅舅来医院看过董父后，把董家子女召集在一起，责怪他们给董父做气管切口，以他澳大利亚人的眼光，这实在太不人道，这种过度医疗毫无意义，简直就是不尊重生命，是存心让死者死得没有尊严。

大舅舅甚至提到安乐死。

董怀珠真想告诉大舅舅，这种死法，还是留给他自己去享用吧。

董怀珠嘴上硬，暗地里，有时候也怀疑自己是不是错了。看着父亲每隔半小时吸一次痰，那张已经不能做任何表情的脸在吸痰的时候痛苦地涨成了黑紫色，仿佛父亲的肺被狠狠揪扯着，董怀珠的心疼得发抖，身上泛起一层细密的冷疙瘩。她把手伸进去摸父亲的身子，摸到一手的冷汗，看来父亲也是在用他生命的极限承受着这些痛苦。好不容易等父亲脸色缓过来一点，护士又进来开始了另一次吸痰。董怀珠抓着父亲的手，眼巴巴地看着父亲这样反复地受苦，永无止境，她却没有办法代替他。而那个切口，就那么残忍地敞开着，插着一个小小的金属管，永远不可能愈合，永远不可能好起来。董怀珠想到古代那些凌迟而死的人是何其哀号惨痛，父亲现在何异于凌迟？只是他发不出声音来罢了，这种发不出声音的哀号，更让董怀珠崩溃，她跑进卫生间蹲在地上痛哭，给苏力坦打电话，她说："我真后悔让父亲做气管切口。看吧，我是一个多么狠心的女儿。"

董怀珠要面对的，不仅仅是父亲无法逃避的疼痛，无比沉重的医药费也让她喘不过气来。抢救那几日，董父一天的医疗费高达六千多，后来降到四千多，气管切口之后，一些进口药不用了，但增加了每天一次的高压氧舱和康复科的推拿按摩，加上喂流食营养跟不上，每天要输一大袋的营养液，阿医生还建议打蛋白针，一针要五百多。这样下来，董父一天的医药费也要两千多。这其中，一部分药属于自费，比如蛋白针就不在报销之列。董父一个月的退休费，维持不了几天就没了。董怀珠托同事帮忙把车卖了，加上自己的存款，凑了十几万交进去，董怀玉知道后抱怨董怀珠一下子交那么多钱进去，医生会毫无顾忌地用药。每天早上董怀玉来到病房都要仔细地查看药单，查看的时候她两道画得高低不平的眉毛看上去更加的高低不平。董怀玉总能发现许多问题，然后大声抱怨阿医生这个药可以不要用，这个也可以不要用。"用再好的药我父亲也不可能好起来的。"董怀玉说。

董怀玉在病房里大声地说话，全然不顾父亲是否能听到。在她看来，躺在那里的父亲已经是一个死人，一具尸体了。但董怀珠确信父亲是有意识的，她抓紧父亲的手的时候，感觉到父亲也在抓着她的手。有几次，董怀珠俯在父亲耳边喊父亲，父亲从漏气的金属管里发出类似答应的气流声。那绝对不是幻听。

做高压氧舱治疗后，董父的状况似乎有所好转，半闭的眼睛能够睁开，他瞪着眼看着一个人们不知道的地方。董怀珠无法猜测父亲的那双眼睛究竟都看见了什么。他的意识，大多时候依旧混沌一片，只偶尔表现出短暂的清醒。

高压氧舱要到一楼做，每天需要把董父抬到一副担架上，从十二楼乘电梯到一楼，再抬进高压氧舱里。董怀南负责抬头的那一边，董怀玉抬脚。董怀珠试了几次，她根本别想抬动。董怀玉也不放心她抬，“你那细胳膊别抬不动把父亲摔地上了。”董怀玉说。结果，在进高压氧舱狭小的舱门时，她自己差点把担架扔地上，为了不摔着父亲，董怀玉用腿去抵住担架，伤了腿，几乎不能走路。

不得已，董怀珠找了韩叔来做护工，韩叔是个老护工，专门护理董父这样气管切开的病人，护理经验丰富，工资要的也高，五千一个月。董怀珠已经再也拿不出钱来，她知道家里应该是有存款的，就找母亲商量，看韩叔的护工费是不是由她来出。

“那啥，一个月！五千！我哪有那么多钱来填这个无底洞啊。”董母哀叹。

难道钱比父亲的命更重要吗？董怀珠想。父亲是个普通职工，一生节俭也没能存下多少钱，但羊毛胡同的房子可以卖好几十万吧。董怀珠于是提出可以把羊毛胡同的房子卖了。董怀玉和董怀南不反对，董母支支吾吾，董父目前意识不清，无法签字，她认为房子是卖不成的。

董怀珠找当律师的朋友打听了一下，确实是这样。不过，律师朋友也告诉董怀珠，如果现在急着卖，也不是不可以，比如是知根知底的朋友买，事情就简单多了，对方可以先付一部分钱，等董父过世后再办过户手续。前提是房子可能要卖得便宜一些。董怀珠认为可行，和董母说了一下后就四处散发消息找人买房子，最终小林同学愿意买，她从小就羡慕董怀珠能住在羊毛胡同那些苏式的房子里，虽然房子现在已经很旧，但客厅里有漂亮的壁炉，门前还有个不小的小花园。出于同情和对董怀珠为人的信任，她愿意提前付清房款。董怀珠明白，小林同学如此慷慨，是因为她知道董父其实没有多长时间好活，她乐得落个顺水人情。

在小林同学要付款的时候，董母突然反悔，她质问董怀珠羊毛胡同的房子卖了她住哪儿去？老都老了，难道让她一个老太婆像祥林嫂一样流落街头？

“那啥，把我的坟墓也准备好吧，没有地方住的时候好歹可以睡到坟墓里去。”董母嚷嚷着。

董母的用词让董怀珠烦躁不已，本来，她认为三个子女，母亲想住谁家都可以。董怀玉家挤了点，自己家倒是空得很，如果董母不愿意跟她去南方，那么还有董怀南，就算他和离婚的前妻还住在同一座房子里，但那是伊犁河边靠近郊区的平房，光院子就好几亩，随便盖一间小房子也能把母亲塞进去，怎么就没她容身的地方了？

董怀珠只能卖自己的房子。问题是，董怀珠的房子是分期付款买下的，按揭还没有完。如果卖，手续很麻烦，而且房子卖了，董怀珠才是真的不知道该住到哪儿去。但董怀珠也顾不上那么多了，没有地方住就没有地方住吧，总比没有父亲好。只是卖房子是大事，加上还有按揭，一时半会卖不掉，董怀珠在那厢干着急，这边催缴医药费的单子，却是每天一大早就准时送到的。

董母不肯卖房子，董怀玉在交了三万住院费之后也明确告诉董怀珠自己存折上只剩下小数点后面那点钱了。至于董怀南，他倒是想拿出些钱来，问题是他无钱可拿。他从没有干过一份可以正经挣钱的工作。在某个培训中心教孩子弹吉他是他工作中最像样的一份，其次是去汉人街的酒吧唱维吾尔族摇滚，那是一种集西方、印度和本地维吾尔族音乐大杂烩式的摇滚，听的人和唱的人都小众，除了汉人街，不会有更大的用武之地。更多的时候董怀南什么也不干，每天在伊犁河边的苹果园里跟维吾尔族民间歌手学唱木卡姆。有人问董怀南靠什么生活，董怀南答："我什么不靠也能生活。"

董母拿董怀南毫无办法。他跟伊犁河边果农的女儿结婚，董母毫无办法，他无端离婚，董母也毫无办法。董怀南告诉她："你不能改变我，我是天生的歌手，就像那些天生的聋人、盲人一样。"

"那啥，你就和聋人盲人归类去吧。"董母气哼哼的但毫无办法。

谁都能料想得到，在董父需要钱来维持生命的时候，这个天生歌手的董怀南除了每天用伊力特把自己灌得烂醉，是不可能有什么别的办法的。他那个离了婚的前妻倒是比他靠谱得多，她骑着电动三轮车，运了十几箱自家果园的新鲜水果到医院把几个医生护士都感谢了一遍。

董怀珠在山穷水尽之时想到了离婚。当然不是她自己离婚，她没婚可离，她是想让父母离婚。

这想法实在荒唐。别的不说，单是董父目前的状况，就是不可能办理离婚的。难道谁还能奢望一个不生不死的人拿起笔在离婚协议书上签下自己的名字吗？但董怀珠认为这不是问题，就跟卖房子一样，如果真想卖，总能找到卖的方法。她可以代替父亲跟母亲离婚。如果父亲这辈子还有什么心愿未了，那一定是和母亲离婚了吧。他们离了一辈子的婚，既然母亲不拿出钱来给父亲交医药费，也不愿意卖房子，那么，离了婚在财产分割上有父亲的一半。母亲无权独自做决定。至于离婚手续，走法律程序显然不可能，也大可不必，口头协议离婚就可以了。就像事实婚姻的存在一样，事实离婚也是可以私下存在的。

一家人愕然地看着董怀珠，他们不知道她到底想干什么。

“董怀玉和董怀南归母亲，我归父亲。”董怀珠想起六岁时父母的那场离婚，母亲就是这样利索地分割一个家庭的。现在是董怀珠在分割，一切照旧。潜意识里，董怀珠一直想把那场离婚进行到底。

“看看，临死了还要和我离婚。”董母又一次鹅一样高叫起来，“那啥，等我死了，到地下再和他离吧，我做鬼也要和他离的。”

董母大哭一场之后再不看董怀珠一眼。无论董怀珠跟她说什么，她都气鼓鼓地坐在那里一声不吭，仿佛她的耳朵聋掉了，聋得像个羊毛口袋。她也不打算吃饭，连水都不喝一口。

董怀玉为此和董怀珠大吵一架。

“父亲已经这样了，你是不是觉得还不够乱，要把母亲也气进医院？”董怀玉说。

“她嗓门那么大，她是不会病倒的。”董怀珠说。

董怀玉让这话气得哭起来。她不明白为什么董怀珠对母亲这么没心没肺。在这个家里，董怀珠显然站在父亲一边，董怀玉站在母亲一边。董怀南哪一边都不站，他用宽厚而纠结的目光看着她们吵架，既不劝阻，也不参与。

董怀珠感觉自己被病房里的气氛压抑得人都矮了一截，如果再不出去透透气，她担心自己会疯掉。董怀珠给小林同学打了两个电话，都没有人接。不知道是在忙没听见还是存心不接。卖房子的事惹得小林同学很生气，她把存银行理财的钱都提了出来，董家的反悔，害她损失了一笔利息。小林同学是一个把钱看得很重的人，她结婚的时候因为收红包的事跟婆家闹起来，还没有洞房花烛就劳燕分飞了。小林同学只在自己的脸上和穿戴上不把钱看那么重。董怀珠心情一直很坏，懒得去和小林同学道歉。父亲都要没有了，一个朋友，没有就没有了吧。

董怀珠又给苏力坦打电话，也没有人接。打给另一个同学，提示那边是空号。走出医院，打给南方的同事，关机。一瞬间董怀珠脑子里闪过一个念头，自己和父亲一样，已经不在活人中间了。

后来手机骤然响起，董怀珠任凭铃声响了一遍又一遍。提示第二次响起的时候，董怀珠接了，是苏力坦，问她在哪，董怀珠说不清楚自己在哪。也许在博格达峰上，也许在爪哇国，也许在月亮上，也许哪都不在。苏力坦让董怀珠用微信发个位置过来，他就到。

过了一会，小林同学的电话也打了过来。很快，三个人坐在了斯大林街孜然味浓郁的烤肉店里。每个人都要了一大杯格瓦斯。格瓦斯是一百年前溃败的白俄贵族带到伊犁的，这是一种低度酒，甜蜜而忧伤。董怀珠很快喝完一杯，又要了一杯。无论她多么想醉，就是没有醉。小林同学头上那顶迷人的雪狐皮帽子贵到让她生气。董怀珠曾动过向小林同学借钱的念头，人精一样的小林同学会读心术，一下子就看懂了她的心思，然后迅速暗示董怀珠自己是从来不借钱给任何人的。

小林同学的注意力全集中在苏力坦身上。她很有兴趣地追问苏力坦女朋友的情况。苏力坦回答得有些冷冰冰的：女朋友是州歌舞团的舞蹈演员，为了不发胖，女朋友几乎不吃东西。也不许苏力坦当着她的面吃，她的理由是鼻子闻到食物的味道，眼睛看见食物的形状，都一样会让她发胖。女朋友为了跳舞一直不结婚，苏力坦就一直等。“我们可能结不成婚了。”苏力坦说。苏力坦的声音里透着格瓦斯的味道，他一头自来卷的头发让他看上去像一只长着卷卷毛的羊。窗外阳光有些刺眼，烤肉店里热烈快拍的木卡姆音乐似乎要把听者引入一种包罗万象的梦境。冬天还没有过去，但是白雪已经虚无起来。

董怀珠照顾了父亲两个多月后不得不回去卖自己的房子。董怀珠走的那天，和父亲说着告别的话，她不确定父亲能不能听见自己说话，父亲就那样睁着眼睛，呆滞地看着一个董怀珠看不到的地方。

那会是一个什么样的地方呢？董怀珠想象不出。她走出病房的时候，回头最后看了一眼父亲。她不知道这是她最后一次看见活着的父亲。

董怀珠走后没几天，董父被接回家，又没几天，董怀珠就接到了董父去世的电话。

在董父的葬礼上，董怀珠没有哭，她一直咬紧嘴巴不说话，她怕一开口就会有刀子从自己的嘴里飞出来。灵堂默默，她不想和他们吵，她不能让父亲走得不安宁。

苏力坦想对董怀珠说点什么，这样的结局，对董父未尝不是一种解脱。土地在召唤死者回去，生者不应该硬拽住他的衣袖不放手。苏力坦话刚出口，董怀珠手里的一沓冥币就朝他飞过来，冥币纷纷扬扬，将他们同时罩在其中。天立刻昏暗下来。一群乌鸦鸣叫着急速飞过，它们把死亡的消息一路散播开去。

董母坐在那里悲伤地接受大家的安慰。对于一个可以用肥胖这个词形容的人来说，董母哭的时候全身颤抖。董母之所以哭，不是难过，是因为习惯了董父。她向众人述说几个儿女照顾董父的辛苦。“那啥，儿女们为他都累垮了，几乎倾家荡产，差点把房子卖了。”

董母的话在董怀珠听来，如针刺耳。

在办完董父丧事的那几天，董怀珠把自己关在房间里，喝很浓的茶，毒药一样苦。那时候她发着烧，形销骨立，以至于在她眼里，血红的落日摇摇欲坠。她一抬头，就看见董父隔着人间冰冷的暮色坐在暗影里。他悲凉的眼神正穿透生死阻隔，磷火般微弱地看着她。董怀珠又一次想起上大学的那一年，父亲跟她说起想要离婚，又不舍几个儿女，也是这样悲凉的眼神。这让董怀珠感到荆棘刺心般的心疼。

到了深夜,董怀珠像一根针那样醒着。她开始想那个鬼一样纠缠着她的问题。她走的时候父亲一切平稳,为什么接回家就死了?会不会,他们存了心想让父亲死?这个想法几乎让董怀珠崩溃。她打电话给苏力坦,可是,除了大哭一场,还能怎样?

董母这些天去了董怀玉家,留下董怀珠一个人。她们显然小心地躲着她。这样也好,董怀珠真怕自己忍不住的时候,会冲着她们喊出那句话。那句话一旦出口,就意味着大家同时面临深渊,无路可退。

苏力坦来羊毛胡同看董怀珠, 眼前的景象狼藉得多少有点骇人。苏联人留下的壁炉显然早已不派任何用场。客厅按汉族人的习惯摆放了沙发,也按维吾尔族人的方式铺了一小块羊毛地毯,地毯上扔着枕头、大衣,地板上是茶碗、酒瓶、吃剩的馕,还有其他杂七杂八别的什么。茶炉是冰的,房间里很冷。

董怀珠的样子比房间好不到哪去,她穿着睡衣,裹着毯子,赤着脚,头发毛线般乱糟糟地纠结成一团,脸上的表情则是刚从坟墓中苏醒过来一样。看得出,这几天她就这样睡在地板上,醒了也是坐在地板上发呆。

苏力坦给董怀珠穿上大衣,像拽一条死狗把她从房间的暗影里拽到阳光下。

“英塔木的天鹅应该还没有飞走,去看看那些天鹅吧。”苏力坦把董怀珠塞进车子里。

去英塔木要两小时。两小时的路程不会是世界尽头。

董怀珠上了车就睡着了。等到了英塔木,董怀珠一睁眼,看见落日静静地停落在巨大的山冈上,这景象让她悲恸难抑。她想到,也许父亲这时候正盯着这凄凉的落日,去往另一个世界,离她越来越远。

董怀珠在湖边多待了一会，她整个人被西天深红的余晖从头到脚涂抹了止痛的红药水般。很快，落日沉下去之后，湖水的气氛开始变得忧伤。

“那边有一群天鹅，其中三只是黑天鹅。”苏力坦说。他手搭额头看了一会，最后告诉董怀珠白天鹅有三十只。

董怀珠怀疑地看着英塔木湖，湖面空空荡荡，连天鹅羽毛都没有。

“它们在一公里以外的地方。”苏力坦说。

果然，沿着湖边走了一公里多，董怀珠看见温泉水和白色雾气缠绕的苇草间，天鹅优美地漂浮在水面。其间三只黑天鹅，遗世的贵族般，带来宇宙惊讶的美。它们起飞的时候引颈高叫，这声音仿佛是对董怀珠发出的邀请。

“这也太美了，不会是真的，然而……”董怀珠数了数，不得不惊叹苏力坦有着惊人的视力。那么远的距离，他能看清天鹅的只数。

“小时候放羊练出来的。”苏力坦说。草原那么大，羊跑丢了，几公里外他眼珠子一转就能看见它们。那时候邻居经常请他帮忙找羊。有一次，一只棕熊从山上下来，隔着老远，就被他看见了。他甚至能看清楚棕熊龇牙咧嘴地做鬼脸，身上厚厚的毛被风吹得一闪一闪。

天在急速地暗下来，眼帘之上的冰雪之国，白天鹅飞起又大雪般落下。这唯一没有冻僵的柔软的湿地，让董怀珠心里又暖又酸。她想起小时候，父亲带她去伊犁河滑冰，远处积雪的山脉也是这样巨大，闪光。小时候看见的那座雪山，即是眼前的这一座，此刻董怀珠站在雪山脚下，仿佛她的童年长镜头般一下子被拉近，拉到了眼前。往事伸手可触。

而事实是，父亲去往的虚无境，缥缈国，和自己已隔着一整座冰封的雪山了。这念头再一次让董怀珠悲伤不已。

苏力坦从背后读出了她的心思,但他的舌头仿佛被冻住。他想了半天,叹口气又不说。可能他觉得自己表达不准确,可能觉得说了也没用。苏力坦从小上的是汉语学校,汉语流利无比,但他显然和他的民族一样不善言辞。他磕磕巴巴向董怀珠说起自己小时候在英塔木度过的一些细碎如羽的时光和趣事。他和小伙伴把一只山羊惹得发怒见人就顶,他们把公鸡追得飞上了核桃树,把漂亮的野花插在新鲜的牛粪上,然后躲在草丛里看哪个爱花的姑娘不提防地伸手就采,结果抓了一大把稀牛屎。最恶劣的一次是把一个偷猎天鹅的人推进湖里,等他爬上来,衣服很快结冰,他像穿着硬邦邦的古代铠甲,那次回家苏力坦挨了父亲的一顿鞭子。如今他的父母依旧住在这里——苏力坦指着离湖不远的一座白房子,邀请董怀珠去家里吃他母亲做的熏马肉和拉条子。白房子的烟囱正冒着烟,看样子饭已经在做了。

董怀珠多少有点惊讶,她以为苏力坦和她一样只是到英塔木来看天鹅的,她无论如何想不到他就出生在这里。如果按迹返回,苏力坦原本应该和这里所有的人一样骑马放羊,种植牧草,每年冬天站在家门口看着天鹅大雪一样降落。

那将是另一种人生。

吃过晚饭,董怀珠没有跟苏力坦回伊宁市,她在苏力坦父母的家住了下来。这是雪山脚下哈萨克族人的一个冬窝子。每年初冬,哈萨克族人和羊群回到冬窝子的时候,大群的天鹅也从巴尔喀什湖那边飞了过来,它们降落在避风的英塔木湖过冬,在春天来临之际再飞回巴尔喀什湖。说起来英塔木湖实在神奇,因为湖水与地下温泉相通,一整个冬天,湖面热气缭绕,从不结冰,就连苇草也是新鲜的。

这在西伯利亚寒流经过的伊犁河谷地实属罕见。崇拜天鹅的哈萨克族人把飞临的天鹅当作神奇之物,从来不去伤害它们,在最冷的天气里,他们会给天鹅喂食玉米以帮助它们度过冬天。此时天气已经开始变暖,大部分天鹅已经飞走。剩下的这三十多只,好似恋恋不舍,不想离去。

董怀珠每天跑去湖边看天鹅。有时候帮苏力坦母亲把牛赶到湖边喝水。苏力坦母亲有一双母牛般的眼睛。苏力坦父亲有个大得出奇的鼻子,他开玩笑自己的鼻子大得可以架到马背上当马鞍骑。苏力坦母亲认为那只大鼻子其实只是个摆设,就跟家里舀奶茶的铁勺子一样什么味也闻不出来。有时候还很碍事,总是碰到这碰到那,尤其喝醉酒的时候,大鼻子没有一次不受伤。检验他醉没醉,看鼻子受没受伤就知道了。

苏力坦父亲喝醉酒的时候比较多,短短几天,董怀珠就见识了两次。一次醉倒在马圈里,枕着一堆马粪呼呼大睡。一次把牛赶得满山跑,董怀珠和苏力坦母亲花了半天时间才把那些惊慌的奶牛找回来。

"牛被吓得没奶子了。"苏力坦母亲生气地说。

赶着牛往回走的路上,董怀珠在山脚的缓坡地上看见一些庞大的石头堆,石头堆的正面一律朝向东方,它们被整齐地堆放成马鞍的形状,有的是毡房的形状,有着一个锥形的尖顶。

这些庞大的石头堆显然是哈萨克族人的坟地,里面埋葬着他们的祖先。董怀珠对哈萨克族人并不陌生,这是一个崇拜自然、崇拜祖先的民族。他们一年里面有半年时间在山上放羊,死在哪,就葬在哪。任何去处,对他们来说都是归宿。为了防止野兽破坏,墓穴上面的石头往往被堆成一座小山。

这时候即将沉落的太阳将石头堆涂染得金字塔一样金黄闪亮。

墓地美好的气氛，让董怀珠忘记了生死阻隔。

“人死后去了哪里呢？”董怀珠问老母亲。

“没有去哪，和活着的人在一起。”老母亲回答。在她看来，死去的人以这样一种形式离开，又会以另外一种形式回来。他们融合在万事万物之中，永远不会消失。

董怀珠环顾四周，看见锯齿一样的远山，看见河流，湖泊，草，牛，羊，马群，天鹅，刮过的风，飘浮的云，一棵孤独的树，树杈鹿角一样抵着天空。

天气已经是初春，万物生，董怀珠感觉父亲也在其中。

晚上董怀珠做了个梦，梦见父亲喉部的切口，金属的管子还插在那里，亮闪闪的。父亲借助金属管子突然发出天鹅的叫声，清亮，高亢，带着金属的颤音。看不见的什么地方，有一群天鹅远远地呼应着父亲。

这是父亲去世后董怀珠第一次梦见父亲，她没有看清父亲的脸，她只看清楚了那个切口上她无比熟悉的金属管子，父亲在医院时她每天要取下来用开水煮半小时消毒。她从来没有想到它能让父亲发出天鹅的叫声。

山上的残雪每天都在一米一米地往山顶撤退，英塔木湖里余下的天鹅也在陆续飞走，几天之后，苏力坦来接董怀珠的时候，湖里只留下三只黑天鹅。

“它们夏天也在这里，它们不是从别的地方飞来的，也从不飞到别的地方去。它们只在这里飞。”苏力坦母亲说。

董怀珠幻想着能像黑天鹅那样留下来，在这个缓慢的地方重新开始自己的一生。但她明白没有可能，有些惆怅。

回到伊宁，一切忘记的悲伤重新袭来。没有了父亲，整个城市成了一座可怕的纪念馆，斯大林街，羊毛胡同，胡同里高大的白杨，白杨树上的月亮，都成了纪念馆里的遗物，都在提醒董怀珠父亲曾经在这里陪着她长大，现在他已经去了另一个地方。董怀珠跪在地上，一件一件整理父亲用过的物品，制氧机、呼吸管、吸痰器、血压计、血氧计——拿着血氧计，董怀珠停顿在了那里。照顾了父亲两个多月，她几乎成了半个护士，她想不出以她离开时父亲的状况，有什么能够让他那么快地死去。问题一定出在血氧上。父亲还在医院的时候，韩叔每次出去吃饭留下董怀珠一个人，他都再三交代要看好血氧的变化，如果低于九十，就赶紧吸痰，吸痰之后还不见升高，那就要赶紧检查氧气，可能是氧气开得小了，也有可能是氧气管子脱落。对于切开气管的病人来说，缺氧是致命的。

如果把氧气管拔掉……董怀珠用力甩甩头，想把这个念头从脑袋里甩出去。

父亲的物品里有一个柔软的垫子，是韩叔亲手缝的，垫在身子底下以免长褥疮。董怀珠想起该去看看韩叔，韩叔照顾父亲也算尽心尽力。现在父亲走了，于情于理，都应该去感谢一番。

董怀珠买了两盒西域春，一盒铁木真奶酪。当她进入医院，看见父亲住过的病房，病床上躺着一个和父亲同样切开气管的老人，董怀珠忍不住哭起来。有那么一刻，她以为躺在那里的是父亲。

韩叔得知董父出院之后就死了，深感意外。董怀玉没有提前说一声就把董父接出医院，韩叔心里多少有些不高兴。董怀玉不像董怀珠对韩叔事事尊重，她来到病房，指手画脚，每次总能挑出一大堆毛病。韩叔曾阻止过董怀玉接董父出院，谁都知道，气管切开的病人离开医院意味着什么。韩叔说："我没有要挑拨你们姊妹关系的意思，照顾了你父亲两个多月，他死了，我心里多少有些难过。”

董怀珠出了医院，直奔董怀玉家，见了董怀玉，劈头问：“父亲是怎么死的？”

“告诉过你，喂流食的时候不小心呛着了。”董怀玉说。

“呛着了为什么不送医院？”

“打电话问阿医生了，他说观察观察再说。结果，早上醒来再看父亲，已经……”

坐在沙发上的董母突然发话：“人已经死了，怎么死的重要吗？”

董母的口气怒气冲冲，脸上却有一条惊慌的蛇一闪而过，这让董怀珠加深了怀疑。她问董母：“你为什么签字把父亲接出医院？你不知道那样父亲会死吗？”

董怀珠去找过阿医生，阿医生给她看了一大摞病历和单子，其中一张出院单上，董母的签名像一只尾巴竖起的蝎子。

“那啥，凭什么我就不能做主？”董母气得肚子一鼓一鼓，“你知道你父亲花掉了多少钱？他简直要把这个家败光。他简直要把儿女拖累死。”

董怀珠突然不想再吵。父亲已经死了，房子卖不卖，婚离不离，都已经没有意义。横竖父亲最后都是要死的，晚死不如早死，早死早超生。早死可以不受罪，可以让生者皆大欢喜。不是吗？钱省下了，房子保住了，在她们，这些才是比命更重要的。董怀珠咬紧嘴巴，极力的隐忍快要让她透不过气来。但她突然像漏气的车胎一样瘪下来，发光的眼睛也一下子熄灭成灰，变得无神。她在屋子中间呆立了一会，看见沙发，倒下去就睡。她把头抵在膝盖上，背部弓起。看上去她的身子睡着了也可以成为一种伤害的武器。

董怀珠睡得并不踏实，睡一会，醒一会，凌乱的梦境让她醒时也以为自己是在睡眠中。最后一次醒来，她看见天已经黑了，客厅没有开灯，柜子像棺材一样靠墙立着。饭厅的灯好像是打开的，一线光如刮胡刀片一样薄，从门缝透出来。从门缝透露出来的还有类似昆虫嘁嘁喳喳在墙角爬动的声音，听着有点像小声的抽泣，似乎那是一只正哭泣着的多脚昆虫。董怀珠听了一会，以为自己还在梦里。她继续伏在枕头上，枕头应该是睡着的时候谁塞到她脑袋下面的。这枕头硬得像陶瓷，致使她所有的梦都有破裂的感觉。梦里一会是水龙头没有拧紧，在滴水，像谁有话要说。一会是卫生间的抽水马桶患了肛瘘一样在拉稀。

董怀珠用枕头紧紧捂住脸，希望能够继续入睡。这时有人开了一下饭厅的门，一道光唰地倾泻出来，门又很快关上，黑暗变得比之前更黑。开门的人似乎是想证实一下董怀珠是否还在熟睡。

董怀珠懵懵懂懂，她爬起身，赤脚走到饭厅门口。里面传来董母压低的说话声以及被手死死捂住的抽泣声。董怀珠恍然明白原来那只多脚的昆虫是董怀玉的嘴。

“事情过去就抹掉了。谁也不会知道。”是董母的声音。

董母低声说话的时候比高声说话更可怕，让人从中嗅出罪恶。有那么一瞬，董怀珠脑子里面突然有东西呼啸而过，像是一辆疾驰的救护车，接下来她无法听清她们还说了些什么。制氧机，拔掉氧气管，好像有这些词，是董怀玉在说。不要提了，事情过去就抹掉了，就当他是自己死的吧，是董母在说。

董怀珠扶住墙，深吸一口气，一使劲拉开饭厅的门，董母和董怀玉唰地看向她，脸上流露出惊慌之色。然后，她们镇定下来，叫她坐下来一起吃饭。她们不仅声调，甚至眼神都在努力掩饰着什么。

董怀珠坐下来，做出饥饿的样子大口吃东西，吃得噎住，不停打嗝。眼泪被她吞下去，鱼刺被她吞下去，辣椒和苦瓜被她吞下去。没有什么是吞不下去的。就算她们给她吃的是毒药，她也得吞下去。

董怀珠打算回南方。越快越好。她回到羊毛胡同，胡乱整理了东西，箱子里塞得乱七八糟，像匆忙逃命的难民。

看着父亲留下的一堆东西，董怀珠心里难过至极。她想把它们搬到看不见的地方，可是手刚触到氧气管，就像摸到了蛇一样猛缩回来。这些救命的东西，此时在董怀珠眼里成了夺命的凶器。董怀珠闭上眼睛，眼泪大颗大颗往下掉，像噼里啪啦掉落在地板上的冰雹。

花园里响起动物蹄子一样急促有力的脚步声，是苏力坦。收到董怀珠要离开的短信，他急切地想问清楚她怎么突然就改变了计划，不是说好再去一次英塔木的吗？但他刚一进门，还没来得及开口，嘴就被堵上了，一个柔软的瑟瑟发抖的身体紧紧地贴住了他的身体，他感觉一阵头晕，同时感觉到自己猛然胀大的东西正坚硬地顶在一个敏感的地方。接下来他不很确定自己该做什么，他努力地想要像个绅士那样控制自己什么也不做。

但这几乎是不可能的。一只手已经抓过他的手，引导着他探向甜瓜一样的乳房，还有那个令人眩晕的地带。那里苇草丰美，水波荡漾，是另一个英塔木湖。

他感觉自己是一下子滑落进湖水的，里面又深又慌乱。而她开始小声地哭泣，一直哭，这使得他不得不停下来。但她不许他停，看上去她几乎是想让他压扁自己。羊毛胡同里几只兴奋的狗一直在用力地狂吠，刚才他经过它们的时候，它们在空空的巷子里肆无忌惮地撒欢、追逐。后来，狗跑远了，外面安静下来。他们发出的声音因世界突然的安静而显得更加急促。

当一切结束，董怀珠停止了抽噎，她突然问苏力坦："你说，拔掉氧气管，我父亲是很快死去，还是要拖延很久？"

苏力坦错愕地看着她，保持着刚才的姿势无法动弹。她简直是疯了。她怎么会问这样的问题。

过了漫长的三分钟，苏里坦不那么确定地问："你是在怀疑什么吗？"

董怀珠已经平静下来，她推开他，开始穿衣服，白衬衣的扣子，她磨磨蹭蹭一个一个往上扣。她没有穿裤子，秀美的长腿跨过苏力坦，走到茶炉边给自己倒了一碗茶，然后赤着脚在地板上走来走去。茶很烫，董怀珠把茶碗从一只手换到另一只手，最后索性放在地板上。

"噢，我……"董怀珠说自己总在担心父亲死得痛苦，其实，死都是痛苦的，灵魂跟躯体分离，就像，蝉蜕化，蛇蜕皮，必须痛苦地挣扎一番之后才会归于平静。董怀珠开始后悔不该打电话给苏力坦，从第一个电话就不该。她一难过起来就忘记了他的警察身份。

"你父亲死的时候，谁在身边？"苏力坦问。

"父亲是在睡梦中走的。没有谁在吧。"董怀珠用词艰难，怕说错一个字。她来回走动的时候把地板上的茶打翻了，茶碗离她那么远，好像她是故意走过去打翻的，然后她跪下去，拿毛巾擦。董怀珠趴在地板上擦了一遍又擦一遍。地板被她来回擦，亮得像古代的铜镜。她能看见自己的影子在地板上晃动。事情过去就抹掉了。她在心里重复默念着这句话。董母压低声音说出的话，仿佛是一句咒语，念多了，就真的能那样也说不定。后来，董怀珠停下来，她发现自己几乎要把地板擦掉一层皮。

苏力坦盘腿而坐，默不作声看着她做这一切。客厅里弥漫着一股古怪的味道。

房间有点冷，董怀珠找出一块披巾裹在身上，她不停地整理身上的披巾，披巾的一角搭上去又滑落下来，增加了她的不安。她想咧开嘴笑一笑，不用照镜子，她也感到自己的脸变了形。她索性安静下来，却不合时宜地看见父亲留下的东西。太刺目了，赶快处理掉吧，别让它们再出现在这里了。这些东西完全可以送给哪个需要的病人。董怀珠请苏力坦帮忙找一辆皮卡，把这些东西拉到养老院去，扔了毕竟可惜。光那张可以摇动升高的护理床，就要五千多，还有制氧机，也要一千多。董怀珠说到制氧机的时候卡了一下。这个微小的停顿，没有逃过苏力坦视力良好的眼睛。

"死对我父亲未尝不是一种解脱。我已经想通了。你知道的，我父亲那样的情况，一个疏忽就会没命。"董怀珠不知道自己说这么多，是不是表现得太过刻意。

"如果是拔掉氧气管，或者关掉制氧机，性质就不一样了。"苏力坦说话的时候眼睛看着窗台上的玻璃海棠和另一盆天竺葵，那是董父种下的花，现在它们都还没有开花，单调的叶子也因为缺水干巴巴的，看来悲伤的气氛影响了它们的生长。

"父亲死的时候我不在场，我只是凭空怀疑，你知道，疑心是一个多头的妖怪。我一直怨恨她们，总是把她们往最坏里想。"董怀珠尽可能说得不那么结结巴巴。苏力坦好像没有在听，他指给她看花叶子上的一个指甲掐痕，他断定那是董怀珠掐出来的，他拉过董怀珠的手，果然在指甲里看见了植物隐约的颜色。

他的眼睛什么都能看见。董怀珠惊恐地想。她看着苏力坦，她从来没有像这一刻这样认真地看过她的同学，刚才做爱的时候也没有——她可以感觉得出他有多强壮，凸显的胸肌，乌孙马一样喷着鼻息的呼吸。

董怀珠冷泉般的眼睛和薄荷般的呼吸同样让苏力坦陷入慌乱，他避开她的脸往下，看见她裹着披巾的身体，那博格达峰一样挺立的胸部，他无法想象刚才自己看见了这对形状完美的双乳之后还能够继续活着没有死去。

苏力坦用力抽了抽鼻子。他的鼻子,和他父亲的差不多大,他父亲的鼻子是用来喝酒的,他的鼻子,肯定不是一个连味道都闻不出来的铁勺子。董怀珠身上绿色清凉的味道自内而外地散发出来,像一株南方的植物让人迷醉。但那又怎么样呢?苏力坦猛地站起来往外走,他走得有点急,像一只迈开大步急着逃跑的骆驼。

董怀珠在地板上坐了好一会。后来一辆救护车从羊毛胡同尖叫着驶过,听起来和警车有点相似。董怀珠一下子回过神来,她环顾房间,地板上一片凌乱,打过仗的战场般。她想起苏力坦刚才来过,但她不确定他们之间发生的那些是不是真的发生过。她有些怀疑的把手探向自己的身体,然后她跳起来,她想起她还说了些不该说的话。

董怀珠出了门在大街上奔跑。这是个天气还有点寒冷的傍晚,很多人都看见一个衣服穿得很少的女人在大街上奔跑。她从一条街跑上另一条街,再跑上另一条街。当她跑过青年广场时,一群停落在广场上的乌鸦突然飞起,像是她身上长出的黑披风。

这时候在高楼里睡觉的董怀玉被一只撞在窗子上的乌鸦惊醒,这只乌鸦砰地撞在她卧室的玻璃上,吓了她一跳。她揉着眼睛走到窗前,看见乌鸦在小区上空盘旋着啊啊啊大叫。有几只落在阳台上。董怀玉找来拖把想赶走它们,这几只飞走了,又飞来更多的几只,到后来,它们整齐地排列在阳台的边缘,你挤我我挤你,啄羽毛,打架,高叫,像一场恶意的游戏。

楼道里的门被乌鸦的翅膀撞击得噗噗噗地响。董怀玉想不通这些乌鸦是如何进入楼道的。她抱怨一定是谁忘记了关楼道的窗子。董怀玉拿着拖把,拉开门,看见敲门的是董怀珠,多少有点吃惊,后者看见她也流露出同样的表情。董怀玉面部浮肿,眼睛成了深陷在肉里的一条缝,烫过的头发蓬松得像狮子的脑袋。董怀珠同时还发现，父亲死后，她这个姐姐像她们当年的母亲一样肚子突然鼓了出来，而且眼见着整个人也膨胀起来。

伤心使人发胖。可能是这样吧。但也可能是别的什么。比如某件藏在肚子里无法消化掉的事情。

“出什么事啦？”她们几乎是同时发问。话一出口，彼此突然没有了提防和怨恨，一切回到父亲还没有生病的时候，甚至更早，早到董怀珠六岁之前，董母还没有提出离婚这个词，这个家也还没有被无形的刀子划分成两部分。

董怀珠和董怀玉盘腿坐在地板上，像说一件遥远的事情说起父亲，父亲从农科所给她们带回又大又甜的古丽3号，那是父亲嫁接成功的新品种，他把杏树和桃树嫁接在一起，结出又像桃子又像杏子的果子，口味有桃子的馥郁，其中混合了杏子的酸甜。也只有父亲能够这么神奇地让两种果树在一根枝丫上结果。父亲还设想过把西红柿和土豆嫁接在一起，如果嫁接成功，她们想不出会结出怎样的果子。她们说这些的时候恍惚觉得父亲不是刚刚去世，而是走了很多年。时间久得让她们有点淡忘了失去父亲的痛苦，现在只剩下了美好的回忆。最后，她们心平气和地说到父亲的死。董怀珠已经不那么想知道父亲的死了。但董怀玉认为，如果不让她说出来，她会肚子疼。

董怀珠走后，照顾父亲的担子落在董怀玉一个人身上，医院每天催医药费，她想不出能去哪里找出一沓钱来。这些年亚麻厂开始生产坐垫、床单、桌布什么的，效益好起来，可是，那又怎么样呢？她不过是每个月能领到比以前多一点的工资而已。她抱怨自己嫁的丈夫是个没有本事的人，真不知道嫁个丈夫有什么用，一点都靠不上。母亲天天叫嚷着把父亲接回家，她觉得母亲这样想也没有什么不对，在家其实也一样可以照顾好父亲，那一套护理，她基本没有问题。晚上她睡在父亲旁边的沙发上，两个小时起来给父亲翻身一次，吸痰一次。早上也是给父亲翻身、擦洗、吸痰、喂流食，检查血压血氧之后，匆忙赶到厂里上班，两小时后再赶回来给父亲翻身、喂流食、吸痰、检查血压血氧，然后再赶回厂，一天几次的赶来赶去，累得几乎崩溃。有时候，觉得人活一辈子真是累，累得想死。母亲看她累，想要帮忙，却只会帮倒忙，喂流食的时候把父亲呛着了。父亲的血氧开始往下降，降到九十，降到八十，她一直在想要不要把父亲送回医院，让父亲再经历一次抢救，上呼吸机，进高压氧舱，扎动脉针。父亲的裤子被脱掉，裸露着下体任医生在腹股沟一针一针地找血管。想到这些，她觉得什么都没有必要了。时间到了，让父亲走吧。总不能让父亲在凄惨地带永世飘荡。

可是，她没有想到，父亲这样微弱的生命，想要最后熄灭，也是那么的艰难。她看着父亲从午夜一直残喘到天亮，后来，她实在不忍心看下去，几次拿起手机想要拨打120，最后又坐着发愣。她麻木地呆滞地坐着，睡意在某一个时刻突然袭来，她就那样坐着睡着了。她睡了五分钟，可能还没有五分钟，很短的一会，她就做了一个梦，看见父亲要去一个湖边，湖水蓝得和天空一样。父亲快到湖边的时候，被一根细细的藤蔓绊住了脚，他弯下腰去，想要拿开那根藤蔓。董怀玉叫了父亲一声，正是那一声叫让她醒来，猛一睁眼，她看见氧气管，那一瞬她脑子里什么也没想，伸手就把氧气管拔了下来。几分钟之后，父亲就走到了他想要去的蓝色的湖边。毕竟，他离湖已经很近了，只剩下最后几步。

“父亲的灵魂变成了天鹅，在另一个地方饱饮天堂的湖水。”董怀珠泪流满面。

“父亲死的时候很平静。”董怀玉说，那天早上，室外云朵高悬，天空越来越亮，白色光芒铺展开来，父亲躺在自己平时熟悉的房间里，但感觉他是躺在另一个什么地方。母亲走进来，看见她坐在父亲床前发呆，氧气管垂在床沿。母亲假装什么也没有看见，她把氧气管插回去，然后给阿医生打电话，给董怀南打电话。救护车来过，很快就走了。父亲这样的状况，死是正常的，没有人会觉得有什么不正常。

“可是我的同学，那个警察，我不知道他会怎么想。”董怀珠说，“我说漏了嘴。”

董怀玉沉默了一会，叹口气：“没事的。只要父亲不怪我，什么都没关系。”

接下来她们开始包饺子。她们再也没有说起这件事。

饺子包好了，董怀玉打电话让董怀南过来吃饺子，董怀南带着他的吉他和前妻很快出现在两个姐姐面前。

“我们复婚了。因为她怀孕了。”董怀南简单地说。

没容两个姐姐再问，他已经开始吃饺子了，一边用另一只空出的手拨动琴弦，那过分纤长的手指带了电一样，音乐从他的手指下烟雾般升起，浸透到这个傍晚的空气中。

这时候她们的母亲在卧室里熟睡。真是难以置信，董母平时睡眠极差，最近却总是呼呼大睡。外面这样喧闹，也没见她醒来。

董怀玉十分小心地扭动门把手，母亲在床上睡得很死。董怀玉叫了几声，她才醒来，但还没有完全摆脱睡意。她长长地打个哈欠，极不情愿地从床上滑下来，懵懵懂懂地坐在儿女们中间。董母没对怀孕的事发表什么意见，好像人死亡和人出生，都是再正常不过的事，没什么值得大惊小怪的。董母旁边的一把椅子空着，看上去董父的亡灵正坐在那里。

“那啥，我要告诉你们一件事，是我把氧气管拔掉的。”董母没头没脑地说。

儿女们诧异地看着她，以为她没睡醒，在说胡话。

“那啥，法律怎么样我不知道，我想去跟董怀珠的那个同学，那个叫什么来着，苏坦克，这名字也太怪了，坦克就坦克吧，还苏联的坦克。我要让他知道氧气管是我拔掉的，我老糊涂了，不知道那是干什么用的，我就把它拔掉了。”董母说。

“如果有一天我也得了大病，说不出话来，那啥，我现在就立下遗嘱，你们不要把我送医院去，不要花钱，不要管我，人都是要死的，花再多的钱也是要死的。”董母说。

董怀珠一直咬着嘴唇，后来，她走过去，伸出手臂抱住母亲。长这么大，她好像是第一次抱母亲。

蓝色呼愁(创作谈)

在键盘上敲下《澳大利亚舅舅》最后一个字,我订了第二天的机票飞回新疆,我先去了一些其他地方,喀纳斯、禾木、布尔津、乌伦古湖。半个月后才回到伊宁。我用一整天时间在六星街闲逛,这是一条蓝色的民族风情街,门窗、墙壁、楼梯、廊檐,从淡蓝浅蓝到深蓝和更蓝。依次递进的蓝,体现了伊宁这座边境小城特有的诗意、浪漫和美学。

我在伊宁出生, 对一个写作者产生重大影响的童年和少年时期都是在伊宁度过的。我在很多篇小说中都写到一条叫羊毛胡同的巷子,读了我小说的人对我说,有一天去伊宁,一定要去羊毛胡同看看。我歉意地告诉他们,没有羊毛胡同,它只是我虚构出来的一条巷子。我把分散于伊宁的果树、葡萄架、杏花、唱木卡姆的老者,藤蔓上悬挂的柄很长的葫芦,散发着玫瑰花香的黄昏,都集中到了羊毛胡同。还有民居的蓝。

蓝是伊宁的灵魂。我惊讶六星街有我小说里羊毛胡同的颜色。说起来,我是第一次去六星街。一个生长在伊宁的人,第一次去六星街,并不奇怪。我的姐姐、同学、邻居,他们一直生活在伊宁，生活了几十年，他们也一样从来没有去过六星街。他们不需要去，也知道六星街是什么样子。

走在果树浓荫覆盖的街道，我问自己，我看到的，有多少是这个城市的本身？又有多少来自我小说里的虚构？我是在用小说里的视角回望和怀念这座城市吗？这是个难以回答的问题。人们时隔多年后，常常会相信梦中所见确曾发生过。我也犯这样的毛病。我来到一座房子前，发现房子是如此熟悉，搭着葡萄架的院子，一半在阴凉中，一半在阳光下，给人一种一分为二的清晰感，仿佛我的思维一半在虚构的小说里，一半在真实中。土墙边摆放的天竺葵正开着花。浇花的铁皮水壶，完全是我小说里描写的那种形状，摆放的位置也跟我小说里一样。葡萄架下的土台子上，坐着聊天、喝茶、抽莫合烟的人。我熟悉他们的语言，熟悉他们的故事和命运走向。我没法分清楚他们是坐在我的小说里聊天、喝茶、抽莫合烟，还是坐在真实的六星街？这让我感到无限困惑，我被自己的小说困住了。

我曾经是一个写诗歌的人，我写的小说不怎么像小说。写小说的人对我说，中短篇小说文本体量有限，人物不宜太多。这个观点，我心悦诚服地接受，并将之应用到文学经验之外的现实生活中。我朋友不多，常来往的也就那么三两个，符合一个中篇小说对主要人物数量的要求。在《澳大利亚舅舅》中，我让人物一个接一个地出场，八个舅舅，都有写到。众多人物的命运，几十年的光阴，两个大陆板块看似分离又不曾断裂的情感，细密地交织在一起。这种庞杂的构思脉络是对写作经验的挑战。我在写这个小说的时候，确信小说拥有一个中心，小说中的每一个词汇、人物、细节、描述，包括转折，都会沿着不同的路径指向这个中心。也就是说，这个中心像一团光，所有的向前推进都会自然而然地朝着这个光而去。

写《黑走马》是二〇一四年的秋天，我坐在湿冷的南方敲打着键盘，窗外的雨好像一直没有停过，一直应和着我的键盘声。我写着写着，就像一个散步的人，把自己带到了深蓝的海子湖边。如我在小说中所描述的，当天空一样广阔的海子湖突然展现在眼前，你会以为自己走到了天上，凛冽的风吹走了地面上熟悉的一切，包括前方的道路、村庄、你将要去往的城市和故乡。写《黑走马》的时候，我时常停下来，闭上眼睛，长时间地聆听，好像一座湖泊的光被我听见，好像这座湖泊，从来就不在地球上，它是天空的折射，它的蓝是一个虚幻的倒影。而生活在湖泊边的哈萨克族，他们是一个传说，是一个英雄式的民族。我写这篇小说，是想说出在北天山起伏的山脉间隐藏着的那些悲壮的东西。

二〇一五年的五月我父亲去世，七月我在甘南乱走，我想找到一条通向父亲的路，我不断往海拔更高的地方走，我确信这样可以离父亲更近些。我来到郎木寺，认识了一位姐姐，她瘦极，癌症晚期，还有一个月好活。我向她说起父亲，她说她可以帮我带话给父亲，等她去了那边，总是会遇见我父亲的，就像在这边遇见我。

动笔写《城南哀歌》的时候是九月，我不知道那位姐姐是否还在人世。这篇小说，我写到了太多的亡灵，父亲在这些亡灵中隐现。写完小说，忍不住大哭一场。其后写的《不会是世界尽头》和《天鹅来到英塔木》，都是《城南哀歌》的延续。包括《苏梅的窗子》。

写《断桥》，已是三年之后。坐在电脑前，我完全忘记了自己曾经会写小说，我像一个没有任何写作经验的人一样，脑子里一片茫然。这就像是一个在床上躺了三年的人，下地走路忘记了该怎么迈出自己的腿。《断桥》写得极其艰难，写完之后，我去断桥跑了一圈。住在杭州的时候，我会在清晨四五点去西湖跑步，从断桥开始，绕白堤苏堤，经过雷峰塔，再回到断桥，十一点五公里。

这些年，我新疆浙江来回地跑，具有明显差异性的地理空间与南北时间的转换，常常让我有一种恍惚不定的感觉。正是这种恍惚不定，让我产生了巨大的美以及疼痛。我知道自己不论朝哪个方向走，都是走在通往故乡的路上。故乡的回归于我是永恒的，这个故乡可以是心里的故乡，也可以是另一个故乡——虚拟又真实的羊毛胡同。我毫不怀疑小说中的人物和我一样都曾真实地存在过。

那个下午，我长时间地站在六星街那座大门半开的房子前，这座房子仿佛不是建筑工人建造出来的，而是我立体地虚构出了它。我站在那里不走了，我在听什么？蓝色的房子？时间？果树里冰凉的流水声？啤酒花淡淡的苦味的芬芳？这个城市的往事？或者是青核桃掉落的声音？奥尔罕·帕慕克说，他的伊斯坦布尔有一种类似呼愁的东西。呼愁不是某个孤独之人的忧伤，而是数百万人共有的某种朦胧状态的情绪，是伊斯坦布尔整座城市的呼愁。伊宁也有类似的呼愁。生活在六星街的人，或者是那些生活在我小说中的羊毛胡同里的人，在缓慢的日常生活节奏中，有看得见的快乐与烦恼，以及看不见的时光流逝之哀伤，它们构成了伊宁独有的呼愁，构成了我小说的格调。这呼愁不是我一个人的，它隐藏在人流中，隐藏在这个城市的每一条居民街，它飘荡在我的小说里。它是蓝色的。当我转身走出六星街，我感觉我把小说里的人、故事、时间，全部留在了那条街里。包括呼愁。

二〇二二年四月三十日